머리말

세상이 많이 변했다. 돈과 물질이 가치의 기준이 되고 성과주의가 판을 치며 저서는 논문 한 편의 대접도 받지 못하는 시대가 되었다. 형식이나 구색만 갖춘 작은 주제의 논문이 주를 이루어, 문제제기를 하고 문학사에 새로운 과제를 던지는 논문이나 평생의 연구결과를 저서로 출판하는 일조차 제대로 평가 받지 못하는 현실이다. 이 모두 인문학의 빈곤에서 기인된 과도기적 현상이라 믿고 싶다.

대학에서 가르치고 연구하는 학문과 중등학교에서 가르치는 국문학 내용의 엄청난 편차도 극복되어야 할 과제의 하나다. 이제 검인정으로 바뀌었으니 변화가 있을지 모르겠으나 편수관들의 수준이나 인적구성, 제도 등으로 보아 기대에 미치지 못할 듯하다.

고등학교 문학교육 현장에서는 여전히 고려의 속악가사(일명 속요)가 민중의 문학이고 경기체가가 귀족의 문학이라고 가르치고 있다. 『악장가사』에 〈청산별곡〉, 〈서경별곡〉, 〈사모곡〉, 〈쌍화점〉, 〈이상곡〉, 〈가시리〉, 〈한림별곡〉, 〈처용가〉, 〈어부가〉, 〈만전춘〉, 〈화산별곡〉, 〈오륜가〉, 〈연형제곡〉 등이 나란히 궁중악장의 가사로 기록되어 있다. 유일하게 작가가 알려져 있는 〈정과정곡〉은 고려 인종(17대 왕)의 동서인 정서의 작품이다. 고려속요(려가)라고 부르는 〈청산별곡〉, 〈서경별곡〉 등의 노래들을 민중이 불렀나는 기록이 이디에 남아 있는가?

속요(俗謠)라는 명칭도 문제다. 속악(俗樂)은 아악(雅樂)에 대비되는 궁중악인데 초기학자들이 민중의 노래로 인식하여 '요(謠)' 자를 붙여 장르이름으로 삼았기 때문이다. '요(謠)'가 붙은 노래들도 향가의 〈풍요〉, 〈서동요〉 등과 같이 민요계통의 노래들이고, 조선후기 18세기에야 『해동가요』란 문헌에 '가요(歌謠)'가 등장한다.

가사문학의 효시(嚆矢)작품으로 조선 성종 때 정극인의 작으로 전해오는 〈상춘곡〉을 들다가 〈상춘곡〉이 정극인의 작품이라는 데 의문이 제기되자 이제 고려 말 나옹의 〈서왕가〉를 함께 가르치고 있다. 〈서왕가〉 또한 후대의 위작(僞作)으로 보거나 고려 말 작품이라는 데 의문을 제기한 학자들도 없지 않다. 고려시대에 가사가 창작되었다면 표기법상으로는 이두형태의 기록인 〈승원가〉나 〈역대전리가〉를 주목해야 하고, 이들 작품도 신빙성이 없다면 조선 성종 때의 사림학자인 이인형의 〈매창월가〉나 조위의 〈만분가〉를 초기작품으로 주목해야 할 것이다.

십여 년 전부터 계획했던 『한국시가문학사』를 정년을 몇 해 앞두고서야 마무리하였다. 한국의 시가문학사를 전승방법과 표기문자 중심으로 다섯 시대(5기)로 나누고, 향찰문자로 표기된 향가문학은 신에게 아뢰는 음악인 신악(神樂)으로, 속악의 가사로 전승된 고려노래(려가)와 고려 경기체가는 유흥을 위해 잔치에 사용한 연악(宴樂)으로, 조선 초 악장과 시조, 가사문학 등은 도덕을 선양하기 위한 예악(禮樂)으로 규정하였다.

전공학자들과 일반인들의 사이를 좁히고 한자를 모르는 세대들을 위해 쉽고 평범한 어휘들로 기술하고자 노력했다. 혼자 능력으로 힘에 부친다는 생각이 들 때마다 함께 공부하는 변변한 제자들이 없다는 게 이제 와서야 조금 씁쓸하다. 미비한 곳과 논증되지 않은 견해들이 없지 않다. 그러나 그러한 시각들이 학자들에 의해 국문학의 미래를 밝히는 데 도움이 되길 기대할 수밖에 없다.

　　『한국시가문학사』는 선학들의 지금까지 연구업적들을 바탕으로 기술되었음은 말할 나위가 없다. 단행본으로 발간하는 문학사인 까닭에 선행연구들에 일일이 각주를 달지 못하고 참고문헌도 생략하였으며, 색인 또한 작품과 인명에다 일부 중요 어휘만을 첨부하였다.

　　인문학을 공부하는 대학조차도 취업률 통계로 대학을 평가하는 한국사회에 분노와 슬픔을 느끼지만 그래도 언젠간 우리 사회가 좀 더 성숙해지고 교양 있고 지혜 있는 사람들로 바꾸어지길 기대하며 이 책을 낸다. 곧 시와 노래가 인간을 가장 순화할 수 있기 때문에, 오랜 시간 우리 조상들이 그렇게 우리의 시가작품들을 노래했듯이 말이다.

　　　　　　　　　　　　2013년 10월 서라벌 나원 언덕에서
　　　　　　　　　　　　사가(思柯) 이임수 씀

개요
(槪要, Summary)

한국시가문학사
(The History of Korean Classic Poetry)

전승방법과 표기문자 중심으로 한국시가문학사를 다섯 시대(5기)-
구비로 전승하거나 한역으로 정착한 구비한역시대, 향찰로 향가문학
을 표기한 향찰문자시대, 잔치음악의 가사로 전승한 속악가사시대,
우리글의 창제로 모든 작품들이 문헌에 정착된 훈민정음시대, 오늘
날의 20세기 한글시대-로 구분하였다.

향찰(문자)로 표기된 향가문학은 신에게 아뢰는 음악인 신악(神樂)으
로, 속악의 가사로 전승된 고려노래(려가)와 고려 경기체가는 유흥을
위해 잔치에 사용한 연악(宴樂)으로, 조선 초 악장과 시조, 가사문학
등은 도덕을 선양하기 위한 예악(禮樂)으로, 한국시가의 성격을 규정
하였다.

고대한역가로 〈구지가〉, 〈공무도하가〉, 〈황조가〉 등을 한국문학
의 출발로 잡고, 삼국의 노래 중 백제노래에 목간(木簡)에 쓰인 〈숙세
가〉를 보태었고, 향가문학에 〈풍랑가〉와 고려 예종의 〈도이장가〉를
포함하였다.

고려 속악가사 중 궁중음악만을 려가(麗歌)라고 이름하고 〈정과정
곡〉으로부터 조선초 〈신도가〉, 〈감군은〉, 〈유림가〉까지로 한정하였

다. 〈한림별곡〉은 처음 려가의 한 작품으로 창작되었다가 안축의 〈관동별곡〉과 〈죽계별곡〉이 창작되고, 이들의 형식을 모방하여 조선 초에 〈상대별곡〉, 〈연형제곡〉 등의 조선악장이 여러 편 창작됨으로써 경기체가란 장르로 독립하게 되었으며, 〈한림별곡〉의 음악에 가사만 바꾸어 부른 것으로 보인다.

신라의 향가는 국가나 집단, 개인의 기원(祈願)을 위한 의식에 사용된 신악으로 단형과 장형의 고정된 음악에 가사만 바꾸어 불렸을 것으로 추측되고, 고려의 려가는 유흥을 위한 잔치음악(연악)으로 개별음악을 가졌으며 잔치의 흥을 돋우기 위해 첩연(첩장)으로 발달하였다. 조선은 건국과 더불어 예악정신에 의거하여 려가와 〈한림별곡〉의 음악과 형식을 빌려 국가적인 악장을 여러 편 창작하였으나 훈민정음이 창제됨으로써 이들 장르는 쇠퇴하게 된다.

조선의 주된 문학은 고려 말에 배태된 시조문학과 가사문학이다. 고려 말 우탁과 이조년으로부터 시작된 시조문학은 여말선초의 신흥사대부들인 절의파(節義波)와 사육신(死六臣)들에 의해 많은 작품들이 창작되었기에 금기의 문학으로 인식되었으나 성종과 중종의 직접적인 참여로 이후 전성기를 맞이한다. 시조는 가곡(5장)과 시조(3장)의 단일음악에서 분화하였고, 가사는 〈서호별곡〉, 〈관동별곡〉 등 몇 편만이 음악에 올려지고 나머지는 음영(吟詠)이나 낭송(朗誦)되었다.

가사문학은 고려말 나옹이나 신득청의 작품을 효시(嚆矢)로 본다면 이두형식의 기록인 〈승원가〉와 〈역대전리가〉가 더 원형에 가까우며, 조선 초에 이르러 영남사림파 학자들인 이인형의 〈매창월가〉와 조위의 〈만분가〉가 가장 확실한 가사작품으로 짐작된다.

조선후기에는 장형시조와 장편 기행가사, 규방가사, 서민가사 등이 창작되고, 가객의 등장으로 잡가, 12가사, 판소리 등이 발달하였다. 20세기는 동양문화권에서 유럽, 미국 위주의 세계문화권으로 편입되어 서양문학 이론을 수입하고, 자본주의의 발달과 더불어 자유, 시민정신, 인간존중사상 등의 고취로 실용화 대중화함으로써 국민과 시민이 주체인 현대문학이 등장하고 문학성과 예술성이 중시되었다.

　　한문을 빌어서 표기한 향가문학은 『삼국유사』와 『균여전』 등에 한문으로 기록되었지만, 그밖에 모든 시가작품들은 세종에 의해 훈민정음이 창제되고야 비로소 문헌에 정착된다. 이때까지 고려의 려가들은 궁중음악인 속악의 가사로 전해졌기에 속악가사시대라 하였고, 이후 시조와 가사문학 등이 훈민정음으로 기록되었기에 이 시대를 훈민정음시대라 하고, 20세기부터 한글이 주축이 되었기에 오늘날의 현대문학을 한글시대라 하였다.

　　현재에도 유행가나 가곡 등에서 시와 노래가 완전히 분리된 것은 아니나, 지금까지 노래의 가사로 불리거나 음영되던 청각적 시가(詩歌)문학으로부터 눈으로 읽는 시각적 시문학(詩文學)으로 변화하였다.

목차

제6장 훈민정음시대 /제4기(15세기 중엽~19세기 말엽)

제7장 한글시대 /제5기(20세기부터~현재까지)

제1장

한국시가문학사 서술의 기초

한국문학에서 시가문학만을 대상으로 문학사를 기술하고자 한다. 시가문학은 우리의 문학사에서 가장 오래 지속되어왔으며, 지금까지 가장 많은 양의 작품들이 전해져 한국문학사의 주축을 이루고 있다. 이야기문학(서사문학)도 국문학의 시작과 더불어 구전(口傳)으로 발달하였겠지만, 그들을 원형 그대로 알 수 없을 뿐더러 그러한 설화를 바탕으로 창작된 소설문학은 아주 후대의 일이다.

한국어로 구전되거나 음악의 가사로 전해지다가 후대에 기록된 시가(詩歌)작품 등 한글로 창작된 국어시가만을 대상으로 하고 한시문학(漢詩文學)은 제외한다. 우리의 한시를 시가사의 대상에서 제외하는 것은 한자로 기록된 한시문학을 한국시가사에서 어느 정도로, 어떻게 수용해야 할지[1] 확신이 서지 않거니와 필자의 역량으로는 그들을 다

---

1) 언어가 다른 시를 포용할 때에는 사상이나 내용 전달 이상의 미적 수용에 한계가 있기 때문이다. 시문학은 번역되었을 때 시가 지닌 고유한 언어적 미감이 사라지고 만다. 예를 들면, 소월(素月, 김정식)의 향토적인 서정이나 일본 하이쿠의 많은 작품들을 외국어로 번역하기가 거의 불가능하듯 그 나라의 고유한 문화나 언어를 바탕으로 한 시문학을 온전하게 평가하는 것은 불가능하기 때문이다. 고려 때 정서의 작품인 〈정과정곡〉과 익재(益齋, 이제현)가 번역한 소악부의 한시를 동일한 시작품으로 평가할 수 없음과 마찬가지다.
   (1) 내님을 그리ᄉ와 우니다니/ 산접동새 난 이슷하요이다/

소화할 수도 없기 때문이다.

시가사(詩歌史) 기술의 시작을 한민족의 기원과 국문학의 바탕인 한국어의 발달에 대한 서술로부터 출발하고자 한다.

1. 한민족의 기원 – 새(鳥)

하늘엔 해가 있고 땅엔 인간이 산다. 인간세상에서 가장 위대한 물질적 발명품이 문명의 이기(利器)인 불이다. 불은 이 땅의 인간이 하늘에 있는 태양의 창조적인 힘을 빌려온 것이기도 하다. 인간이 사는 땅에서 하늘을 향해 자라는 것이 나무이고, 하늘로 자라는 이 나뭇가지에 새가 집을 짓고 산다. 이 새는 곧 하늘과의 소통을 이루는 사자(使者, 메신저)인데 우리 민족의 전통적 사자는 세 발 달린 까마귀 삼족오(三足鳥)다.

하늘의 해는 까맣게 보인다. 까마귀(鳥)는 까만(검은, 까막+이) 새로 하늘의 불타는 태양에게 왕래하는 심부름꾼이다. 이러한 까닭에 우리 민족은 하늘의 후손인 천손족(天孫族)이요, 새를 숭상하는 난생신화(卵生神話)를 가지고 있으며, 깃털을 머리에 장식하는 조이족(鳥夷族)이요, 동이족(東夷族)이라 전해온다.

아니시며 그츠르신돌/ 잔월효성이 아라시리이다. (정과정곡 4행)

(2) 憶君無日不霑衣 政似春山蜀子規 爲是爲非人莫問 只應殘月曉星知(小樂府 漢譯歌)

(3) 임 생각에 옷깃을 적시지 않는 날 없으니/ 마치 봄산의 두견새와 같네/
옳다 그르다 사람들아 묻지 말게/ 남은 달과 새벽 별만은 알고 있다네.

*〈정과정곡〉의 앞 4행(1)과 익재 소악부의 한역가(2)와 소악부를 다시 번역한 시(3)를 어떻게 모두 같은 시작품으로 간주할 수 있겠는가?

나무에 깃을 치고 사는 '새'는 아침이 밝으면 동녘으로 날아오른다. 그래서 날이 밝으면 새벽이 되고 새벽 동쪽에 가장 먼저 뜨는 별이 샛별이요, 동쪽에서 부는 바람이 새파람인 것이다. 원시모음 '싀'는 '새(鳥)'와 '동(東)'이란 의미 외에 '쇠(金, 鐵)'란 의미로 분화하였다. '새'는 '쇠'와 음운이 유사하여 오늘날 '鐵原'의 옛 지명도 '東州'이다. 그러므로 음양오행사상에서 쇠(金)는 동(東)이요 푸른(靑)색이기에 우리나라를 청구(靑丘)나 해동(海東)이라 한 것이다. 우리나라의 응원단 '붉은악마'의 상징물인 치우천황은 중국문헌의 전설 속 인물인데, 그는 철가면을 쓰고 전쟁에서 죽지 않아 '전쟁의 신'이라 불렸다. 곧, 쇠(鐵)를 발명하여 사용한 동이족의 시조로 그를 해석하고 있기 때문이다.

우리민족은 바이칼호수가 있는 아시아의 동북부에서 살던 몽고, 말갈, 숙신, 여진 등과 같은 계통으로 따뜻한 땅으로 동남진하여 만주와 지금의 한반도[2], 일본 등에 정착하여 살기 시작한 것[3]으로 추측된다. 일본에 정착한 외래 이주민 또한 인종적으로 우리와 별반 다르지 않다.

    싀   ① 東 : 샛별, 새파람, 높새바람
         ② 새, 新 : 새롭다, 새벽, 새파랗다
              朝 아침, 鮮 붉다

---

2) '한반도(韓半島)'란 말은 좋은 의미에서 만들어진 어휘가 아니다. 일본강점기에 일본을 온도나 전도(全島)란 의미로 부르면서 우리가 살고 있는 곳을 섬의 반이라는 의미로 반도(半島)라 폄하하여 한반도라 부른 것으로 보인다. 원래 우리의 국토는 반도가 아니라 만주벌(현재 중국의 동북삼성)을 포함한 대륙과 지금의 반도까지 넓은 지역에 걸쳐 있었다.

3) 이러한 연구로는 일찍이 『알타이 인문연구』(박시인, 서울대출판부, 1970)와 『동이고사 연구의 초점』(김규승, 서울대학출판부, 1974)을 비롯하여, 최근 『대주신을 찾아서』(김운회, 해냄출판사, 2006) 등 여러 저서들이 간행되었다.

③ 鳥 : 새, 일(卵生)
④ 쇠, 鐵, 金

2. 한민족의 언어

1) 한자와 우리 민족

지금까지 한자(漢字)라고 부르는 문자는 중세 동양의 기록을 담당한 대표적인 글이다. 일찍이 이 글자는 창힐(倉頡)이라는 사람에 의하여 발명되었다고 전하고 창힐은 새 발자국을 보고 창안하였다고 한다. 우리 민족이 동이족이요 새를 숭상하였기에 창힐은 우리의 선조일 가능성도 많다.4)

어느 민족이든 문화나 문명의 발달에 있어 독창적일 수만은 없고 이웃나라와 서로 교류하면서 발달하였다. 한자의 발달을 유추해보면 처음 한 종족에 의하여 발명되었겠지만 차차 이웃 종족으로 전파되어 표기수단으로 함께 사용되었을 것이다. 문자가 만들어졌을 때는 각 글자의 음이 없고 형태를 통해 의미만을 표현하는 한자 본래의 훈차적(訓借的) 기능만 있었을 것이고, 어휘의 발달 또한 자연물에 대한 구상명사나 고유명사, 숫자 등의 표기수단으로 시작하여 차츰 추상명사, 서술어 등으로 발달하였을 것이다.

처음 '물'이란 구상명사를 여러 종족들이 '川, 巛, 水, 氵' 등으로 기록하고 종족마다 자기식으로 소리 내었을 것이다. 인구가 많아지고 종족이 분화하자 이러한 글자의 소리가 다양해짐에 따라 하나의

---

4) 김규승, 『동이고사연구의 초점』, 서울대학출판부, 1974, 42~43쪽.

형성문자에 여러 가지 소리(말)가 생겨나게 되었다. 그러한 시기에 중국의 한족들이 남방의 농경문화와 북방의 철기문화 등을 융합하여 한나라를 건설하고 국가적인 글자로 사용함에 따라 후대 '한자(漢字)'라는 명칭을 획득하게 된 것이다. 한자라는 이름도 일본에서 붙인 글자의 이름이라고 한다.5)

'川, 巛(水)'의 형상글자를 우리 민족은 물(믈, 몰)이라 부르고 한족들은 수(시, 쉬)로 말했을 것이다. 초기에 이웃 종족간의 의사소통을 위하여 이웃 종족들의 말을 익히던 것이 점차 음과 훈으로 불리게 되었을 것으로 짐작된다. 한족의 문화가 차츰 우위를 점하게 되자 우리민족의 소리 '물'은 훈(訓)이 되고 한족의 소리 '수'는 '음(音)'이 된 것이다. 곧 주문화의 '수'란 소리가 음(音)으로 중심어가 되고, 부문화인 '물'이란 소리는 훈(訓)이 되어 주변어로 고착된 것이다.

2) 한국어의 어원

(1) '한'의 어원

지금도 우리나라 높은 산들의 정상에는 대부분 천왕봉(天王峰 또는 天皇峰)이란 이름의 봉우리가 있다. 이는 우리민족이 하늘의 자손임을 믿고 자부하며 살아왔음을 알 수 있다. 그러므로 우리 문화어의 기원은 하늘(해, 히)로부터 출발하였다고 해도 좋을 듯하다.

고대의 하늘, 天이란 글자는 '一 + 大'의 의미로 하나의 큰 것, 가장 큰 것이란 의미의 '한'인데 그 소리는 '한, 환, 황'으로 넘나들 수 있으

---

5) 위의 책, 40쪽.

며, '한'이란 하늘의 의미는 곧 국가의 명칭 '한(韓, 漢, 桓)', 인명 '한(干, 翰, 汗)', 우두머리 최고를 뜻하는 '한(干, 皇, 王)으로 바뀌어 사용되었다. 이들은 곧 소리나 글자의 의미확대를 통해 유사개념을 확장해간 것으로 생각된다.[6]

이러한 하늘의 '해'로부터 발달한 '해'계의 어원은 해부루, 해모수 등과 같이 최고의 지위에 있는 사람들의 성(姓)으로 사용되고, '높다'는 의미의 동질성으로 인해 고구려의 시조인 동명왕의 성을 '고(高)'씨로 바꾸어 사용하기도 했다.

(2) '동이'와 '서라벌'의 어원

일찍이 1세기에 지금의 경주를 서라벌이라 하고 우리 민족을 '동이(東夷)'라 하였으니 '徐羅伐'과 '東夷'는 어디서 온 어휘일까? 문헌에 전해오는 국가나 부족의 명칭, 신화 속의 인명이나 기록에 나타난 시조의 성씨, 왕명 등에서 가장 많이 사용된 어휘들을 정리해보면, 우리 언어에서 크게 세 개의 어원 줄기를 찾을 수 있다.

하늘을 상징하는 '해'에서 발달한 '한'계의 언어, 하늘의 '해'로부터 차용해온 인간문명의 시작인 '불'의 빛(부루)과 밝음에서 기원한 '붉'계의 언어, 새벽의 밝음이 동쪽에서 오듯이 동쪽을 찾아 이동하던 민족의 염원이 깃든, 인간과 하늘과의 사자인 '새(東, 鳥)'계의 언어 등 셋이다.

---

6) 이임수, 「한국문화의 원형에 대한 어원 연구」, 『문학과 언어』 제21집, 문학과언어학회, 1999, 133~158쪽.

신라 시조 혁거세 때에 국호를 徐那伐이라 하였다.[7] 이러한 이름
은 東夷에서 비롯된 것으로 추측된다. '東夷'의 어원을 정리해보면
東은 '새(鳥)'와 소리가 같고, '식, 서, 徐, 새, 新' 등으로 변하였으며
후대에 '식, 쇠(金, 鐵)'로도 발달하였다. 夷는 '羅, ㄴ, 로(邪,盧), 벌(伐)'
등으로 변하여 '羅'는 국명으로 정착되고 '벌(伐)'은 지명으로 정착되
었다. '羅'와 '伐'이 중복으로 사용된 것이 '서라벌'이다.

'새(鳥)'는 날이 밝으면 아침 동녘에서 날아오르므로 새벽이요, 해
돋는 동(東)쪽이요, 새로운 시작을 의미한다. 그리고 우리민족이 일찍
쇠를 발견하여 사용하였으므로 쇠(鐵)란 문명어가 만들어진 것이다.
'夷'란 우리말 '벌'의 한자차용어이다. 우리민족을 지칭하는 '夷'는 大
와 弓의 합성어로 '큰 활을 잘 쏘는 민족'이라 해석하여 왔으나 그
속에는 '활을 멀리 쏘거나 크게 벌리다'는 의미가 있다.

우리말의 '벌판'이나 '벌리다'에는 '넓다, 확장하다'라는 뜻이 있는
데 후대에 땅을 지칭하는 명사로 지명에 많이 사용되었다.[8] 그러므
로 '夷'의 '벌리다(陳, 列, 羅)'는 의미로 한자말 '羅'를 새기고 '伐'은 한
자의 음만을 차용한 것이다. 그러므로 '서라벌'은 곧 '새롭게 동남쪽
으로 진출한 새족(鳥夷族, 東夷族)의 땅'을 말하는 것이다. '東夷'가 국명
과 지명으로 변천한 내용을 정리하면 다음과 같다.

---

7) 『삼국사기』 권 제1, 신라본기 제1
   始祖姓朴氏 諱赫居世 前漢孝宣帝五鳳元年甲子四月丙辰 卽位 號居西干 時年十三 國號
   徐那伐
8) 팔을 벌리다, 다리를 벌리다
   갯벌, 달구벌, 사벌, 황산벌

동이(東夷)

　　① 국명 : 식라 〉 새라(鳥羅) 〉 신라(新羅, 斯盧, 尸羅, 新盧)

　　　　　　 시라(羅) 〉 식羅伐 〉 서라벌(徐羅伐, 徐那伐)

　　② 지명 : 식벌(東京) 〉 식불 〉 셔볼 〉 서울[9]

---

9) 양주동은 고증을 통해 '東'이나 '식불'에 대한 어원을 밝혔음에도 '夷'의 어원에 대해서는
확실한 견해가 없다. 지금까지 '夷'는 단순히 大와 弓의 합성어로 큰활을 사용하거나 활을
잘 쏘는 민족으로만 해석하여 왔다. 그러나 '夷'에는 벌리다(陳, 列, 羅)의 의미가 있어
'羅'와 같은 뜻으로 사용되었다. 우리 민족은 끊임없이 따뜻한 동남쪽을 향하여 새로운
땅을 찾아 이동해온 것이다.(「한국문화의 어원에 대한 연구」, 앞의 책, 151~153쪽 참조)

제2장

시가사의 시대구분과 장르

인류의 문명사는 곧 분류사(分類史)라고 해도 좋다. 무엇을 나눈다는 것은 곧, 사물에 대한 인식작용이다. 사물을 나눔으로써 전체를 인식할 수 있기 때문이다. 이러한 나눔과 합침, 분류와 통합이란 인식의 발달로 인류문명이 진화한 셈이다.

이러한 분류의 시작은 2분법이다. 요철(凹凸), 음양(陰陽), 천지(天地), 남녀(男女), 상하(上下), 좌우(左右), 밤낮, 죽고 살고, 가고 오고, 이승 저승, 여기 저기, 이곳 저곳, 동물 식물, 높고 낮음, 어둠과 밝음 등 무수히 많다. 수의 분류와 요철에 대한 인식에서 비롯하여, 나무를 깎아 끼우고 이러한 연결 방법으로 나사를 발명함으로써 과학의 발달이 시작되었다고 할 수 있다.

단순한 2분법에서 조금 더 발달한 것이 3분법이다. 2분법의 사이에 하나를 더 넣음으로써 사물에 대한 더 자세하고 다양한 인식이 가능해진 것이다. 하늘과 땅 사이에 인간을 설정하여 천지인(天地人), 위와 아래 사이에 중간을 설정하여 상중하(上中下), 남자와 여자 사이에 중성으로 아이, 모든 일의 시작과 끝, 그 사이에 중간이 있다는 인식이 생겼다.

　4분법은 인식의 발달로 동서남북(東西南北), 춘하추동(春夏秋冬), 건곤감리(乾坤坎離), 기승전결(起承轉結) 등의 완결된 사고형태를 보여준다. 여기에서 더 세분화하여 5분법, 6분법, 7분법, 8분법, 9분법, 10분법, 12분법까지가 인류 문화사에서 가장 많이 사용한 분류방법이다.

　이러한 분류에는 공시적(共時的) 분류와 통시적(通時的) 분류가 있다. 곧 장르구분은 남아 전하는 문학작품들에 대한 공시적 분류이고, 시대구분은 역사문화발달의 통시적 분류라 할 수 있다. 시대구분의 대표적인 이분법으로는 '선사시대, 역사시대', 삼분법으로는 '고대, 중세, 근세', 장르분류의 대표적인 삼분법으로는 '서사문학, 서정문학, 극문학' 등이다.

　문학사 기술에 있어서 가장 중요한 두 축은 장르구분과 시대구분이다. 문학사는 현재까지 전하는 문학작품을 주 대상으로 하는데 이러한 작품들을 설명하자면 작품군(作品群)에 대한 갈래분류(장르설정)가 필수적일 수밖에 없다. 다음으로 문학사는 문학에 대한 사적(史的)인 조명이기에 그 작품을 낳은 자연적, 사회적 시간의 구획이 필연적으로 뒤따라야 한다. 곧 문학사는 작품을 주(主: 으뜸)로 하고 시대를 종(從: 버금, 따름)으로 하기에, 좋은 문학사의 기술을 위해서는 작품들에 대한 장르설정과 그 작품들을 잉태한 시대구분에 대한 연구가 선행되어야 한다.

1. 시대구분과 시대별 특성

　예술이란 삶의 또 다른 표현이다. 그러므로 예술의 개념을 '누가,

무엇을, 어떻게 표현하느냐'의 문제라 해도 좋다. '누가'는 예술의 주체이고, '무엇을'은 예술의 대상이며, '어떻게'는 예술의 형상화이기 때문이다.

예술이나 문학의 주체는 '나', 곧 인간이다. '나'란 생각하는 주체가 없으면 예술이나 문학은 존재할 수 없고, 인간이란 주체가 없는 예술세계는 존재할 수 없다. 동물이나 식물, 무생물을 빌어 표현해도 그 내용은 '나'를 포함한 인간세계의 삶을 벗어나지 못한다.

예술의 대상은 일차적으로 인간의 삶이다. 사람이 살아가는 세계, 사회문화 전반이 예술의 대상이다. 이를 서양에서는 고대노예사회, 중세봉건사회, 근대시민사회, 현대자본주의사회 등으로 구분하기도 한다. 문학의 경우, 문학의 대상인 삶을 표현함에 있어 '자연'과 '신'이 그 대표적 상징물로 여겨진다.

문학사(文學史)란 **주체인 인간존재**', 인간 삶의 터전인 **구체적인 자연**', 인간 정신발달의 결과물인 **추상적인 신**'을 어떻게 인식하느냐의 문제이다. 곧 주체인 인간이, 인간의 삶인 사회현상 속에서 구체적 대상 '자연'과 추상적 상징물 '신'을 어떻게 인식하였느냐를 분석하여 그 흐름을 체계적으로 기술한 것이라 할 수 있다. '대상을 어떻게 해석하여 인식하느냐'에는 '자아와 세계와의 대립이나 갈등'의 문제도 포함된다. 그러므로 이러한 인식의 결과를 '-주의, -사상, -시대' 등으로 명명하여 통시적으로 설명하고자 함이 '문학사'라고 범박하게 말할 수 있다.

문학사의 시대구분에 있어 고대, 중세, 근대의 구분은 개념도 불확실하지만 이름 또한 일관성이 없다. 영어로는 ancient [old] times; remote ages, the medieval times; the middle ages, modern [recent] times; the modern age [period]인데, 왜 고대(古代)와 근대(近代)라 하고 중세(中世)라 하는지? 고대(古代), 중대(中代), 근대(近代)라든가 고세(古世), 중세(中世), 근세(近世)라 하지 않는 이유는 무엇인가? 중국이나 일본을 통해 들어온 서양학문의 번역이나 용어수용 때문일까? 이러한 불명확한 명칭의 시대구분을 문학사에서 계속 사용해야 할 필연성이 있는가?

강명관은 "중세니 근대니 하는 시대 구분 자체를 비판적으로 성찰해야 할 것이다. 이 시대 구분을 따른다면, 서구중심의 역사 기술에서 벗어날 수 없을 것이고, 서구의 폭력에서 벗어날 수 없을 것이다"[1]고 하여 근대라는 개념은 서구중심주의의 역사관이기에 우리 문학사에서 사용함이 마땅치 않다고 보았는데 이에 전적으로 공감한다. 그러므로 여기서는 보편적인 개념의 어휘로만 쓰고 시대구분의 명칭으로는 사용하지 않기로 한다.

시대구분에는 여러 기준이 적용된다.[2] 역사적 시대구분, 생물 진

---

1) 강명관, 『국문학과 민족 그리고 근대』, 소명출판, 2007, 162~163쪽.
2) 한국문학사의 연구현황에 대한 연구로는 1995년에 송희복의 『한국문학사론연구』(문예출판사, 1995)가 있다. 여기에 고전문학사로는 安自山으로부터 신채호, 김태준, 김재철, 조윤제, 이명선, 구자균 등을, 현대문학사로는 임화, 백철, 조연현, 김윤식, 김현 등의 연구업적까지 소상히 정리하여 분석해 놓았다.
  그 후 2001년에 『한국문학사 어떻게 쓸 것인가』(한길사, 2001)란 토지문화재단의 기획 논문집에서 문학사 기술에 대한 종합적 정리와 평가, 문제제기들이 있었다. 정하영의 「고전문학사 기술의 성과와 과제」(위의 책, 63~90쪽)에서는 지금까지 간행된 문학사들에 대한 정리가 잘 이루어졌고, 고미숙의 「고전문학사 시대구분에 대한 몇 가지 제언」(위의 책, 119~138쪽)에서는 '근대'에 대한 문제제기와 가장 최근의 방대한 업적인 조동일의 『한국문학통사』에 대한 업적평가와 더불어 시대구분에 있어 300년이 넘는 이행기의 문제점 등을 잘 지적해 놓았다. 다음해 이형택의 『한국문학사의 논리와 체계』(창작과 비평사, 2002)에서는 한국한문학을 포함한 문학사 기술의 논리와 바탕이 모색되었다.
  그리고 북한의 문학사에 대해서도 김대행의 『북한의 시가문학』(문학사비평사, 1988),

화론적 시대구분, 사회사적 시대구분, 문화사적 시대구분, 경제발달
사적 시대구분 등의 다양한 시대구분법이 있으나 언어의 운율과 리
듬을 생명으로 하는 시문학(詩文學)의 특수성으로 보아 표현양식상의
사용문자와 문학의 전승방법을 기준으로 한국시가사(韓國詩歌史)의 시
대를 다음과 같이 다섯 시대로 나누고자 한다.

① **구비한역시대** ; 기원 전후부터~5세기까지/ 전설(이야기)시대
② **향찰문자시대** ; 6세기부터~12세기 초엽까지/ 신(神)의 시대
③ **속악가사시대** ; 12세기 중엽부터~15세기 초엽까지/ 힘의 시대
④ **훈민정음시대** ; 15세기 중엽부터~19세기 말엽까지/ 도덕·명분
　　　　　　　　　의 시대
⑤ **한글시대** ; 20세기부터~현재까지/ 과학·자본의 시대

민족문학연구소의 『북한의 우리문학사 인식』(창비신서 104, 창작과비평사, 1991) 등이
간행되었고, 이노형의 『민족자주적 문학사와 민족성 연구』(울산대학교 출판부, 2005)도
북한 문학사에 대한 평가와 더불어 한국문학사와의 조율을 위한 시도의 하나이다.

〈표 1〉 한국시가사의 시대별 특성

정치사 (왕조)	고조선 1c	삼국시대　　통일신라 6c　　　　　10c	고려 10c　　　　　14c
시대구분 (전승방법)	구비한역시대 口碑漢譯時代	향찰문자시대 鄕札文字時代	속악가사시대 俗樂歌詞時代
시대특성 (대상인식)	전설시대 이야기시대 무속시대	神의 시대(聖骨, 眞骨) 신본주의(神本主義) (왕)신〉자연〉인간	힘의 시대(무력정벌) 인본주의(人本主義) 신=자연=인간
장르	신요, 민요	향가	려가(속요), 경기체가
작품	공무도하가 구지가 황조가	풍랑가(화랑세기) 14수(삼국유사)	*보현십원가(균여전) *도이장가 정과정곡, 한림별곡 속악가사(려가) 작품
음악관계	단순민요	神樂(사뇌가) 고정음악 (단형, 장형)	宴樂(잔치음악) 개별음악(려가) 첩연(흥을 위해 반복)
주담당층	왕실, 귀족, 관리	왕실, 귀족, 관리 승려, 화랑, 지식인	왕실, 귀족, 관리 승려, 지식인
기타	한문학 동양공통양식	음악상실 삼국유사, 향찰기록	음악가사로 전승 극문학(元曲)

*〈보현십원가〉와 〈도이장가〉는 고려시대 향가

정치사 (왕조)	조선 15c 19c	대한제국, 일제강점기, 대한민국 20c
시대구분 (전승방법)	훈민정음시대 **訓民正音時代**	**한글시대**
시대특성 (대상인식)	名分의 시대 도덕주의(성리학) 자연=인간	科學·實用시대 실용주의(자본, 富) 인간>자연(자연정복, 개발)
장르	경기체가, 시조, 가사	창가, 신체시, 자유시, 현대시조
작품	용비어천가 월인천강지곡 (경기체가, 시조, 가사)	문학독립 (문학성, 예술성, 계몽성)
음악관계	禮樂(예악) 가곡, 시조창 음악분화 경기체가(한림별곡음악)	음악독립(잡가, 판소리, 유행가) 상품화(유희기능, 음반)
주담당층	왕실, 士大夫, 양반 ···> 중인 ···> 서민	국민, 시민 전문가, 광대, 가수, 음악가, 시인, 예술가
기타	시가집 편찬 악학궤범, 시조집 시용향악보, 가사집 악장가사	실용성, 대중성, 상업성 한문학쇠퇴 인쇄, 출판 발달

2. 국문학의 장르

1) 서구문학과 한국문학의 상이점

지금까지 대부분의 한국문학사는 서구의 장르론과 사회변천사를 중심으로 기술하고 있다. 그러나 서구사회는 그들의 역사와 문학의 생성 발달을 토대로 이론화 체계화한 것으로 그들의 이론을 동양, 특히 우리의 한국문학사에 그대로 접합시킬 수는 없다. 문학의 발달과 변천이 그 사회의 소산이기에 우리의 문학사에서 후대에 나타난 서사시나 희곡(극문학) 등을 서구와 동일한 장르로 취급할 수 없기 때문이다.

서양에서는 운문으로 된 서사시가 제일 먼저 발달하였다. 서정시보다 먼저 신들이나 영웅들의 이야기를 암송한 것이 서사시인데 적어도 기원전 6세기 이전에 그리스에는 〈일리아드〉와 같은 시들이 암송되었으리라 짐작한다.3) 이러한 서사시로부터 기원전 4세기에는 소포클레스에 의하여 100편 이상의 연극이 만들어졌다. 그러므로 서양의 문학사는 서사시에서 극문학(희곡, 연극), 극문학에서 소설문학으로 발달한 셈이다.

그러나 우리가 영향을 받은 동양문학, 중국문학의 경우 서정시인 시경(詩經)으로부터 문학의 기원을 잡는다. 우리의 경우도 신요(神謠/巫歌)와 민요로부터 고대 서정시가가 이루어지고 이들을 한역한 〈구지가〉, 〈황조가〉, 〈공무도하가〉 등을 거쳐 신라의 향가문학이 꽃피었다. 산문의 경우는 운율이 없는 신화와 전설 등에서 가전체소설이 발달하고 조선시대에 이르러 본격적인 소설문학이 발달하였다.

---

3) 존 메이시(박준황 역), 『세계문학사』, 종로서적, 1981, 73~81쪽.

극문학의 경우는 설화나 소설에서 발달한 경우와 서정시(고려 속악가사)와 산대도감에서 유래한 것 등으로 그 원형을 찾을 수 있다. 설화나 소설에 음악이 결부되어 판소리문학이 되었는데 이를 창극(唱劇)이라고도 할 수 있으니 극문학의 일종으로 볼 수 있다. 서정시를 기원으로 한 것으로는 고려 속악 중 〈처용가〉, 〈쌍화점〉 등에서 연극적 편린을 엿볼 수 있고, 산대도감에 기원한 가면극(대사)에서 연극(희곡)의 기원을 찾을 수 있다. 서사시의 경우는 고려시대에 주몽신화를 한문(五言, 韻文)으로 노래한 이규보의 〈동명왕편〉이 최초의 작품이다.

서양과 우리나라의 장르발달을 간단히 도식화해 보면 다음과 같다.

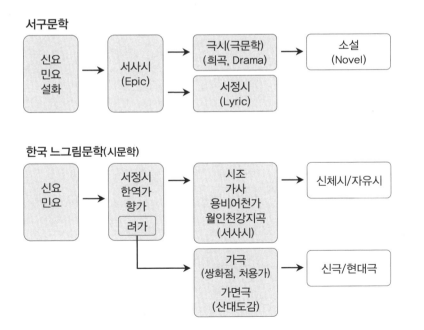

〈표 2〉 서구문학과 한국문학의 장르발달

한국 이야기문학(서사문학)

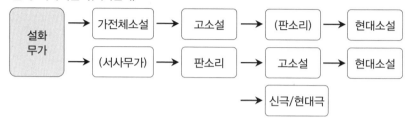

2) 서구 3분법의 문제점

(1) 사회적인 이질성

서구의 문학이론인 3분법 장르론은 그들의 역사 속에 전하는 명확한 문학현상(작품)을 분류하여 체계적으로 해명하려는 시도에 불과하다. 문학작품은 시대와 환경과 그 시대 사람들에 의해 창작된 결과물이다. 작품의 미적 절대치가 없듯이 장르의 발달도 일정한 틀에 고정되어 있는 것이 아니다. 인류의 모든 변화현상을 인간의 두뇌로 예측할 수 없는 것과 같이 예술 또한 시대와 역사와 환경에 따라 다양하게 변화하는 것이다.

예술이 가치 있다는 것은 인간의 속성을 예술이 가장 잘 대변하기 때문이다. 그러므로 예술은 가장 인간적이고, 가장 인간적이기에 불확실하며, 불확실하기에 끊임없이 새로운 것을 추구한다. 가장 가치 있는 것은 가장 창조적이고, 가장 창조적인 것은 고정된 것이 아니라 예측불허이기에 다양할 수밖에 없다. 문학도 예술 속에 있고 문학의 단면인 장르도 이와 같은 동일한 속성을 가지고 있다.

서구의 장르연구 결과를 우리의 문학사 기술에 그대로 적용하기에는 새로운 검토가 필요하다. 서구사회에서 발생하고 변천한 서구의 문학 장르이론이 동양의 우리문학사에 합당한지는 의문이다. 서구문학의 개론적이고 횡적인 장르를 수용하여 동양사회의 다른 환경에서 발생, 변천한 우리의 문학을 설명하기는 어렵다. 그러므로 동서양 문학환경, 곧 사회환경의 차이를 인정하고 그 사회와 문학과 역사에 대한 종합적인 검토 위에 우리의 문학사가 기술되어야 할 것이다.

서사문학이 전하는 기원 전 6세기경부터 서양사회는 주로 유목생활(遊牧生活)이었으나 동양문학의 출발인 시경(詩經)이 지어진 때(기원전 5~6세기)의 동양사회는 이미 농경생활(農耕生活)이 정착되었다. 우리의 경우도 기원 1세기를 문학의 기원으로 잡더라도 이때는 농경문화가 정착되어 붙박이 생활을 하던 때임에 틀림없다. 광주(光州) 신창동유적에서 2천 년 전의 기생충인 회충이나 편충의 알이 발견되고 대량의 벼 껍질이 출토된 것으로도 기원전후에 이미 농경문화가 정착되었음을 증명해 준다.[4]

유목생활은 유목문화를 생성하였는데 유목문화의 대표적인 속성이 이동문화라는 점이다. 이동문화는 동적(動的)문화이기에 그 문학 또한 서사문학을 파생하게 된다. 소나 말이나 양을 치면서 물과 초원을 찾아 이동하며 살아가는 사람들은 끊임없는 이야기를 낳게 되고 여기에 전쟁이 결부되면 사람살이는 다양한 사건을 만들어 훌륭한 서사문학을 만들게 되는 것이다. 떠돌이 유목민들은 어디에 잠시 머물면서 사랑하고 아이를 낳고 헤어지고 후에 다시 만나고 서로 빼앗고 뺏기면서 투쟁하며 살아가는 것이다. 가축과 재산뿐 아니라 아내

---

4) 조선일보 1997년 12월 2일자 19면 '광주 신창동유적 화장실 고고학 서막 열었다' 기사 참조.
  기생충은 농경문화의 집단 정착생활로 오염된 물과 야채 등으로 확산된다고 함.

와 딸 가족도 또한 예외가 아니다. 그러기에 〈오이디푸스왕〉에서는 심지어 자기 어머니를 노획물로 뺏어 아내로 삼는 서구사회의 극단적인 단면을 보여주기도 한다.

이러한 유목생활은 맹수나 적으로부터 자신의 목숨과 재산을 지켜야 하기에 언제나 긴장된 생활을 할 수밖에 없다. 밤에 잠을 잘 때에도 장화를 신고 옆에 무기를 두고 싸울 준비를 해야만 한다. 그러기에 지금도 서양문화는 실내에서도 신을 신고 생활한다. 그러나 동양의 사회는 농경생활로, 이는 한 곳에 모여 사는 정적(靜的)인 사회이기에 붙박이 문화를 형성하였다. 일정한 장소에 모여서 농사를 지으며 살아가는 사람은 한번 인연을 맺으면 오래 변하지 않고, 새롭게 남을 받아들이는 데는 보수적이지만 일단 받아들이면 우호적이라 집단의 친화와 협동을 우선으로 한다. 집단이 모여 살고 이웃 간의 전쟁이나 불화가 많지 않기에 잠자거나 휴식시간에는 무방비의 자유로운 상태에서 즐기고 살아가는 셈이다. 이러한 전통이 우리에게 실내에서 신발을 벗고 생활하는 온돌문화를 낳았다. 정착생활을 하는 농경민족에게는 방바닥을 덥히는 온돌문화가 발달했고, 이동식 유목민족에게는 모닥불로 난방을 하였기에 오늘날에도 공기를 덥히는 이동식 난로문화가 발달한 것이다.

동양사회는 서구의 유목사회보다 싸움이 많지 않고 이별할 일이 별로 없으므로 사건보다는 인간의 정(情)이 우선된 사회였다. 이러한 사회에서는 한 번 헤어짐은 큰 심리적 고통이었기에 문학이나 예술도 당연히 사랑과 이별, 그리움, 슬픔을 노래한 서정문학이 발달할 수밖에 없었다. 이러한 문학의 사회적인 환경으로 중국에서는 서정문학인 시경(詩經)이 처음 발달하였고, 우리나라 역시 한역으로 전하는 기원전후의 문학인 〈구지가〉, 〈공무도하가〉, 〈황조가〉 등이 모두 서정문학이다. 국가의 정착단계에서 부족 간의 싸움과 이동으로 주몽, 유리태자, 혁거세 등의 서사적인 설화가 전하긴 하지만 이들은 몇몇의 특이한 건국설화에 한정되어 서양의 서사문학처럼 이야기문학으로 발달하지는 못하였다. 이에 비해 서구사회는 무수한 집단 간의 이동으로 인한 사건과 투쟁이 그리스 로마 신화의 바탕이 되었고, 수많은 서사시를 만들어 이들을 무대에 올렸기에 일찍부터 극문학이 발달한 것이다. 신화나 서사시, 극의 공통점은 이들이 사건을 가진 이야기문학이란 점이다.

(2) 분류기준의 불통일성

　서양의 장르론은 역사 속에 전하는 작품군(作品群)을 유사성과 이질성으로 분류하였지만 그 기준이 획일적이지 못하다. 그것은 발생사적인 작품군으로 예술이나 사회현상을 설명하려고 했기 때문이다.
　서양의 장르론은 수많은 학자들에 의해 다양하게 발표되었다. 폴 헤르나디의 장르론(김준오 옮김)에 잘 정리되어 있는데 서구 장르론의 주종을 이루는 장르분류는 서정문학, 서사문학, 극문학의 3분법이다.5)

---

5) 폴 헤르나디(김준오 역), 『장르론』, 문장, 1985, 24~25쪽, 28~29쪽, 47~48쪽.
　참고로 몇 학자들의 장르분류의 근거를 정리해 보면, 보베Bovet는 서정문학을 신념 faith과 절망despair 사이에서 발생한 청년기로, 서사문학은 행위action와 정열passion 을 포괄하는 장년기로, 극문학을 위기crisis와 평온serenity으로 향하는 노년기라 하였으며, 스푀리Spoerry는 서정문학을 영혼의 내적 이미지에 의한 동적dynamic(자아, 영혼, 충동, 정서, 현재) 세계관으로, 서사문학을 정태적Static(세계, 육체, 사물, 과거) 세계관으로, 극문학을 지도적 규범directive norms(신, 정신, 의지, 미래)의 세계관으로 구별하였으며, 슈타이거Staiger는 서정적인 것의 특징으로 회상, 환기, 암시, 느낌, 기억, 영혼 등을,

이들을 보면 보베가 말한 신념이나 절망, 행위와 정열, 위기와 평온이 어느 한 장르에만 국한되는 것은 아니며, 스푀리의 동적(動的)인 격정적 세계관과 정태적인 관조적 세계관은 그 기준이 표현방법이나 관점(觀點), 동인(動因)에 의한 분류인 반면 지도적 규범의 극문학은 문학의 효용론적 입장이 분류기준이 되어 일관성이 없다. 슈타이거의 장르적 특색 또한 장르별로 절대적이거나 한 장르만이 독자적으로 지니고 있는 성질이라 할 수는 없다. 이러한 장르분류가 서양문학을 이해하는데 무용한 것은 아니라 하더라도 이들 장르이론은 서양문학 작품군의 발달과정과 문학과 사회사를 이해하기 위한 방편적인 문학이론이라 할 수 있다.

기야르가 장르를 구분법(九分法)으로 나누어 순수한 서정시, 서사적 서정시, 극적 서정시, 서정적 서사시, 순수한 서사시, 극적 서사시, 서정적 극, 서사적 극, 순수한 극으로 분류한 것도 이러한 장르구분의 부적절성이나 장르간의 혼효(混淆)를 말해주는 증거이기도 하다.

(3) 술어, 한자 번역의 부적절성

서양문학의 이론을 동양문학에 적용하면서 장르문제에 끼친 가장 큰 혼란은 운문과 산문, 시에 대한 인식과 개념의 차이에서 비롯되었다. 서양에서는 운문(韻文)은 모두 시(詩)였음에 비해 동양에서는 서정적인 운문만이 시(詩)이고 신화나 설화와 같은 이야기문학은 시가 아니었다. 동양에서는 사건을 가진 이야기문학에 대해서는 문학이란

서사적인 것의 특징으로 표상, 매혹, 축적, 외관, 재현, 육체 등을, 극적인 것의 특징으로는 긴장, 유보, 강요, 증명, 투영, 정신 등을 들었다.

개념이 없었으며 서양의 서사시와 같은 운문으로 된 이야기문학도 없었다.

서양의 가장 오래된 서사시(敍事詩)인 〈일리아드〉와 〈오디세이아〉는 오래 전부터 전해오던 이야기를 10세기경 전설적인 인물(개인인지 집단인지조차 불확실)인 호메로스에 의해 운문으로 노래되어 구전으로 읊어지다가 그 후 문자로 정착되었다고 한다. 그 후 17세기 밀턴이 서사시 〈실락원〉을 썼는데 이들을 번역하면 우리에게는 장황한 소설로 보일 뿐이다. 이는 운율을 잃어버렸을 때 더 이상 시로 느낄 수 없음을 말해 준다.

Epic이란 어원(語源) 또한 이야기란 뜻의 Epos에서 왔다고 하니 이들은 이야기문학임에 틀림없다. 그러나 동양에서는 이러한 운문의 이야기문학이 존재하지 않았고 중국문학의 사(辭)와 부(賦)는 서양의 서사시와는 그 양상이 다르다. 북방문학의 시경(詩經)과 대비되는 남방문학의 초사(楚辭)는 시경의 시보다는 길어졌지만 이야기나 사건보다는 작가의 느낌이나 감정, 이미지가 중심을 이루고 있으며 한대(漢代)의 사부(辭賦)에 이르러 이야기 요소가 좀 더 많아졌다고 할 수 있다.

서양문학은 이러한 운문의 이야기문학(서사시)이 무대에 올려져 배우의 행동(연기)을 즐김으로써 극문학이 발달하게 되었다. 'Drama'란 말(어휘) 또한 '행동'이란 어원에서 만들어진 술어라고 한다. 아리스토텔레스는 서사시, 비극시, 희극시로 분류하였는데 18세기 헤겔에 의하여 서정양식이 보태어져 서정, 서사, 극으로 삼분법이 정립되었다. 이후 유럽에서 19세기와 20세기에 서정시의 전성시대를 맞았고, 우리는 20세기에 서양문학의 수입으로 문학이론과 작품들을 수용하게 되었다.

우리문학의 경우 서정시가 주축을 이루고 서사시는 10세기 이후 고려와 조선시대에 와서야 몇 편이 창작되었으나 크게 발달하지 못하였다. 그런데 서양의 Epic을 서사시로, Lyric을 서정시로, Drama를 극시(양식)로 번역하였다. 이러한 번역에서부터 우리 문학에 대한 혼란이 야기되었다.

첫째, Epic, Lyric, Drama를 번역함에 서양문학에서는 서사시, 서정시, 극시라는 술어가 합당하나 우리의 문학에는 서사시와 극시라는 술어는 맞지 않다. 서양에서는 Epic, Lyric, Drama가 모두 운문으로 쓰였지만 우리의 경우는 서정시만이 운문이고 서사시의 발달은 극소수이며, 운문의 극시는 존재하지 않거나 판소리와 비슷한 면이 있다 하더라도 그 차이가 크다.

둘째, Epic, Lyric, Drama 등을 서사문학(양식), 서정문학(양식), 극문학(양식)이라고 번역하더라도 서사(敍事)나 서정(抒情), 극(劇)의 분류는 우리문학사 기술에 있어서는 별 의미가 없다. 분류기준이 절대적인 것도 아니고 한국문학에 있어 많은 작품군을 차지하지도 않으며 우리 문학의 이해에 혼란만 주었을 뿐이다.

셋째, 서정이란 생각이나 뜻, 느낌을 푼다는 의미이고 서사는 차례대로 이야기를 늘어놓는다는 뜻이며 극이란 연극을 말한다. 서정(抒情)이나 서사(敍事)라는 한자어도 어려울 뿐더러 극이란 서정, 서사와는 판이한 분류기준이다. 서정문학은 직관적인 느낌이나 마음(情)을, 서사문학은 이야기(事)를 중심 대상으로 하지만 극은 이야기를 행동으로 무대에 올렸으니 대상이 아니라 표현방식에 의한 분류이기 때문이다. 극문학 또한 주된 대상은 이야기(事件)이기에 극문학은 서사문학의 변형이라고 할 수 있다.

표현방식으로 장르를 나눈다면 서정시는 운문의 노래(Lyric은 원래 칠현금/七絃琴의 악기이름)로, 서사시는 운문의 기록이나 암송으로, 극은 무대에서 행동으로 표현한다고 하여야 할 것이다. 장르분류는 동일한 기준에서 이루어져야 하고 번역 또한 일관성이 있어야 하는데 그렇지 못하다. 극문학을 서동(敍動)문학이라 할 수 있으나 이는 동작이나 연기가 표현대상이 아니므로 사용하지 않은 듯하나 번역의 일관성이라는 측면에서는 극문학이란 술어보다 낫다.

이러한 번역의 문제가 일본의 서양문학 수입으로 비롯된 것인지는 더 살펴보아야 하겠지만 국문학에서의 혼란을 극복하기 위해서 새로운 한글 술어를 생각해 보아야 하겠다. 이제 국문학의 문학술어인 장르명칭도 가능하면 우리말로 체계화할 필요가 있다. 장르를 '갈래'라고 한 것은 좋은 술어다. 그러나 장르나 갈래란 용어는 그 술어가 소리말이기에 오류를 범하지 않는다. 그러나 한자로 번역된 경우는 글자의 뜻이 있기에 엉뚱한 의미를 부여하기가 쉽다.

서정(抒情)문학은 뜻이나 마음을 풀어내는 문학으로 보니 모든 문학이 인간의 마음이나 뜻을 말하지 않는 문학이 어디 있으며, 서사(敍事)문학은 사건을 이야기하는 문학으로 생각되니 국문학에 있어 사건을 배경설화로 가진 〈황조가〉나 향가 작품들을 서사문학으로 보기도 하는 혼란을 초래하는 것이다. 그러니 좀 더 확실한 개념이 잡힐 수 있는 우리말 술어의 개발로 장르명칭에 의한 혼란을 방지하고 장기적으로 국문학의 독립된 철학을 정립하는 데 도움을 주어야겠다.

서정문학은 직관에 의한 느낌의 문학이다. 시는 이미지가 주된 요소인데 이미지를 우리말로 여증동이 제안[6]한 합성어인 '느그림(느낌의 그림자란 뜻)'이란 술어를 사용하여 시문학, 곧 이미지문학을 '느그림문학'이라 함도 좋을 듯하다. 서사문학은 이야기로 구성된 문학이기에 '이야기문학'[7])이라 하여 국문학의 갈래를 느그림의 문학과 이야기의 문학으로 2분하고 국문학 장르의 파생과 발달을 조감해 보고자 한다.

예술의 형상화는 '대상을 어떻게 인식하여 어떻게 표현하느냐?'의 문제인데 이러한 인식과 표현의 양식을 종합하여 시대구분이나 장르(갈래)를 변별하는 근거로 삼는다. 표현양식에 따라 예술이나 문학의 하위 장르가 나누어지기도 하는데, 표현양식으로 언어를 사용하면 문학이 되고, 소리를 사용하면 음악, 선이나 색을 사용하면 회화, 몸짓을 사용하면 무용이 된다. 문학에서는 이야기를 기록하면 이야기문학(서사문학), 느낌을 표현하면 느그림문학(서정문학, 시문학)이 된다.

3) 국문학 장르 발달사

국문학의 장르변화는 크게 느그림문학(시문학)과 이야기문학으로 발달하였다. 서양문학사에서 큰 비중을 차지하는 극(劇)문학이 고려와 조선시대에 자리 잡기 시작하였으나 우리 문학사에서는 그렇게 큰 비중을 차지하지 못하였다. 원극(元曲)이나 산대극(山臺劇)의 영향으

---

6) 여증동, 『국어교육론』, 형설출판사, 1982, 27쪽.
　'이미지'를 우리말로 '느그림'(느낌의 그림자란 의미)이라 하자고 제안하였는데, 시문학을 '느그림문학'이라고 우리말로 표현함도 좋을 듯하다.
7) 김수업은 『배달문학의 길잡이』(선일문화사, 1983, 수정판 95~99쪽)에서 국문학의 갈래를 노래 문학, 이야기문학, 놀이 문학, (나머지) 넷째 갈래의 문학으로 4분하였는데 여기에서 우리말로 서사문학을 '이야기문학'이라는 용어로 사용하였다.

로 느그림문학에서 가무극(歌舞劇)이 생겼으며, 이야기문학에서 서사극(敍事劇)으로는 불완전하나 가면극과 인형극, 판소리가 발달하였다. 그러므로 운문 서사시가 주축이 되어 극문학이나 서사문학이 발달한 서양문학과 우리 국문학은 그 장르 발달이 판이하다고 하겠다. 서정, 서사, 극, 교술의 4분법(조동일)에서 교술문학 또한 국문학사 기술에 있어서 사적(史的)인 관점에서 본다면 후대 일부 장르의 작품들에서 나타나는 부분적인 내용특성에 불과하다.

국문학의 발달로 본 장르명칭을 정리해 보면, 민요 이전의 신적이고 주술적, 집단적인 노래를 신요(神謠)라고 하고 고려 후대에 개별 악곡화 되어 궁중 무악(巫樂)으로 사용된 것을 무가(巫歌)라고 구별하고자 한다. 장르기준을 일정한 형식과 내용적인 공통성을 가진 작품군으로 한정하여, 단순한 문자표기에 의한 기록의 차이는 그 원형을 기준으로 장르를 분류하고자 한다. 예를 들어 향찰문자로 기록된 〈서동요〉와 〈풍요〉, 고려의 개별악곡이 붙여진 〈유구곡〉과 〈상저가〉 등을 원 형태와 속성에 따라 민요장르에 귀속시킬 필요가 있다. 조선시대의 잡가 속에도 민요 그대로 이입된 형태들이 있을 수 있는데 잡가란 장르 자체가 일정한 공통성을 가진 장르군이라 보기는 어렵다. 특정한 장르군에 속하지 못하는 이질적인 나머지 작품들이라는 의미로 잡가라 하였는데 음악적 면이 아닌 문학장르로 인정하기에는 문제가 많아 문학사에서 독립장르로 취급하기에는 어려움이 많다. 그리고 악장 중 〈용비어천가〉와 〈월인천강지곡〉은 운문으로 된 이야기문학으로 이야기가곡(서사가곡/敍事歌曲)이란 이름의 장르로 독립할 필요가 있다.

국문학의 갈래(장르) 발달을 도표로 정리하면 다음과 같다.

〈표 3〉 국문학의 장르 발달

느그림문학 (시문학)	극문학	이야기문학 (서사문학)

- 신요
- 민요
- 구지가 / 공무도하가
- 황조가 / 두리노래
- 서동요 / 풍요
- 헌화가 / 도솔가
- 향가-사뇌가
  - 8행시 / 10행시 / 보현십원가 / 도이장가
- 려가
  - 정과정곡 / 이상곡 / 가시리 / 쌍화점 / 청산별곡 / …… / 유림가 / 신도가 / 감군은
- 한림별곡
- 관동별곡 / 죽계별곡
- 경기체가
  - 화산별곡 / 상대별곡 / 오륜가 / …… / 독락팔곡
- 유구곡 / 상저가
- 무가
- 시조
- 가사
- 서사가곡
  - 용비어천가 / 월인천강지곡
- 아리랑
- 창가
- 신체시
- 현대민요
- 현대시

- 신화
- 전설
- 민담
- 가전체문학
- 한문소설
- 가면극
- 판소리
- 한글소설
- 수필/일기
- 창극
- 신극
- 희곡-연극
- 신소설
- 시나리오-영화
- 현대소설
- 현대설화

제3장

구비한역시대

(제1기 : 기원 전후~5세기)

1. 국문학의 출발

동북아시아에서 따뜻한 동남쪽으로 이상향을 찾아 이동하던 우리 민족(동이족)이 만주일대와 지금의 한반도에 농경사회를 이루고 정착한 시기는 기원전으로 짐작된다. 이때 건국된 최초의 국가가 고조선이고 뒤이어 삼국이 건국의 기초를 다지게 된다. 중국 측 기록(삼국지위지동이전, 三國志魏志東夷傳)에 나타난 우리 민족에 대한 기록을 살펴보자.

① 영고(迎鼓): 은나라 정월에 하늘에 지내는 제사, 나라 안에 큰 모임을 가지고 날마다 마시고 먹으며 노래하고 춤춘다. (부여)
② 동맹(東盟): 시월에 큰 모임을 가져 하늘에 지내는 제사 (고구려)
③ 무천(舞天): 시월절이면 하늘에 제사 지내며 밤낮 술 마시고 노래하며 춤춘다. (예)
④ 오월에 씨 뿌리고 귀신에게 제사를 지낸다. 밤낮을 가리지 않고 무리가 모여 술 마시고 노래하고 춤추는데 땅을 밟고 뛰며 손발이 서로 응해 그 절주가 탁무(鐸舞)와 같다. 농사가 끝나면 또

다시 그와 같이 한다. (韓)

⑤ 풍속에 노래하고 춤추고 술 마시기를 좋아한다. 비파가 있는데
　그 모양은 축(筑)과 같다. (弁辰)

　이들을 보면 부여의 영고, 고구려의 동맹, 예의 무천 등 집단행사
가 있었음과 탁무와 같은 춤과 축(筑)과 같은 악기가 사용되었음을 알
수 있다. 이들 행사는 예술의 장르가 분화되기 전의 원시종합예술로
주로 봄, 가을의 씨 뿌리고 추수할 시기(農功始畢期)에 행해졌음을 알
수 있다. 숭배대상은 주로 하늘신(天神)과 곡식신(穀神)이었을 것이다.

　이 시기 중국에서는 한나라를 거쳐 춘추전국시대에 이르고, 공자
에 의해 최초의 시집인 시경(詩經)이 편찬된다. 시경에 실린 시들은
북방민족의 노래이며 이때의 시들도 거의 농경시대에 정착된 것으로
보인다.

　이보다 다소 늦은 우리의 시가문학도 농경문화가 정착되고 수렵과
어업 등으로 살아가던 시기에 이루어진 것으로 보아야 할 듯하다. 이
시기의 작품으로 한역되어 전하는 노래는 고조선의 〈공무도하가〉,
고구려의 〈황조가〉, 가락국의 〈구지가〉가 있고, 가사가 전하지 않는
〈두리노래(兜率歌)〉의 내용이 일부 기록되어 있을 뿐이다.

　문자가 없었던 고대시가의 경우 정확한 연대는 큰 의미가 없으나
〈공무도하가〉와 〈구지가〉는 물가에서 생활하며 어업과 농경문화를
배경으로, 〈황조가〉는 수렵과 농경문화를 배경으로 불린 노래로 추
정된다. 〈兜率歌〉라 기록된 노래는 국가나 부족의 집단적 노래였기
에 '此歌樂之始也'라 한 것이다. 이는 불교가 들어오기 전이기에 노래
이름 또한 불교적인 '도솔'로 볼 수 없어 〈두리노래〉나 〈두레노래〉란

명칭이 더 타당해 보인다. '兜'의 한자음은 '두'이고 '率'은 '솔, 률'로 '류, 릭, 리' 등으로 읽을 수 있었을 것이다. 곧 '두리, 두류, 두룬' 등과 같이 우리 주변의 산들을 '두리산, 두룬산'이라 하고 식사 때 둘러앉아 함께 먹는 둥근 밥상이 '두리상'이고 공동의 작업이 '두레'이기에 이 노래도 국가나 집단의 공동노래로 〈두리노래〉라 하여 8세기 월명사의 불교적인 향가 〈도솔가〉와는 마땅히 구별하여야 하겠다.

또한 〈두리노래(兜率歌)〉의 성격을 '有嗟辭詞腦格'이라 하였으니 감탄사(嗟辭)가 있는 사뇌격의 노래로, 곧 사뢰는 노래, 기원의 노래로 추정할 수 있다. 1세기의 노래가 10행의 향가형식(사뇌가)을 갖추었다고 보기는 어렵다.

2. 한역가(漢譯歌) 원래의 모습

우리말을 표기할 문자가 없던 시절에는 우리의 노래들을 한자로 옮겨 뜻만을 기록할 수밖에 없었다. 이 경우 완전히 한시의 형태로 번역한 경우와 한시보다는 우리 노래의 흔적을 엿볼 수 있게 한역한 경우가 있는데, 〈황조가〉는 앞의 경우이고 〈구지가〉와 〈공무도하가〉는 뒤의 경우이다.

한자로 번역된 것을 원래 우리말로 다시 복원하는 것은 원역(原譯) 작업이라고 함이 더 타당하다. 한역가를 그 시대와 그 지역의 언어로 복원하는 일은 쉽지 않다.

1) 구지가 – 영신군가(迎神君歌), ᄀ마노래

가락국의 건국설화인데, 연대로는 〈공무도하가〉와 〈황조가〉보다 조금 뒤지지만 시의 내용으로 보아 원시인들이 직접 신에게 아뢰는 신요(神謠)로 우리 시가의 원형을 보여주는 작품이다.

〈구지가(龜旨歌)〉는 수로왕(首露王)을 맞이하는 노래이니, '龜'를 거북이로 보기보다는 신이나 왕의 뜻으로 'ᄀᆞᆷ, 검, 감, 금(임금)'으로 복원하고자 한다. 김해지방의 노래이니 경상도 방언을 사용하고 향가나 구어체의 어법에 따라 '하지 않으면'보다 '안하면'이 더 원형에 가깝다. 머리(首)는 한역 때의 허자(虛字)일 수도 있고 임금이나 우두머리의 의미요소일 수도 있다. 고대 민요형으로 2음보(마디) 내지 3음보로 재구해보면 다음과 같다.

> ᄀᆞᆷ하 ᄀᆞᆷ하/ 나오너라
> 안나오마/ 구버 먹는다
>
> 검하 검하/ 임금/ 내놔라
> 안내노마/ 구버/ 먹는다.
>
> ᄀᆞᆷ하 ᄀᆞᆷ하/ 임금 닉어쇼셔/
> 아니 닉어샤ᄃᆞᆫ/ 구워서 머그리이다
>
> *龜何龜何 首其現也 若不現也 燔灼而喫也

이렇게 두 마디나 세 마디 민요형식으로 복원한 것은 머리 '首' 자를 허자(虛字)로 보고, 경상도 구어(口語)의 부정형태(안, 아니)가 앞쪽에 오는 것과 위협적인 주술성을 고려하였기 때문이다.[1] 이는 필자가 자랄 때 양지쪽 담벼락에 등을 붙이고 일렬로 서서 추위를 이기려고 해를 부르던 민요(동요)와 흡사한 리듬이다.

해야 해야/ 나오너라//
김치국에/ 밥말아먹고/ 나오너라//

〈구지가〉는 '燔灼而喫也'가 우리말 어순으로 기록된 것으로 보아 한역된 것이 확실하나 〈공무도하가〉와 〈황조가〉는 한문원문으로 보는 견해도 있다.[2]

'신이여! 임금을 내놓으시오. 안 내놓으면 구워 먹으리이다.' 首는 우두머리, 임금으로도 쓰이니 '임금'이라 하고, '其'와 '若', '也'는 의미 없는 허자(虛字)로 보고자 한다. 한문으로 번역하려니 초기 시경(詩經) 형태의 사언(四言)위주로 새겼을 것이다. 향찰이나 이두로 보기도 하나 '現也', '燔灼而喫也' 등은 우리말 어순으로 된 한역이라 생각된다.[3]

후한 세조 광무제 건무 18년(A.D.42) 임인 3월 계욕지일(禊浴之日) 북

---

1) 이임수, 「고전국어시가의 시각화 문제 -고대 한역가 및 향가를 중심으로-」, 『동국어문논집』 제6집, 1994, 3~6쪽.

2) 서수생은 조선에서 한문으로 창작되어 중국에 유입된 노래(공후인 연구, 국문학논고)라 하였고, 최신호(공후인 異考, 동아문화 10), 지준모(공무도하가考, 국어국문학 62-63합), 이종출(상대가요의 시가적 양상, 한국고시가 연구) 등은 중국인의 작으로 보았으니 이 작품의 원문이 한시란 추정이다.

3) 김창룡이 '也'를 향찰로 보아 경상도 방언으로 재구하거나 존칭으로 복원한 것도 탁견(卓見)이나 〈구지가〉의 '龜何龜何 首其現也' 두 구가 〈해가〉에서 '龜乎龜乎出首路' 한 구로 축약된 것으로 보아 〈구지가〉의 원형을 꼭 4구라 하긴 어려울 듯하다.
　　검하검하/ 수롤 나토시예/ 아니 나토오시면예/ 구워서 먹을래예 (김창룡, 『한국옛문학론』, 새문사, 2003, 66쪽)
　　검하검하/ 수롤 닉어쇼셔/ 아니 닉어샤돈/ 구워서 머그리이다 (위의 책, 68쪽)

구지봉(北龜旨峰)에 형태가 보이지 않으나 사람소리가 났다. 구간(九干)들과 무리 이삼백 사람이 구지봉으로 갔더니, '황천(皇天)이 나에게 새로운 나라를 건설하라고 하여 이곳에 내려왔다'고 하였다. 그가 시키는 대로 흙을 두드리며 노래했더니 하늘에서 여섯 알들이 내려왔다. 신의 목소리가 시키는 대로 구간들이 노래하여 임금을 맞이하였으니 초기 학자들이 〈영신군가(迎神君歌)〉라는 명칭을 붙인 것이다.

　인간이 신을 맞이하는 신요(神謠)로 원시시가의 모습을 보여주는 노래다. '－안 하면 구워먹는다'는 가정과 위협의 방식으로 신의 하강(下降) 의지와 민중의 영신(迎神) 의지를 성취하고 있다. '龜'는 단순한 거북이기보다는 신(神)으로 '굼, 감, 검, 금(임금)'이라 하고, 신이나 임금을 맞이할 수 있게 '굼하 굼하/ 나오너라'고 하거나 우두머리이기에 '임금(머리) 내 놓아라'라고 복원하는 것도 좋을 듯하다.

　　龜: 거북 구, 旨: 맛 지
　　　향찰로 읽으면 구마, ㄱ마, 고마, 키마, ㄱ미(龜尾)

　구지봉에서 소리가 났으므로 거북의 머리, 임금이나 우두머리의 출현을 빌어 '거북의 머리를 내어 놓아라'고 해석할 수 있다. 그러나 삼국유사 권2, 수로부인 조의 〈해가〉에서 용이 수로부인을 납치하였음에도 '龍何龍何'라고 하지 않고 '龜乎龜乎'라고 하였음을 보면, '龜'를 단순히 거북으로 인식하였기보다는 신(굼, ㄱ미, 天神, 龍神)의 의미에 더 가까웠을 것으로 생각된다.

　비슷한 시기 동명왕의 건국설화에 나오는 〈고라니노래(白鹿呪歌, 祈雨呪)〉와 유사하다. 동명왕이 고라니로 하여금 하늘에 고하여 비를 구하는 노래인데, 비를 내리게 하지 않으면 너를 죽이겠다는 가정과 위협의 형식이 동일하다.

天不雨沸流 漂沒其都鄙 我固不汝放 汝可助我憤[4]

비류국의 도읍이 물에 잠기게/ 하늘이 비를 안 내린다면/
나는 너를 아니 풀어줄 테니/ 너는 내 뜻(분함)을 도와다오./

우리 시가의 원형인 이러한 신요(神謠)에서 인간 사회의 발달로 세속화된 신과 우리 인간이 갈등을 극복하고 화합과 축제의 노래로 발전한 것이 8세기 성덕왕 때의 한역가 〈해가(海歌)〉이고, 나아가 〈구지가〉, 〈해가〉 등의 주술적 노래들이 종교적으로 승화하여 문학작품으로 탄생한 것이 향가 〈헌화가〉이다.

2) 공무도하가 – 공후인(箜篌引), 강 건너는 노래

최표가 엮은 고금주에는 다음과 같은 이야기가 기록되어 있다.

〈공후인〉은 조선진졸(朝鮮津卒) 곽리자고(霍里子高)의 아내 여옥(麗玉)이 지은 것이다. 자고가 새벽에 일어나 배를 보러갔더니, 머리가 허연 미친 듯한 사람(白首狂夫)이 머리카락을 산발하고 호리병을 찬 채 물을 건너고 있었다. 뒤에서 그 아내가 쫓아오며 건너지 말라고 했으나 미치지 못하고 그는 물에 빠져 죽고 말았다. 이에 그 아내는 공후를 타며 '공무도하(公無渡河: 그대 강 건너지 마오)'란

---

4) 이규보의 〈동명왕편〉에 오언한시(五言漢詩)로 기록되어 있다.

노래를 불렀는데 그 소리가 심히 구슬펐다. 노래를 마치고는 스스로 물에 몸을 던져 죽고 말았다. 자고가 집에 돌아와 그 아내 여옥에게 그 사정과 노래를 이야기했더니 여옥이 슬퍼하며 그 노래를 본받아 공후를 타며 노래하였는데 듣는 이는 누구나 눈물 흘리지 않은 자가 없었다. 여옥은 또 그 소리를 이웃 여자 여용(麗容)에게 전하였는데 〈공후인〉이라 한다.

公無渡河 公竟渡河 墮河而死 當奈公何

내님/ 물 건너지/ 말랬더니
기어이/ 건너다/ 돌아가셨네
아-/ 이 일을/ 어찌할고?

반주하던 악기의 이름을 따 〈공후인(箜篌引)〉이라고도 하는 이 작품은 한역시의 첫 행을 제목으로 삼아 〈공무도하가(公無渡河歌)〉라고 부른다. 기록에 따라 여러 가지로 다른 번역들이 전해옴을 보아 우리말 노래가 한역되었고, '公'이나 '當' 등도 글자 수를 맞추기 위한 허자로 생각된다.

다음과 같이 전해오는 한시(漢詩)의 글자가 다양하게 표기된 것으로 보아 우리말을 한역했을 가능성이 많다.

公無渡河 公竟渡河 墮河而死 當奈公何 (韓致奫, 海東繹史)
公無渡河 公竟渡河 公墮河而死 當奈公何 (蔡邕, 琴操)
公無渡河 公竟渡河 墮河而死 將奈公何 (古唐詩合解讀本)
公無渡河 公終渡河 公墮而死 將奈公何 (柳得恭, 二十一都懷古詩)
公無渡河 公終渡河 公淹而死 當奈公何 (朴趾源, 熱河日記)5)

이 노래에 대하여 정병욱은 백수광부를 주신(酒神), 그의 아내를 악신(樂神)이라 하여 신화적으로 해석하였고, 김학성은 백수광부를 미숙련된 무부(巫夫)라 하여 무속적으로 해석하였다. 그러나 난류이도(亂流而渡)라 한 것으로 보아 홍수로 물이 불어난 강을 건너 양식을 구하러 간 것으로 본 견해에 공감이 간다. 호리병을 찬 것 또한 헤엄치는 것을 도우는 부표의 역할을 한 것으로 보았다.[6]

시대와 작가에 있어서도 고조선의 강 나루터를 관리하는 남자(津卒, 곽리자고)가 홍수가 나자 새벽에 배를 살피러 갔더니 한 늙은이가 아내의 만류를 무릅쓰고 강을 건너다 익사한 사건으로 볼 수 있다. 백수광부의 아내가 물가에서 노래를 부르고 그도 따라 죽었으니, 원작자는 백수광부의 아내이고 이를 듣고 모방하여 노래를 부른 곽리자고의 아내나 이웃의 여용은 노래의 전파자로 봄이 좋을 듯하다.

'아-/ 이 일을/ 어찌할고?(當奈公何)'와 같이 의문으로 종결하는 구비(口碑) 원시시가 형태로 기록상으로는 최초(고조선, 기원전 1세기)의 서정시인 셈이다.

3) 황조가 - 곳고리 노래

삼국사기 고구려 본기 유리왕 3년 조에 다음과 같은 기록이 있다.

유리왕 3년 가을 칠월에 골천에다 별궁(離宮)을 지었고 시월에는 왕비 송씨(松氏)가 서거했다. 왕이 계비(繼妃)를 얻었는데 하나는 골

---

5) 최용수, 『한국고시가』, 태학사, 1996, 9~11쪽.
6) 김영수, 「〈공무도하가〉의 신고찰」, 『한국시가연구』 3집, 한국시가학회, 1998.

천(鶻川)사람인 화희(禾姬)이고 하나는 한인(漢人)의 딸인 치희(雉姬)
였다. 두 여자는 서로 다투어 화목하지 못했기에 왕이 양곡(凉谷)에
동서 두 궁을 지어 각각 살게 하였다. 후에 왕이 기산에 사냥을
가서 7일 동안 돌아오지 않자 두 여자가 서로 다투다가 화희가 치
희에게 "너는 한인집의 천한 여자가 어찌 그리 무례하냐?"고 꾸짖
자 치희가 창피하고 분하여 자기 집으로 돌아가 버렸다. 왕이 돌아
와 이야기를 듣고 말을 달려갔으나 치희가 노하여 돌아오지 않았
다. 왕이 일찍이 나무 아래에서 쉬다가 꾀꼬리(黃鳥)들이 날아드는
것을 보고 느낀 바 있어 다음과 같이 노래를 지었다.

翩翩黃鳥 雌雄相依 念我之獨 誰其與歸

곳고리는/ 암놈숫놈/ 노는데
나는/ 누하고 살꼬?

고구려 2대 유리왕의 외로움을 노래한 〈황조가〉는 더욱 정연한 사
언한시(四言漢詩)이기에 유리왕이 한자로 지은 것일 수도 있고, 아니면
일찍이 유행하던 민요와 같은 단순한 우리말 노래가 후대 유리왕 때
에 이르러 한역되었을 수도 있다. 그러나 마무리가 '나는/ 누하고 살
꼬?(誰其與歸)'란 의문형으로 이루어져 〈공무도하가〉와 같이 구비전승
한 원시한역가의 형태를 갖추고 있다.

정병욱은 유리왕을 신화적 존재로 보고 고대에 불린 짝을 찾는 구
애(求愛)의 노래로, 김승찬은 수렵경제 생활(雉姬: 雉, 꿩)에서 농경경제
생활(禾姬: 禾, 벼)로의 변화과정이 신화적으로 투영되었다고 해석하였
다. 이명선, 이능우 등은 서사적인 배경으로 한족(漢族), 매족(鶻川),
꿩(雉)족 등 부족 간의 갈등이나 혼인의 역사적 사실로 보기도 한다.7)

고구려의 동맹, 부여의 영고, 예의 무천 등 원시종합예술에서 발달하여 개인이나 집단의 서정을 노래한 〈공무도하가〉, 〈구지가〉, 〈황조가〉 등이 한역되어 전해오고 있다. 〈구지가〉는 집단의 군왕을 추대하는 영신군가(迎神君歌)로 신요나 민요로 보이고 〈공무도하가〉나 〈황조가〉는 개인의 서정을 노래하였는데 그들이 서사적 배경을 가지고 있으므로 때로 서사시로 본 견해도 있다.[8]

이에 비해 〈공무도하가〉는 공후인이란 악기로 노래 불렀으니 개별 음악을 가졌다고 할 수 있고, 〈해가(海歌, 海歌詞)〉는 〈구지가〉의 설화가 변화여 수로부인을 구출하는 데 사용되었는데, 칠언한시(七言漢詩)로 번역되어 전하지만 그 원문을 복원하기는 어렵다.

아무튼 이들은 우리나라 최초의 시문학(느그림문학)임에 틀림없고 우리말 노래가 한자를 사용하여 비로소 표기되기 시작하였다는 데 큰 의의가 있다. 〈공무도하가〉를 굿으로 보든 신화로 보든 시로서는 분명히 님의 죽음이란 개인의 슬픔을 노래한 시문학이며, 유리왕의 외로움을 노래한 〈황조가〉 또한 배경설화 그대로 본다면 첫 개인의 창작시가로 집단가요에서 벗어나 개인의 서정을 표현하기 시작한 최초의 시문학인 셈이다. 구비로 전승하다 후대에 기록된 원시한역가인 〈구지가〉와 〈고라니노래〉는 명령이나 위협의 신요나 무가적 노래이고, 〈공무도하가〉와 〈황조가〉는 스스로 탄식하는(自歎) 의문종결형을 가진 느그림(서정)문학이라 할 수 있다.

---

7) 김승찬·손종흠, 『고전시가론』, 한국방송통신대학, 1993, 21~23쪽.
8) 이명선, 『조선문학사』, 1948, 16~17쪽.

3. 그밖에 삼국의 노래들

- 가사부전(歌詞不傳)의 노래, 구전하는 노래, 내용만 알려지거나 후대에
한역된 노래

『고려사 악지』에는 고구려, 백제, 신라 삼국의 노래 13편이 소개되어 있다. 고구려 노래로 〈내원성〉, 〈연양〉, 〈명주〉, 백제 노래로 〈선운산〉, 〈무등산〉, 〈방등산〉, 〈지리산〉, 〈정읍〉, 신라 노래로 〈동경〉, 〈목주〉, 〈여나산〉, 〈장한성〉, 〈이견대〉 등에 대하여 작품이름과 간단한 내용만을 언급하고 있다. 여기에 백제노래로 〈숙세가〉, 그리고 여러 문헌들에 단편적으로 기록된 신라시대 가사가 전하지 않는 노래들을 정리해보면 다음과 같다.

1) 고구려 노래 – 내원성, 연양, (명주)

〈내원성〉은 오랑캐들이 투항하여 내원성에 머물게 하였음을 기린 노래이고, 〈연양〉은 죽음으로써 남에게 쓰임이 되려는 충성심을 노래한 것이며, 〈명주〉는 한 서생과 규수의 혼인에 얽힌 이야기 속에 서생이 규수의 부모에게 바친 노래로 물고기를 소재로 한 청혼의 노래였을 것으로 추정된다. 그러나 과거제는 고려 광종 때 처음 시행되었기 때문에 〈명주〉도 고려시대의 노래로 보아야 하겠다. 옛 고구려 땅인 정주, 연양, 명주 지역에서 채집한 이야기를 성(城)이나 지명으로 노래제목을 삼아 정리한 것이라 생각된다.

① 내원성 : 내원성은 정주(靜州)에 있는 섬인데 오랑캐들이 투항하여 왔으므로 이곳에 살게 하였기에 성의 이름을 내원(來遠)이라

하고, 노래로써 그를 기념했다.

② **연양(延陽)** : 연산부(延山府)에 있는 지명인데, 연양에는 남에게 사용될 때 죽음으로써 쓰이고자 하는 사람이 있었다. 나무에 비유하면, 나무가 불을 밝히려면 반드시 스스로 죽음으로써(戕賊之禍) 깊이 쓰임을 기쁨으로 여기는 바, 비록 재가 될지라도 피하지 않음과 같다.

＊**명주(溟洲)** : 세상에 다음과 같은 이야기가 전한다. 한 서생이 명주에 유학을 왔다가 양가의 규수가 아름답기에 자주 시를 지어 마음을 전했다. 규수가 말하기를 '여자는 함부로 다른 남자를 따를 수 없으니, 그대가 과거에 급제하면 부모의 허락을 받아 함께 하자'고 하였다. 이에 서생이 서울로 돌아가 과거공부에 전념하였다. 그런데 그 사이 규수의 집에서는 사위를 맞이하려고 하였다. 규수는 평소 집안의 못에서 물고기를 길렀는데, 고기들은 여인의 기침소리만 듣고도 모두 모여 먹이를 먹곤 하였다. 여인이 고기에게 밥을 주면서 "내가 너희를 기른 지 오래 되었으니 마땅히 너희도 내 마음을 알 것이다"고 하면서 비단에 쓴 편지를 던지자 큰 고기 한 놈이 편지를 물고 유유히 사라졌다. 하루는 서생이 서울에서 부모를 위하여 저자의 생선을 사서 집에 와 배를 가르니 비단 편지를 얻게 되었다. 놀란 서생은 급히 비단편지와 부모의 서찰을 가지고 여인의 집으로 달려갔더니 이미 사위될 사람이 문 앞에 와 있었다. 서생이 편지를 보이고 이 노래를 불렀더니, 여인의 부모가 기이하게 여겨, '사람의 힘으로 어쩔 수 없는 정성에 감동되었다'고 하면서 문 앞에 이른 사람을 돌려보내고 서생을 사위로 맞이하였다.

2) 백제 노래 : 숙세가, 선운산, 무등산, 지리산, (방등산, 정읍)

목간(木簡)에 쓰인 백제의 〈숙세가〉는 한문과 향찰식 표기를 혼용하여 한역한 백제노래로 보이는데 반해, 『고려사 악지』에 실린 5편의 노래는 가사가 그대로 전하지 않고 노래의 내용만 간략히 기록되어 있다. 〈선운산〉은 선운산에 올라가 부른 남편을 기다리는 망부가(望夫歌)이고, 〈무등산〉은 광주 무등산의 덕(德)을 노래했고, 〈방등산〉은 이기적인 남편을 원망한 노래, 〈정읍〉은 행상나간 아내가 남편을 기다리는 노래, 〈지리산〉은 구례현 여인의 정절을 노래한 것으로 도미설화와 유사하다. 그러나 여기에도 〈방등산〉은 신라 말에 도적이 일어났다고 하였으니 통일신라 말의 노래일 수 있고, 산이나 지명만으로 노래이름을 삼았음을 보면 고려사 악지가 지명위주로 채집한 노래들을 기록하였을 가능성이 많다. 〈정읍〉 또한 백제노래에서 기원하였으나 고려음악으로 완성되었을 것으로 짐작된다.

① 숙세가(宿世歌) : 부부인연노래

> 宿世結業
> 同生一處
> 是非相問
> 上拜白來

> 전생에 맺은 인연(업)으로
> 이생에 함께 태어났네
> 옳고 그름을 서로 물음에(물을 때)
> 우러러 절하여 사뢰옵세.

〈숙세가〉는 2000년 충남 부여 능산리 옛 절터에서 발견된 12.7cm
의 목간에 사언사구(四言四句)로 쓰인 것인데 6세기 후반9) 백제인의
시로 보인다. 시기적으로는 앞의 초기 한역가보다 훨씬 후대의 노래
이지만 한자와 향찰로 기록되어 전하는 백제시대의 가요임에 틀림없
다. 초기 한역가라고 보긴 어려우나 작품이 전하는 백제 노래로는 유
일(唯一)하다.

> 前生의 結緣으로
> 現世에 함께 하니
> 是非를 서로 물어
> 上拜하고 사뢰져10)

김영욱은 '전생에서 맺은 인연으로 이 세상에 함께 났으니 시비를
가릴 양이면 서로에게 물어서 공경하고 절한 후에 사뢰러 오십시오.'
라고 해석하여, 전생의 인연으로 이생에 부부로 태어났으니 서로 존
중하며 사랑하여 인연을 소중히 여기는 노래로 보았고, 〈숙세가〉란
창작소설의 작가 문영은 소설 속에서 전생의 업보로 태어난 이생의
고통을 하늘에 하소연하는 노래로 해석하였다.11)

이승재는 〈숙세가〉를 경주 안압지 20호 목간에 쓰인 〈우욕가(憂辱
歌)〉와 더불어 한자와 한문의 혼성어순으로 된 불완전 한시(漢詩)라 하
고, 국립경주박물관 미술관 터 1호 목간에 쓰인 것을 〈만신가(万身歌)〉

---

9) 이승재, 「목간에서 찾은 신라 시가 2수」, 구결학회 학술대회발표논문집, 2012, 26쪽.
10) 김영욱, 「백제 이두에 대하여」, 『구결연구』 11, 구결학회, 2003, 142쪽.
11) 전생의 업보로 이생에 태어났구나/ 옳고 그름을 물어 어쩌리/ 하늘을 우러러 아뢸 수밖
에.(문영의 소설, 『숙세가』, 파란미디어, 2005)

라는 향가작품으로 보았으나[12] 목간의 글자가 불확실할뿐더러 아직 향가라고 단정하기엔 의문점이 많다. 그러나 〈숙세가〉는 한문과 향찰표기가 혼용된 백제 노래로, 부부 인연의 소중함과 부부가 서로 존중해야 함을 노래하고 있다.

② 선운산 : 장사(長沙)에 사는 사람이 사역을 갔다가 기한이 되어도 돌아오지 않자 그 부인이 선운산에 올라 남편을 기다리며 부른 노래.

③ 무등산 : 무등산은 전라지방의 가장 큰 읍성인 광주를 둘러싸고 있는 진(鎭)이다. 이 산에 의지하여 백성들이 안락하게 살고 있음을 노래한 것이다. 무등산의 덕을 노래.

④ 지리산 : 구례현에 자색이 자못 아름다운 여인이 있었는데, 지리산 아래 살며 매우 가난했지만 아내의 도리를 다했다. 백제왕이 그녀의 미색을 듣고 그를 소유하고자 하였으나 그 여인이 죽음을 맹세하며 따르지 않았음을 노래하였다.

＊ 방등산 : 방등산은 나주에 속한 장성의 경계에 있다. 신라 말에 도적이 크게 일어나 이 산을 점령하여 양가의 자녀를 많이 잡아갔다. 장일현의 여인도 그 속에 있었는데, 그 남편이 즉시 구하러 오지 않음을 풍자하여 이 노래를 지었다.

＊ 정읍 : 정읍은 전주에 속한 현인데, 정읍현의 사람이 행상을 갔다

---

12) 이승재, 앞의 논문, 27~43쪽.

오래 동안 돌아오지 않자 그 아내가 산위의 바위에 올라가 바라보며
남편이 밤길에 어려움을 당할까 걱정하는 마음을 진흙탕에 더럽히는
것(泥水之汚)으로 비유하여 노래한 것이다. 아내가 오른 망부석이 있었
다고 전한다.

3) 신라 노래

신라시대 시가문학은 향가 이외에도 여러 문헌에서 그 흔적들을
찾을 수 있는데 시의 전체적 내용이나 창작배경을 산문으로 간단히
기록하고 있다. 대부분 구비로 전승되어 오거나 한역되었고 몇 노래
는 후대에 관련 내용이 한시로 재창작되어 전하기도 한다. 시작품 자
체가 그대로 전하지는 않지만 내용을 짐작할 수 있는 신라시가들을
다음의 분류로 정리해 보면 아래와 같다.[13]

> ① 치리가계(治理歌系); 두리노래(兜率歌), 회소곡(會蘇曲), 달도가(怛
> 忉歌), 해가(海歌), 현금포곡(玄琴抱曲), 대도곡(大道曲), 문군곡(問
> 羣曲), 동경(東京)1, 동경2(安康歌), 이견대(利見臺), 장한성(長漢城)
> ② 화랑, 충신계; 해론가(奚論歌), 양산가(陽山歌), 실혜가(實兮歌)

---

13) 여기에 정리한 가사가 전하지 않는 시가들은 최용수가 엮은 『한국고시가』(태학사,
1996)의 '삼국의 한역가요 및 不傳歌謠' 자료를 참고로 하였는데 이 중 〈답산가〉, 〈망국애
가〉, 〈동경노인시〉, 〈여나산〉을 제외하고 〈회소곡〉과 〈한기무〉를 첨가하여 48개 노래로
정리하였다.
　〈踏山歌〉는 道詵의 참요이나 조선건국을 예언한 것으로 신라보다는 고려후대의 위작으
로 생각되고, 〈亡國哀歌〉와 〈東京老人詩〉는 신라가 망한 직후의 노래로 보이고, 〈余那
山〉은 과거제가 신라에 없었으므로 고려의 노래로 짐작되기 때문이다. 〈會蘇曲〉을 첨가
한 것은 〈會樂〉과 다른 곡으로 본 여기현의 논지(여기현, 신라 음악상과 사뇌가, 82~94
쪽)를 따랐기 때문이고 〈韓岐舞〉는 『삼국사기』 '雜志一, 樂'에 〈小京舞〉와 나란히 기록되
어 있는데 최용수의 자료에 누락되었기에 첨가한 것이다.

③ 원가계(怨歌系); 물계자가(勿稽子歌), 천관원사(天官怨詞), 치술령
곡(鵄述嶺曲), 목주가(木州歌)

④ 불교계(佛敎系); 산화가(散花歌), 무애가(无㝵歌), 징성가(澄性歌)

⑤ 악(樂); 회악(會樂), 신열악(辛熱樂), 돌아악(突阿樂), 기아악(技兒
樂), 사내악(思內樂), 가무(笳舞), 간인(竿引), 미지악(美知樂), 도령
악(徒領樂), 날현인(捺鉉引), 사내기물악(思內奇物樂), 내지(內知),
백실(白實), 덕사내(德思內), 석남사내(石南思內), 사중(祀中), 한기
악(韓岐舞), 소경무(小京舞), 우식악(憂息樂), 대악(碓樂)

⑥ 동요, 참요; 모랑가(毛娘歌), 도파요(都破謠), 완산아(完山兒), 비
형랑사(鼻荊郎詞), 지귀사(志鬼詞)

⑦ 순수 서정시; 번화곡(繁花曲), 앵무곡(鸚鵡曲)

(1) 치리가계(治理歌系)

가사가 전하지 않는 시가의 경우도 국가적인 치리(治理)의 성격을
띤 작품이 많다. 〈두리노래(도솔가)〉는 '始製兜率歌 此歌樂之始也'라
하여 국가적인 악의 시작임을 알 수 있다. 〈회소곡(會蘇曲)〉은 궁중의
화합이나 길쌈의 장려를 위한 궁중악이고, 〈달도가(怛忉歌)〉는 소지
왕 시절 서출지(書出池) 사금갑(謝金匣) 설화에 나오는 왕비와 분수승(焚
修僧)의 불륜(不倫)을 경계한 노래이고, 〈해가(海歌)〉는 성덕왕 시절 순
정공의 부인 수로부인을 바다용(海龍)이 납치하였으므로 수로부인을
구출하기 위한 노래이며, 국선(國仙/화랑)들이 임금을 위하여 나라를
다스릴 뜻을 시로 지어 대구화상에게 노래로 부르게 한 〈현금포곡(玄
琴抱曲)〉, 〈대도곡(大道曲)〉, 〈문군곡(問羣曲)〉 등이 있다. 『고려사 악지』
에 실린 노래로는 신라가 태평하고 정치가 순미(醇美)하여 그를 노래
한 〈동경1〉과 군신(君臣), 부자(父子), 존비(尊卑), 장소(長少), 부부(夫婦)

등에 대한 송도지가(頌禱之歌)인 〈동경2(안강가/安康歌)〉가 있고,[14] 신문왕이 대왕암에 장례되어 동해의 호국용이 된 문무왕을 만났다는 〈이견대〉[15], 한강 북쪽의 성을 회복하고 그 공을 기린 〈장한성〉 등이 있다.

(2) 화랑, 충신계(忠臣系)

화랑이나 충신계열의 노래에는 〈해론가(奚論歌)〉, 〈양산가(陽山歌)〉, 〈실혜가(實兮歌)〉가 있는데, 〈해론가〉는 6세기 진평왕 시절 백제와의 가잠성(椵岑城) 전투에서 아버지가 전사한 곳에서 아들 해론 또한 전사하여 그를 애도한 장가(長歌)이며, 〈양산가〉는 내밀왕의 8세손인 김흠운(金歆運)이 양산 아래 백제와의 전투에서 용감히 싸우다 전사하였는데 더불어 전사한 예파(穢破), 보용나(寶用那), 적득(狄得) 등을 애도하여 지은 노래이고, 〈실혜가〉는 진평왕 시절 모함을 받아 죽령 밖으로 쫓겨났으나 불평하지 않는 실혜의 충성심을 표현한 노래다.

(3) 원가계(怨歌系)

신충의 향가인 〈원가〉와 유사한 서정으로 세상이나 왕 또는 개인

---

14) 고려사에는 모두 〈東京〉이라 기록하고 安康은 鷄林府에 속한 縣으로 東京이라 하기도 하며 후에 동경에 통합되었다고 기록한 반면, 『대동운부군옥』에는 〈安康曲〉으로, 『증보문헌비고』에는 〈安康歌〉라 이름하였다.

15) 『고려사 악지』에 실린 신라노래는 〈동경1, 2〉와 〈목주가〉, 〈여나산〉, 〈장한성〉, 〈이견대〉 등이다. 이 중 〈여나산〉은 서생이 과거에 급제하여 잔치를 베풀고 기뻐한 노래인데 과거제 실시가 고려 초이기에 고려의 노래로 보아 제외하였고, 〈이견대〉는 눌지왕이 두 아우를 만난 기쁨을 노래한 〈우식곡〉의 내용으로 기록되어 있으나 『삼국유사』나 다른 기록들의 견해를 따라 문무왕을 만난 설화와 관계된 노래로 보인다.

을 원망한 계열의 노래들로는 〈물계자가(勿稽子歌)〉, 〈천관원사(天官怨詞)〉, 〈치술령곡(鵄述嶺曲)〉, 〈목주가(木州歌)〉 등이 있어 이들을 별도로 묶었다.

내물왕 시절 두 번이나 전공을 세우고도 왕자와 왕이 상을 주지 않음을 비관하여 사체산에 들어가 나오지 않았다는 〈물계자가〉가 있고, 여인들에 의해 지어진 원망의 노래로는 신분의 차이로 김유신과 인연을 맺지 못한 천관녀의 슬픔을 노래한 〈천관원사〉, 박제상의 부인이 남편을 그리는 애틋한 심정을 읊은 〈치술령곡〉, 계모 밑에서 자라며 효성을 다해도 부모가 기뻐하지 않자 그를 원망한 〈목주가〉가 있다.

(4) 불교계(佛敎系)

불교계통의 노래로는 〈도솔가〉와는 다르나 가사가 번다하여 기록하지 않았다는 〈산화가(散花歌)〉[16], 소성거사라 자칭한 원효가 바가지를 가지고 거리를 돌아다니며 "一切无㝵人 一道出生死"라는 화엄사상을 가르친 〈무애가(无㝵歌)〉, 원효의 깨달음의 노래인 〈징성가(澄性歌)〉 등이 있다.

(5) 악(樂)

가사가 전하지 않는 신라시가로 악(樂)이라 이름 붙은 작품들이 많은데 이들은 대부분 궁중이나 특정지역의 집단악으로 짐작되며 이속에 '무(舞)'나 '인(引)'으로 기록된 악곡도 포함시켰다.

---

16) 別有散花歌文多不載(삼국유사 권5, 월명사도솔가)

『삼국사기』에 이름만 전하는 〈회악(會樂)〉, 〈신열악(辛熱樂)〉(유리왕
때), 〈돌아악(突阿樂)〉(탈해왕 때), 〈기아악(技兒樂)〉(파사왕 때), 〈사내악(思內
樂)〉(내해왕 때), 〈가무(笳舞)〉(내해왕 때), 〈간인(竿引)〉(지대로왕 때 천상욱개자/
川上郁皆子 지음), 〈미지악(美知樂)〉(법흥왕 때), 〈도령악(徒領樂)〉(진흥왕 때),
〈날현인(捺鉉引)〉(진평왕 때 담수/淡水 지음), 〈사내기물악(思內奇物樂)〉(원랑
도/原郎徒 지음), 〈내지(內知)〉(日上郡樂), 〈백실(白實)〉(압량군樂), 〈덕사내(德
思內)〉(하서군樂), 〈석남사내(石南思內)〉(도동벌樂), 〈사중(祀中)〉(북외군樂),
〈한기무(韓岐舞)〉(琴尺一人 舞尺二人), 〈소경무(小京舞)〉(監三人 琴尺一人 舞尺
一人 歌尺三人) 등[17]이 있다. 시의 전체적 내용만 전하는 樂으로는 눌지
왕의 아우로 고구려에 볼모로 간 복호(卜好)와 일본에 볼모로 간 미사
흔(未斯欣)을 만나 그 기쁨을 왕이 직접 지었다고 한 〈우식악(憂息樂)〉
과, 백결(百結)선생의 아내가 집이 가난하여 떡방아를 찧지 못함을 한
탄하자 방아소리를 담아 지었다는 〈대악(碓樂/방아노래)〉이 있다.

(6) 동요, 참요, 주술요

동요로는 〈모랑가(毛娘歌)〉가 있고 참요에는 〈도파요(都破謠)〉, 〈완
산아(完山兒)〉, 주술적인 노래에는 〈비형랑사(鼻荊郞詞)〉, 〈지귀사(志鬼
詞)〉 등이 있다. 진흥왕 때 원화(原花)인 교정랑이 남모랑을 시기하여
몰래 죽이고 북천에 버린 사건을 아이들에게 노래하게 하여 진실을
밝혀낸 〈모랑가〉, 헌강왕 때 신라가 망할 줄 알고 지식인들이 모두
도망가 마침내 도읍이 망하리라는 참요인 〈도파요〉, 후백제 견훤이
아들 신검에게 구금될 것을 아이들에게 노래하게 한 참요적인 〈완산

---

17) 『삼국사기』 권 제32권, 雜志一, 樂.

아〉, 도화녀외 시륜왕 사이에서 태어난 비형랑이 귀신들에게 두려운
존재로 인식되자 귀신을 물리치는 주술(詞以辟鬼)로 사용된 〈비형랑
사〉, 선덕왕을 사모하던 지귀(志鬼)가 죽어 그 마음의 불(心火)이 불귀
신이 되어 화재를 일으키므로 술사(術士)에게 주문을 짓게 한 것으로
화재진압에 사용된 〈지귀사〉가 있다.

(7) 순수 서정시

순수한 서정시로는 경애왕이 포석정에서 미인들에게 부르게 했다
는 〈번화곡(繁花曲)〉이 있는데 이는 〈옥수후정화(玉樹後庭花)〉에 비길
만큼 슬픈 노래였다고 하니 서정시가로 볼 수 있고, 흥덕왕이 왕비가
타계하자 짝 잃은 앵무새를 보고 그 외로움을 노래했다고 한 〈앵무
곡〉 또한 순수한 서정시가임에 틀림없다.

가사부전(歌詞不傳)의 작품들은 이름에 '歌, 樂, 曲, 詞, 舞, 引'등으
로 다양하게 기록되어 있고 시(詩)나 가사가 전하지 않으므로 음악과
시에 대한 분명한 인식을 찾기는 어렵다. 여기현은 음악면에서 '樂'은
종합적인 궁중악으로 개인의 창작인 '歌'와는 다르며 향가(사뇌가)는
악기와 반주, 춤 등이 수반된 '樂'이 아니므로 『삼국사기』'雜志 一,
樂' 속에 포함되지 않았다고 보았다.[18] 그러나 문학적인 내용면에서
는 향가작품들과 마찬가지로 가사가 전하지 않는 이들 48편의 노래
들에서도 종교적인 기원성을 바탕으로 하고 있거나 국가 또는 집단

---

18) 여기현, 『신라 음악상과 사뇌가』, 월인, 1999, 'I. 신라의 音樂相, II. 사뇌가의 음악성'
    참조.

의 목적의식에서 창작된 작품이 많음은 알 수 있다.

치리가(治理歌) 계통의 〈두리노래〉, 〈회소곡〉, 〈달도가〉, 〈현금포곡〉, 〈대도곡〉, 〈문군곡〉, 〈동경1〉, 〈동경2〉, 〈이견대〉, 〈장한성〉 등이 모두 국가적인 기원의 문학이며, 화랑 충신계의 〈해론가〉, 〈양산가〉는 국가적인 충신의 죽음을 애도한 기원의 노래이고 〈실혜가〉도 국가적인 충을 표본으로 한 작품이다. 원가계의 〈물계자가〉, 〈천관원사〉, 〈치술령곡〉, 〈목주가〉 등은 모두 기원성을 띤 노래들이고 불교계의 〈산화가〉, 〈무애가〉, 〈징성가〉 등은 모두 불교적인 기원의 작품들이다. 단지 어느 왕 때에 지어진 '一樂'으로만 기록되거나 '舞'나 '引'으로 기록된 작품들은 자세한 성격을 알 수 없으나 지역을 명기한 〈내지〉, 〈백실〉, 〈덕사내〉, 〈석남사내〉, 〈사중〉 등은 모두 특정지역(일상군, 압량군, 하서군, 도동벌, 북외군)에서 행해진 집단樂으로 생각되고, 동요, 참요, 주술요 계통의 〈모랑가〉, 〈도파요〉, 〈완산아〉, 〈비형랑사〉, 〈지귀사〉 등은 모두 기원이나 주술성을 가진 노래들이다.

그밖에 악(樂)으로 기록된 작품 중 〈우식악〉과 〈대악〉은 국가적인 음악으로 사용되었으나 내용면에서 서정성이 엿보이고, 순수서정시로 분류된 〈번화곡〉, 〈앵무곡〉 등만이 기원성을 갖지 않은 순수한 서정시로 생각된다. 이들 가사가 전하지 않는 신라시대 작품들을 통해서도 향가문학과 마찬가지로 신라시가는 국가적인 목적의식과 기원성(祈願性)을 바탕으로 창작되었음을 확인할 수 있다.

제4장

향찰문자시대

(제2기 : 6세기~12세기 초엽)

1. 향찰문자와 신라의 노래 –신악(神樂 : 신에게 아뢰는 노래)

1세기 전후에는 우리말 노래가 몇 편 한역되어 전할 뿐, 그 후 가사가 전하지 않는 노래(歌詞不傳歌謠)들의 내용만 여러 편 전하다가 6세기에 와서야 향찰문자로 된 향가작품이 기록되어 전한다. 향찰문자 이전에 임신서기식(壬申誓記式) 표기와 이두(吏讀)[1]의 발달 등을 거쳐 5~6세기에 이르러 우리말 구어(口語)를 그대로 표기할 수 있는 향찰문자가 완성된 것으로 보인다.

『화랑세기』의 기록을 인정할 때 6세기(561) 미실의 〈풍랑가〉[2]가 기록상 첫 향가 작품이 된다.[3] 『삼국유사』에는 융천사의 〈혜성가〉와

---

1) 임신서기식 표기는 한자를 우리말 어순대로 순서만 바꾼 임신서기석(경주 석장동 유적)의 표기방식이고, 이두는 우리말의 인명, 지명 등을 '돌乭 골[illegible] 답畓(水田)' 등과 같이 우리만의 한자까지 만들어 우리말을 표기한 방식이다.

2) 학자들(정연찬, 김학성, 이도흠 등)은 바람과 물결에 비유하였기에 〈風浪歌〉라고 하고, 화랑 사다함을 전쟁터로 보내며 미실이 불렀기에 〈送出征歌〉, 〈送郎歌〉라고도 부른다.

3) 『화랑세기』의 진위여부에 논란이 많지만 필자는 국사학계의 이종욱과 국문학계의 김학성, 신재홍(향가의 미학, 2006, 집문당), 이도흠 등의 긍정적인 입장에 동의하고 싶다.

서동의 〈서동요〉가 진흥왕 때인 600년 전후의 창작으로 기록되어 있으나 창작 연대가 명확하지 않다. 『삼국유사』에는 향가의 배경설화와 더불어 14수의 향가 작품이 실려 있다. 7세기에 〈풍요〉, 〈원왕생가〉, 〈모죽지랑가〉, 8세기에 〈헌화가〉, 〈원가〉, 〈도솔가〉, 〈제망매가〉, 〈안민가〉, 〈찬기파랑가〉, 〈도천수대비가〉, 〈우적가〉, 9세기에 〈처용가〉 등이 전한다. 그 후 고려 초 광종(10세기 중엽) 때 균여에 의하여 〈보현십원가〉 11수가 창작되고, 고려 예종(1120)이 김락과 신숭겸을 추모하는 〈도이장가(悼二將歌)〉를 지어 12세기 초엽까지 향찰문자의 작품이 이어졌다.

신라는 나라를 신국(神國)이라 하고 왕을 신과 같은 절대자로 받들던 시대로, 향가도 신에게 사뢰는 노래(사뇌가)이며 음악 또한 신에게 바치는 신악(神樂)이었을 가능성이 높다. 향가의 음악은 전해지고 있지 않으나 몇 개의 고정된 음악에 가사만 바꾸어 불렀기에 〈도솔가〉, 〈헌화가〉, 〈우적가〉 등과 같이 현장에서 바로 노래할 수 있었을 것이다.

이러한 향찰문자시대의 향가문학은 비록 한자의 음과 훈을 빌린 표현방식을 사용하였지만, 우리말을 그대로 표현한 언문일치(言文一致)의 구어체 문장이고, 여기에는 당대 신라인들의 주체의식이 깃들어 있다. 그러나 향찰문자가 산문문장으로까지는 발달하지 못한 듯하다.

『삼대목(三代目)』 등 향가집이 전하지 않아 지금까지 전하는 이 시대

이종욱은 여러 권의 관련 저서를 발간하였고, 이도흠은 「필사본 화랑세기의 사료적 가치에 대한 국문학적 고찰」(『화랑세기를 다시 본다』, 주류성, 11~46쪽)이란 논문에서 향가 작품에 대한 분석으로 『화랑세기』가 진본의 필사일 가능성에 접근하고 있다.

의 작품 수는 그리 많지 않지만, 서양의 경우에도 그리스나 로마 등
몇 나라를 제외하고는 10세기 이전 자국의 언어로 표기된 문학작품
이 아주 드물기에 향찰문자시대의 향가문학은 세계에 자랑할 만한
문화유산이다. 이러한 향찰문자가 일본으로 전해져 만엽가나가 되어
『만엽집』을 출간하였고, 중국의 경우에는 언문일치의 구어체 작품은
없고 문어체 한문학 작품이 주를 이룬다.

한자는 근본적으로 뜻글자라 구어를 그대로 표기할 수 없다. 이러
한 불편을 극복하기 위한 방법으로 한자의 뜻과 소리를 차용하여 우
리말을 표기하는 향찰문자를 창안하게 되었다. 향가표기 이전부터
이러한 시도가 있었음을 알 수 있다. 임신서기석4)에 우리말식 어순
으로 한자를 기록하였음이나 한역가인 〈구지가〉의 '燔灼而喫也', 백
제 〈숙세가〉의 '是非相問 上拜白來' 등도 향찰의 표기법과 크게 다르
지 않다.

일찍이 지헌영은 사뇌가를 '사뢰는 노래'라 하였는데 이는 '詞腦'의
뜻을 풀이한 것이나 향가 작품의 내용을 살펴보면 신에게 기원하는
노래가 많아 향가의 성격을 잘 표현한 말이기도 하다. 『화랑세기』에
는 신라를 신국(神國)이라고 하고 왕은 곧 신이라 하였다. 향가문학
또한 신에게 아뢰는 문학, 곧 신악(神樂)이요 기원(祈願)의 노래다.

향가는 서기 6세기부터 10세기(도이장가를 포함하면 12세기)에 걸쳐 창작
된 신라와 고려 초의 시가작품이다. 향가는 향찰문자로 한자의 음(音,
소리)과 훈(訓, 뜻)을 빌려 표현하였지만 그것은 우리말의 소리를 그대

---

4) 1935년 경주시 석장사지 언덕에서 발굴된 자연석으로 경주국립박물관에 보관되어 있
   다. 세로 34cm, 가로는 위 12.5cm, 아래 9cm의 돌에 두 화랑의 맹서를 세로 다섯 줄,
   74자로 음각한 것이다. 한자를 우리말 어순으로 배열하여 임신서기석 표기라고도 한다.

로 표현하였기에 우리의 시요, 우리의 노래인 것이다. 그리고 『삼국유사』의 작품들은 모두 배경설화를 가지고 있기에 역사적, 이야기문학(서사문학)적 가치 또한 높다. 그러나 고구려와 백제의 향가작품이 전하지 않는 것은 참으로 아쉽다.

향가작품은 지금으로부터 천 오백년 내지 천 년 전에 창작된 한국 고대의 시가들이다. 우리의 고대어에 대한 정보도 많지 않고 당시의 우리말을 기록할 문자가 없었기에 그 해독 또한 쉽지 않다. 그러므로 학자들이 향가해독을 할 때에, 우리말을 표기할 수 있는 가장 오래된 표기법이 15세기 훈민정음이므로 향가와 가장 가까운 시대의 글인 15세기 중세국어로 복원해보고자 하는 것이다.

향가 작품에 대한 해독은 아직 90% 정도에도 미치지 못하는 형편이다. 최초의 향가해독서인 오구라신뻬이(小倉進平)의 『鄕歌及吏讀の研究』(1929)나 양주동의 『조선고가연구』(1942)가 출판된 지도 벌써 70년이 지났다. 학자들에 의해 많은 어학적 문학적 연구가 진행되어 왔으나 아직 향찰문자에 대한 완전한 해독에 이르지 못하고 있다.

일본의 문자는 고구려, 백제, 신라 등 삼국의 향찰문자가 일본으로 건너가 만엽가나가 되고 오늘날 일본문자인 가나로 정착하였다. 만엽가나로 쓰인 『만엽집』은 신라에 패망한 백제와 고구려의 지식인들이 건너가 만든 일본 상층사회의 시가집이다. 『만엽집』에는 4000여수의 노래가 전하는데 비해, 위홍과 대구화상이 편찬하였다고 하는 우리의 향가집인 『삼대목』은 전해오지 않아 신라향가는 현재 『삼국유사』에 14수가 기록되어 있을 뿐이다. 여기에 『화랑세기』를 인정하면 〈풍랑가〉 1수를 더 찾을 수 있고, 고려 초 균여대사가 불교 포교를 위해 지은 〈보현십원가〉 11수가 『균여전』에 실려 전하고, 12세기 초

고려 예종이 팔관회를 보고 김낙과 신숭겸 두 장군을 추모하여 지은
〈도이장가〉가 향찰문자로 남아 있는 마지막 작품이다.

우리에게는 고려시대 이후 향찰문자가 더 이상 사용되지 않았으나
일본에서는 한자를 음과 훈으로 읽는 향찰식 표기방식을 오늘날까지
도 사용하고 있다. 그러므로 그들은 만엽가를 해독할 수 있었으나 우
리는 20세기 초까지 향가작품을 해독할 수 없었다. 이러한 까닭에
『삼국유사』에 실린 향가를 맨 처음 해독한 것도 서울대학교의 전신
인 일제강점기의 경성제국대학 일인학자들이었다.

역사란 아이러니하다. 향찰문자를 더 이상 사용하지 않았기에 우
리는 한글(훈민정음, 1443년)을 창제하게 되었고, 일본은 한자를 빌어
사용한 향찰식 표기법인 가나를 계속 사용하였기에 오늘날 한자 없
이는 의사표현이 어려운 불편한 문자를 지니게 되었다. 고려시대 상
류층은 한자를 너무 잘 알았기에 굳이 향찰을 사용하지 않아도 되었
으나, 조선시대의 일반인들이 한자를 익히기가 쉽지 않자 세종대왕
이 왕실과 일부 학자들을 중심으로 백성들이 쉽게 배울 수 있는 한글
을 창제한 것이다. 세상일이란 새옹지마(塞翁之馬)라더니, 때로는 빠
른 것이 나중에는 늦고, 지금 늦은 것이 나중에는 빠른 지도 모를 일
이다.5)

1) 향가문학의 작가

향가문학의 작가는 일반적으로 왕에서 노인과 부녀자에 이르기까
지 전 신라인의 창작이라 하나 작가에 대한 학자들의 의견이 많아

---

5) 이임수, 『향가와 서라벌 기행』, 박이정, 2007 참조.

단정하기는 어렵다. 작품별로 추정할 수 있는 작가들을 정리해보면
다음과 같다.

충담사(승려, 화랑) : 〈안민가(安民歌)〉, 〈찬기파랑가(讚耆婆郞歌)〉
월명사(승려, 화랑) : 〈도솔가(兜率歌)〉, 〈제망매가(祭亡妹歌)〉
융천사(승려, 화랑) : 〈혜성가(彗星歌)〉
양지(승려) : 〈풍요(風謠)〉, 전승가요, 노동요
영재(승려) : 〈우적가(遇賊歌)〉
광덕(승려) : 〈원왕생가(願往生歌)〉, 광덕의 처, 전승가요
균여대사(승려) : 〈보현십원가(普賢十願歌)〉

미실(진골 귀족) : 〈풍랑가(風浪歌)〉, 여성
신충(고급관리, 화랑?) : 〈원가(怨歌)〉
득오(화랑, 하급관리) : 〈모죽지랑가(慕竹旨郞歌)〉
처용(동해 용왕의 아들, 관리, 이방인) : 〈처용가(處容歌)〉

이름 모르는 노인 : 〈헌화가(獻花歌)〉
아이(5세), 희명부인 : 〈도천수대비가(禱千手大悲歌)〉, 전승가요
서동(맛동방, 백제무왕?) : 〈서동요(薯童謠)〉, 민요

향가의 작가로는 『삼국유사』의 편찬자인 일연(一然)이 승려인 까닭
도 있겠지만 충담사, 월명사, 양지, 광덕, 융천사, 영재, 균여 등 승려
가 제일 많다. 이들 중 일부는 승려이면서 화랑이기도 한 것으로 생각
되며, 신충과 득오는 관리이면서 화랑이었던 것으로 추정된다. 『화
랑세기』에 실린 〈풍랑가〉의 작가는 미실이란 진골 귀족 여인이고,
처용은 용왕의 아들로서 급간의 벼슬을 하였는데 이방인이거나 무속

인일 가능성도 있다. 〈서동요〉의 작가인 맛동은 후에 백제 무왕(武王)
이 되었다고 하여 이를 무령왕(武寧王), 무강왕(武康王), 동성왕(東城王)
으로 보기도 하는데, 작가가 불분명한 민요나 참요계통의 전승가요
일 수도 있다. 이밖에 〈헌화가〉의 작가는 이름 모르는 노인으로 승려
나 도인(道人), 제의(祭儀)를 주관하는 자로 보기도 하며, 〈도천수대비
가〉의 작가는 다섯 살 난 아이라 기록되어 있으나 아이의 어머니인
희명부인이거나 아니면 오래 전부터 관세음보살의 공덕을 비는 기원
요(祈願謠)로 전승되었을 가능성도 없지 않다.

작품해석과 작가에 대한 국문학계의 논의는 대단히 다양하여 여기
에서 일일이 다 언급하기는 불가능하다. 작가의 이름에 대해서도 충
담(忠談), 월명(月明), 양지(良知), 광덕(廣德), 융천(融天), 영재(永才), 희명
(希明), 신충(信忠) 등이 배경설화에 걸맞은 한자이름6)으로 이루어져
있는 것으로 보아 일연의 자의적인 창작으로 보기도 한다.

2) 왕조별, 세기별 향가작품

향가의 작품이름도 다시 지어야 할 필요가 있다. 지금까지 한문에
익숙한 학자들이 붙인(命名한) 작품이름들을 사용해왔으나 이제 한자
식 이름은 21세기 젊은이들에게는 너무 생소하고 어려운 이름이 되
었다. 특히 한자를 모르고서는 뜻조차 알기 어려운 작품이름이 많다.

---

6) 忠談은 〈안민가〉를 지어 국가에 충성스런 이야기를 했으므로, 月明은 달 밝은 밤에 대금
을 잘 불었기에, 良知는 여러 가지 좋은 기예(技藝)에 밝았으므로, 廣德은 덕이 많았으므
로, 融天은 하늘을 다스리는 혜성가를 지었으므로, 永才(詠才와 같은 뜻)는 노래를 잘
불렀으므로, 希明은 아이의 눈을 뜨게 했으므로, 信忠은 믿을 만한 신하였으므로, 그 이름
들이 모두 설화의 내용과 일치하기에 일연의 창작으로 보기도 한다.

『삼국유사』 문헌에 향가작품 이름이 그대로 나오는 경우는 〈안민가〉(安民歌日), 〈찬기파랑가〉(讚耆婆郎歌日), 〈兜率歌〉, 〈彗星歌〉, 〈風謠〉, 〈헌화가〉(老人獻花歌) 등 여섯 작품이다. 나머지는 학자들이 붙인 이름인데, 〈서동요〉와 〈처용가〉는 '薯童'이나 '處容郎'이란 인명에서, 〈원가〉는 '怨而作歌'에서, 〈제망매가〉는 '爲亡妹營齋作鄕歌祭之'에서, 〈도천수대비가〉는 '千手大悲前令兒作歌禱之'에서, 〈모죽지랑가〉는 '慕郎而作歌日'에서, 〈우적가〉는 '永才遇賊'에서, 〈원왕생가〉는 작품 속의 '願往生 願往生'에 근거하여 작명(作名)되었다.

〈도솔가〉, 〈혜성가〉, 〈원왕생가〉, 〈처용가〉, 〈헌화가〉, 〈풍요〉, 〈서동요〉, 〈안민가〉 등은 작품 속 인명이나 고유명사, 또는 중요한 시행의 일부를 제목으로 잡아 큰 무리가 없으나 다음 작품들의 이름은 한 번 더 생각해봐야 하겠다.

> 〈제망매가(祭亡妹歌)〉 : 누이노래, 누이가
> 〈우적가(遇賊歌)〉 : 도적 만난 노래, 도적가
> 〈원가(怨歌)〉 : 잣나무노래, 잣나무가
> 〈모죽지랑가(慕竹旨郞歌)〉 죽지랑 노래, 죽지랑가
> 〈도천수대비가(禱千手大悲歌)〉 : 천수대비가, 관세음노래,
>   눈밝안노래
> 〈찬기파랑가(讚耆婆郎歌)〉 : 기파랑노래, 기파랑가

위에 나열한 작품들은 작품의 이해를 위한 학자들의 의도된 작명(作名)이기에 이제 좀 더 쉽고 친숙한 향가작품 이름으로 다시 태어나야 하겠다. 〈찬기파랑가〉의 경우엔 일연스님이 명명(命名)한 듯 생각되나 한문을 모르는 후대인들을 위하여 작품 내용을 이해하기 쉬운

이름으로 바꿀 필요가 있다. '노래'라고 붙이기엔 기존의 이름들과 통일성이 없어 일단 〈기파랑가〉, 〈누이가〉, 〈도적가〉, 〈잣나무가〉, 〈죽지랑가〉, 〈천수대비가〉 등으로 제안하고 싶다. 〈우적가〉를 〈도적 만난 노래〉, 〈도이장가〉를 〈두 장군을 위하여〉 등으로 현대화하여 작품이름을 지어도 나쁘진 않을 듯하다.

지금까지 전하는 향가 작품들을 왕조별, 세기별로 정리해보면 다음과 같다.

6세기　진흥왕 시대(561년) : 풍랑가(화랑세기)
　　　　진평왕(600년 전후) : 서동요, 혜성가
　　　　　　　　　　　　　(아래 처용가까지 삼국유사 기록)
7세기　선덕여왕(632~646) : 풍요
　　　　문무왕(661~680) : 원왕생가
　　　　효소왕(692~701) : 모죽지랑가
8세기　성덕왕(702~736) : 헌화가
　　　　효성왕(737~741) : 원가(737)
　　　　경덕왕(742~765) : 도솔가(760), 제망매가, 안민가(765),
　　　　　　　　　　　　　　찬기파랑가, 도천수대비가
　　　　원성왕(785~798) : 우적가
9세기　헌강왕 5년(879) : 처용가
10세기　고려 광종(균여, 917~973) : 보현십원가 11수(균여전)
12세기　고려 예종(1105~1122) : 도이장가(장절공유사)

남아 전하는 신라향가는 6세기에서 10세기까지 500년에 걸쳐 창작된 작품들이다. 신라 3대 유리왕 때, 가사가 전하지 않는 〈두리노래

〈兜率歌〉〉7)가 있었는데 이 노래는 '嗟辭詞腦格'을 가지고 있으며 '此歌 樂之始也'라는 기록이 있는 것으로 보아 기원 1세기에 향가(사뇌가)문 학이 태동(胎動)하여 통일신라의 7,8세기에 이르러 가장 화려하게 꽃 피었던 것으로 생각된다. 고려시대 작품으로는 광종 때 균여대사의 의해 〈보현십원가〉 11수가 불교포교를 위해 지어지고, 마지막 향가 작품으로는 12세기에 팔관회 행사를 보고 고려 예종이 직접 지은 김 락과 신숭겸을 추모한 〈도이장가〉가 전한다.

2. 신라의 향가문학

향가작품을 내용별로 분류해보면, 불교적 기원의 노래에 〈풍요〉(민 요계 노래), 〈원왕생가〉, 〈제망매가〉, 〈도천수대비가〉, 〈우적가〉, 〈보 현십원가〉 등이 있고, 국가적 기원의 노래로는 〈혜성가〉, 〈도솔가〉, 〈안민가〉 등이 궁중의 국가적 행사에서 불렸으며, 국가적인 인물을 찬양한 작품들로는 〈찬기파랑가〉, 〈모죽지랑가〉 등이 있다. 개인적 기원의 노래로는 〈풍랑가〉, 〈헌화가〉, 〈원가〉, 〈서동요〉(민요계 노래: 참요) 등이 있고 무속적 기원의 노래로 〈처용가〉가 있다.

---

7) 〈兜率歌〉라고 기록된 이 노래는 불교가 들어오기 전(ad 28년 또는 ad 32년)이므로 '도솔 가'로 읽기보다 '다살노래'나 '두리노래'라 읽음이 옳을 수 있다. '兜'의 한자음도 '도'가 아닌 투구 '두'이기에 한자의 뜻보다는 우리말의 음역(音譯)으로 생각되고, 집단 또는 국가 의 노래(樂의 시작, 治理歌 계통의 노래)나 공동의 노동요(두리, 두레노래)로 추정된다.

1) 불교적 기원의 노래

① 풍요(風謠: 민요계 노래)/ 서천(西川) 바람결에

'바람결노래'라고도 하는데 양지(良知)스님의 신통함에 얽힌 향가다. 양지스님의 자세한 내력은 알 수 없으나 지팡이(석장, 錫杖: 주석 지팡이, 스님들의 주장자) 끝에 빈 자루를 걸어 놓으면 지팡이가 저절로 시주할 집으로 날아가 소리를 내고 시주자루가 가득차면 절로 돌아왔다고 하여 스님이 머물던 절을 석장사(錫杖寺)라 하였다고 전한다. 지금 동국대학교 경주캠퍼스가 있는 곳이 석장동이요 그 옆이 금장(金丈)이다. 현재 행정적으로는 경주시 석장동과 경주시 현곡면 금장리로 되어 있으나 '석장(錫杖)'의 한자어에서 비슷한 의미로 획만 변형하여 금장(金丈)으로 마을이름을 삼은 것이다. 동국대학교 서편 옥녀봉 산자락에 석장사가 있었는데 동국대학교에서 석장사지를 발굴 조사하여 교내 박물관과 국립경주박물관에 그 유물들을 보관하고 있다.

스님은 기예(技藝)에 능하여 여러 가지 불상과 전탑, 신장상, 기와 등을 조각하였는데, 영묘사의 장육존상(丈六尊像)을 만들 때 서라벌의 남녀가 서로 다투어 흙을 운반하며 부른 노래가 〈풍요〉이다. 이때 불상을 만들 흙을 운반하며 노래를 불렀기에 〈운니요(運泥謠)〉라고도 하고, 이 노래가 후대에 방아를 찧을 때 불렀다고 하여 〈대악(碓樂:방아노래)〉의 일종으로 보기도 한다.

〈풍요〉가 불렸다는 영묘사(靈廟寺 또는 靈妙寺)의 위치는 정확히 알려져 있지 않다. 영묘사는 선덕여왕을 사모하던 지귀(志鬼)가 죽어 불귀신(火鬼)이 된 탓인지 자주 화재를 당한 기록[8]은 많으나 위치에 대해

---

8) 『삼국사기』의 문무왕 2년, 6년, 8년(제6권, 신라본기6)과 성덕왕 2년(제8권, 신라본기8)

서는 지금의 흥륜사지(興輪寺址)9)로 보기도 하고 남천과 서천이 만나는 형산강가로 보기도 한다.

　양지스님의 영묘사 불상 조성 시에 불린 노래이므로 영묘사와 양지스님이 머물었던 석장사를 풍요의 산실(産室)로 보아야 하겠다. 영묘사의 창건이 선덕왕 원년(632) 또는 선덕왕 4년(635)10)이기에 풍요는 7세기 전반경의 작품이다.

來如來如來如	오다 오다 오다
來如哀反多羅	오다 셔럽다라
哀反多矣徒良	셔럽다 의내여
功德修叱如良來如	功德 닷ㄱ라 오다

　이것은 양주동의 해독11)인데, '오다'를 '온다'로 해석할 수도 있고,

등의 봄, 가을에 잦은 화재가 일어난 기록이 있다.

　＊지귀이야기(志鬼心火): 활리에 사는 지귀라는 남자가 선덕여왕을 사모하여 병이 들었다. 선덕여왕이 듣고서 영묘사에서 기다리면 만날 수 있노라고 했다. 절문 앞에서 여왕이 오기만을 기다리던 지귀는 깜빡 잠이 들고 말았다. 그 사이 여왕이 지나다가 잠든 지귀를 보고는 손에 낀 가락지를 빼내어 지귀의 가슴 위에 얹어놓고 갔다. 잠에서 깨어난 지귀는 너무나 아쉽고 원통한 생각에 마음의 불(心火)을 이기지 못하고 죽어서 불귀신이 되었다. 그래서 영묘사에 여러 번 화재가 났다(대동운부군옥 권20 심화요탑 心火繞塔). 『삼국유사』 이혜동진(二惠同塵) 조에도 혜공스님이 영묘사에 새끼줄을 쳐 지귀의 불을 막은 이야기가 실려 있다.

9) 1976년 신라문화동인회의 답사 중 흥륜사지에서 영묘지사(靈廟之寺)라고 새겨진 기와 조각을 발견하여 흥륜사지라 전하는 곳을 영묘사지로 추정하고 있다.(이근직, 『경주의 문화유산』, 경주박물관회, 1998, 34~35쪽)

10) 『세종실록』과 『신증동국여지승람』에는 선덕왕 원년(唐太宗 貞觀 6)에, 『삼국사기』에는 선덕왕 4년에 영묘사가 지어진 것으로 기록되어 있다.

11) 이후 향가작품의 해독은 양주동, 지헌영, 서재극, 김완진 등을 비롯한 많은 연구자들의 해독을 바탕으로 하여 부분적으로 필자가 수정한 작품해석인데 일일이 각주처리를 하지 않았다.

'서럽더라 서럽다 어내여'를 '서러움 많고 서러움 많은 물(무리, 중생)아'
로 해석하기도 한다. 〈풍요〉가 불상조성을 위해 진흙을 운반하면서
부른 노동요계통의 민요를 향찰로 옮긴 것이라면 아래의 우측과 같
은 3행형식의 민요리듬이 더 합당할 수도 있다.

<table>
<tr><td>오다 오다 오다</td><td>온다온다/ 온다온다/</td></tr>
<tr><td>오다 서럽더라</td><td>서럽더라/ 서럽다/ 중생들이여/</td></tr>
<tr><td>서럽다 우리들이여</td><td>공덕/ 닦으러/ 온다/</td></tr>
<tr><td>공덕 닦으러 오다</td><td></td></tr>
</table>

 살아서 고통스런 중생들이 불상조성을 통해 공덕을 쌓음으로써 극
락왕생하고자 하는 염원을 노래했다고 볼 수 있는데, 북한에서는 민
중사관(民衆史觀)에 따라 불교귀족들의 민중에 대한 노동착취로 해석
하기도 한다. 표면적으로는 공덕을 닦는 일이라고 할 수 있지만 사역
에 동원된 민중들의 입장에서는 강제노역의 고통과 힘없는 자의 서
러움을 표현했다고 본 것이다. 문학이란 이와 같이 관점에 따라 다양
하게 해석될 수 있다.

 ② **원왕생가**(願往生歌, 달하가, 가고파노래)/ 달하! 서방까지 가십니까?
 '달하(달님이시여)'하고 시작하여 달에게 기원하는 노래이므로 '달하
가'라고도 하는데 왕생(往生)을 그리는 뜻의 '원왕생 원왕생(願往生 願往
生)'하는 시행이 나오므로 서방정토를 그리는 '원왕생가' 또는 '가고파
노래'라고도 한다.
 문무왕 시대에 광덕과 엄장이라는 두 승려가 매우 친하여 '누구든

먼저 극락으로 가는 자는 반드시 알려 주기'로 약속을 했다. 광덕은 분황사 서쪽마을(또는 황룡사 서쪽이라고도 함)에 묻혀 살며 아내와 함께 짚신을 삼아 생계를 꾸렸으며, 엄장은 남악(南岳)에 암자를 짓고 농사를 지으며 혼자 살았다.

어느 날 해 그림자가 붉게 물들고 소나무 그늘이 고즈넉한 황혼녘, 창밖에서 소리가 나기를 "나는 이제 서방으로 간다. 그대는 잘 있다가 속히 나를 따라오게"라고 하였다. 엄장이 문을 밀치고 보니 구름 위 하늘에서 풍악소리가 울리고 광명이 땅에 뻗쳤다.

이튿날 엄장이 광덕의 처소를 찾아갔더니 과연 그가 죽어 있었다. 광덕의 아내와 함께 시체를 수습하여 장사를 치렀다. 일을 마치고 광덕의 아내에게 "남편이 죽었으니 함께 사는 것이 어떠하오?" 했더니 아내가 좋다고 하였다. 드디어 함께 머물며 밤에 잠자리를 하고자 하니, 여인이 부끄러워하며 "그대가 정토(극락)를 구하는 것은 나무에서 고기를 찾는 것과 같구려"라고 했다. 엄장이 놀라고 이상하여 "광덕과 이미 그렇게 지냈는데 나 또한 어찌 문제가 되겠소?" 하고 물으니, 그녀는 말하기를 "남편은 나와 십여 년을 함께 살았지만 하룻밤도 같은 잠자리에서 잔 적이 없는데 어찌 몸을 더럽혔겠습니까? 매일 밤 몸을 단정히 하고 앉아서 열심히 아미타불을 외우고, 때로 16관을 지어 관이 무르익으면 문으로 드는 밝은 달빛 위에 가부좌를 하고 지성을 다하니 비록 극락을 가지 않으려 한들 어디로 가겠습니까? 천리 길을 가는 자도 한 걸음으로 알 수 있으니 지금 그대를 보니 서방극락은 알 수 없지만 동방으로 갈 만하오."라고 하였다.

이에 엄장은 부끄럽고 무안하여 물러나 원효대사를 찾아가 법을 묻고 참회로 마음을 닦아 마침내 그도 득도(得道)하였다고 한다. 『해동고승전』의 기록에 따르면, 광덕의 아내는 원래 분황사의 여종인데 관음보살의 열아홉 가지 응신(應身, 化身)의 하나로 그들을 인도하기 위하여 이 땅에 왔다고 한다.

　서쪽으로 떠가는 달을 매개체로 하여 서방세계의 극락정토(極樂淨土)에 다시 태어나기(願往生)를 부처님께 기원하는 사바세계 범부들의 발원이다. 나를 두고는 성불(成佛)할 수 없다는 구도자들의 기원을 담은 작품으로 작가는 광덕이나 엄장, 광덕의 아내라고도 하나 오래 전부터 승려들 사이에서 전해져 온 구도(求道)의 노래일 수도 있다.

月下伊底亦	둘하 이데
西方念丁去賜里遣	西方ᄭᆞ장 가샤리고
無量壽佛前乃	無量壽佛前에
惱叱古音多可支白遣賜立	닏곰다가 숣고샤셔
誓音深史隱尊衣希仰支	다딤 기프샨 尊어히 울워러
兩手集刀花乎白良	두손 모도호ᄉᆞᆯ바
願往生願往生	願往生 願往生
慕人有如白遣賜立	그릴 사름 잇다 숣고샤셔
阿邪此身遺也置遣	아으 이몸 기텨 두고
四十八大願成遣賜去	四十八大願 일고샬까.

달하 이제
서방까지 가십니까?
무량수불전에
일러다가 사뢰고 싶습니다.
다짐 깊으신 부처님께 우러러
두 손 모두어 사뢰어

원왕생 원왕생
그릴 사람 있다 사뢰고 싶습니다.
아아, 이 몸 남겨두고
사십팔대원 이루실까.

아미타불이 성불하기 전 법장비구 시절에 마흔 여덟 가지 소원을 세웠는데, 그 중 하나가 '중생을 모두 구제하지 않으면 성불하지 않겠다'는 약속이다. 그러니 약속대로 나를 제도하여 서방정토로 이끌어 달라는 구도자의 기원을 담은 향가이다.

달은 동에서 떠서 서로 진다. 그러기에 불교에서는 열반이나 극락을 서방세계로 상상하고 서쪽으로 넘어가는 달을 기원이나 구도의 매개물로 인식하는 것이다. 달님이시여! 아미타불이 계신 서방세계까지 가십니까? 공덕이 한량없는 부처님(無量壽佛) 앞에 일러다가 사뢰어주십시오. 간절히 왕생을 원하는 사람이 있다고 사뢰어 주십시오. 이 몸을 남겨 놓으면 부처님께서 약속하신 48가지 소원을 이룰 수 없습니다. 저를 극락에 이르게 해주십시오.

광덕이 분황사와 황룡사의 서쪽에 머물렀고, 광덕의 아내가 분황사의 여종이었다니 〈원왕생가〉의 창작배경은 분황사 부근으로 추정할 수밖에 없다. 『삼국유사』 권5, 감통(感通)편에 실렸음을 보면 〈원왕생가〉도 아미타부처님께 노래를 통하여 구원을 얻고자 하였음을 알 수 있다.

③ **제망매가**(祭亡妹歌, 누이노래, 누이가)/ 그리운 누이에게
월명사는 사천왕사에 머물렀는데 피리를 하도 잘 불어 그가 피리

를 불면 가넌 달조차 밈추었다고 한다. 그래서 사천왕사 앞길을 월명리(月明里)라 하였으며 그의 이름도 월명사(月明師)라 불려졌다. 일찍이 누이가 죽자 누이를 위하여 재를 올리고 향가를 지어 추모했는데 형제자매를 한 가지에 난 나뭇잎으로 비유했다. 누이의 죽음이 마치 이른 가을바람에 여기 저기 떨어지는 잎과 같다고 하여 우리 인생의 덧없음을 잘 표현하고 있다. '누이제가', '위망매영재가(爲亡妹營齋歌)' 라고도 한다.

生死路隱	生死路는
此矣有阿米次肹伊遣	예 이샤매 저히고
吾隱去內如辭叱都	나는 가느다 말ㅅ도
毛如云遣去內尼叱古	몯다 닛고 가느닛고
於內秋察早隱風未	어느 フ술 이른 ᄇᄅ매
此矣彼矣浮良落尸葉如	이에 저에 ᄠᅥ딜 닙다이
一等隱枝良出古	ᄒᄃᆫ 가재 나고
去奴隱處毛冬乎丁	가논곧 모ᄃᆞ온뎌
阿也彌陀刹良逢乎吾	아으 彌陀刹애 맛보올 내
道修良待是古如	道닷가 기드리고다.

죽고 사는 길은
여기 있음에 두려워하고
'나는 갑니다' 말도
못 다 이르고 가는 것입니까?
어느 가을 이른 바람에
여기 저기 떨어지는 잎 같이
한 가지에 나고는

가는 곳을 모르는구나.
아으, 미타찰에서 만날 내
도 닦아 기다리겠습니다.

〈제망매가〉에 대한 별도의 기록은 없고 월명사도솔가 조에 〈도솔가〉의 창작배경과 더불어 일찍이 누이의 죽음에 재를 올리며 노래를 불렀다는 기록만 있을 뿐이다. 월명사는 사천왕사에 머물렀다. 그러니 누이의 49재도 사천왕사에서 올렸을 것이다. 모든 사람들은 이 땅에 죽음이 있음에 두려워한다. 죽을 때 '나는 간다' 하고 죽는 사람은 별로 없고 모두가 이별의 말도 하지 못하고 떠나는 것이 인생이다. 하물며 늙어서 죽는 것이 아니고 젊은 나이에 세상을 뜬 누이의 죽음은 누구에게나 큰 충격으로 다가온다. 늦은 가을에 지는 단풍잎이 아니라 이른 바람에 떨어지는 나뭇잎처럼 누이는 그렇게 떠났다. 오누이는 한 가지에 난 잎사귀처럼 같은 어머니의 젖을 먹고 함께 자랐으나 나중에는 어디에 묻혔는지도 모른 채 생을 마감하는 것이 우리 존재의 모습이다. 그러니 우리가 할 수 있는 일이라곤 아미타 부처님이 계신 서방정토에서 다시 만날 수 있게 도 닦아 기다리는 수밖에.

사천왕사는 문무왕이 불교의 힘을 빌려 당나라의 군사를 몰아내고 통일신라를 완성하게 한 호국불교의 대표적 사찰이다. 일제강점기에 일본이 우리의 정신적 맥을 끊기 위해 흥무대왕릉(김유신장군묘) 아래 산의 굴을 뚫고 안압지 옆을 지나 선덕왕릉과 사천왕사 사이로 굽이굽이 철로를 놓았다고도 한다. 이제 이 철길도 곧 걷히게 되어 시대의 아픔도 과거 속에 묻힐 예정이다. 사천왕사지에는 현재 발굴이 진행되고 있는데 지금은 무수한 주춧돌과 비석의 받침이었던 귀부(龜趺) 두 개만이 흩어져 있다. 여기에서 출토된 사천왕(팔부신중)상전과 파편은 신라최고의 조각가인 석장사의 양지스님 작품으로 추정하는데 국립중앙박물관과 국립경주박물관에 전시되어 있다. 월명사가 거주하던 사천왕사지는 사적 제8호로 지정되어 있고, 그 위 신들이 산다는 낭산에는 선덕왕릉이 있다.

④ **도천수대비가**(禱千手大悲歌, 눈밝안노래)/ 보살님! 우리 아이 눈 하나만 주소서

경덕왕 때 한기리에 사는 여인 희명의 다섯 살 난 아이가 갑자기 눈이 멀었다. 어느 날 부인은 아이를 안고 분황사 왼쪽 전각 북쪽 벽의 천수대비 앞에 나아가 아이로 하여금 노래를 지어 기도하게 하였더니 아이가 눈을 떴다고 한다.

그러나 어떻게 다섯 살 난 아이가 노래를 지어 부를 수 있겠는가? 이는 어머니인 희명부인의 창작이거나 그 전부터 전해오던 노래일 수도 있고, 아니면 관음보살에게 눈을 뜨게 해달라고 올리는 공양의식에서 아이가 부른, 전문가에 의해 창작된 노래일 수도 있다.

무릎을 고부며(고부리며)
두 손바닥을 모아
천수관음 앞에
빌어 사뢰옵니다
천 개 손의 천 개의 눈을
하나를 (손에서) 놓고 하나를 덜어
둘 없는(감은, 먼) 내라

하나야 가만히 고쳐주소서
아으, 내게 주신다면
놓으시되 쓸 자비야 (얼마나) 클꼬.

관세음보살은 대자대비(大慈大悲)보살, 천수천안(千手千眼)보살, 천수천안관세음(千手千眼觀世音)보살, 천수대비(千手大悲)보살, 관자재(觀自在)보살 등으로도 불리며 우리에게 가장 친숙한 구원의 보살이다. 천수천안(千手千眼)을 가졌기에 천 개의 눈으로 불쌍한 사람들을 굽어보고 천 개의 손으로 모두를 구원해주시는 보살이다. 이러한 관음사상이 민중에 널리 퍼졌기에, 우리는 자라면서 이웃에서 친숙하게 '나무관세음보살'이란 주문을 들을 수 있었다. '나무(남무)'는 귀의한다는 범어이니 관세음보살에게 귀의하여 어려움을 극복하고자 하는 염원의 주문이다.

천수천안관음보살은 천개의 손안에 천개의 눈을 가지고 있다. 관음보살 탱화를 보면, 손바닥마다 눈을 하나씩 가지고 있다. 불국사의 관음전은 제일 높은 곳에 있다. 이것도 관음보살께서 멀리 중생을 바라다볼 수 있게 높은 곳에 관음전을 잡았으리라 생각된다. 희명의 아이는 두 눈이 멀었다. 관음보살의 천 개 손에서 눈 한 개만 놓아주고, 천 개의 눈 중에서 한 개만 덜어 나에게 주신다면 그 은덕이야 얼마나 클까? 관세음보살의 은덕으로 아이가 눈을 떴으니 그 기쁨이야 무엇에 비하랴.

일연선사는 기록의 끝에 칠언절구의 한시로 다음과 같이 노래했다.12)

---

12) 讚曰 竹馬葱笙戲陌塵 一朝雙碧失瞳人 不因大士廻慈眼 虛度楊花幾社春

밭고랑에서 대나무말 타고 파피리 불며 놀다
하루아침에 두 눈이 먼 우리 아이,
보살께서 자비로운 눈 돌려주지 않았다면
버들꽃 피는 봄을 얼마나 헛되이 보냈을꼬?

분황사는 조그만 절이나 궁성에서 내려다보이는, 안압지 너머 황
룡사지의 북쪽에 있다. 현재 국보 30호인 모전 석탑, 당간지주, 돌우
물 등이 남아 있다. 이 분황사의 왼편 전각 북쪽 벽의 탱화(左殿北壁畵)
는 유명한 솔거의 그림이었다고 한다.

솔거는 신라 사람으로 출신이 미천하여 집안 내력은 기록되지 않
았다. 나면서부터 그림을 잘 그려 일찍이 황룡사 벽에 노송을 그렸더
니, 까마귀, 솔개, 제비, 참새들이 날아와 앉다가 떨어지곤 했다. 그
런데 세월이 지나 색이 바래자 절의 중이 새로 색깔을 칠했더니 그만
새들이 날아오지 않았다고 한다. 또한 경주 분황사의 관음보살상과
진주단속사의 유마상도 그가 그린 벽화인데 세상에서 모두 신의 그
림(神畵)이라 하였다[13]고 『삼국사기』에 전한다.

분황사는 궁궐 앞 황룡사의 북쪽 작은 절인데 현재 왼쪽 전각은
소실되어 관음상도 남아 있지 않다. 여기에는 선덕여왕 3년(634)에 쌓
았다는 국보 제30호인 모전석탑이 있으며, 신라시대 우물인 분황사
돌우물(石井, 경상북도 문화재 자료 제9호)이 남아 있다. 모전석탑은 현재
3층만 남아 있으나 원래는 7층이나 9층으로 추정되며, 돌우물은 호
국용변어정(護國龍變魚井)이라고도 하여 원성왕 11년(795)에 당나라 사
신이 동지(東池)와 청지(靑池), 그리고 이곳에 사는 세 호국용을 물고기

---

13) 『삼국사기』 권48, 열전8, '솔거(率去)'

로 만들어 가지고 갈 때, 동지와 청지의 두 용왕 부인들이 왕 앞에
나타나 울면서 아뢰기에 왕이 급히 사신을 뒤쫓아 가서 되찾아 도로
넣어주었다는 기록이 『삼국유사』에 전한다.

膝肹古召旀	무르플 고부리며
二尸掌音毛乎支內良	둘 솑바당 모호누아
千手觀音叱前良中	千手觀音ㅅ 알픽
祈以支白屋尸置內乎多	비술볼 두누오다
千隱手□叱千隱目肹	즈믄 손ㅅ 즈믄 눈흘
一等下叱放一等肹除惡支	ᄒᆞ든흘 노ᄒᆞ ᄒᆞ든흘 더읍디
二于萬隱吾羅	둘 업는(감은, 먼) 내라
一等沙隱賜以古只內乎叱等邪	ᄒᆞ든사 그스시 고티누옷다라
阿邪也吾良遺知支賜尸等焉	아사야, 나애 기티샬던
於冬矣用屋尸慈悲也根古	노ᄒᆞ디 ᄡᅳ올 慈悲여 큰고.

⑤ **우적가**(遇賊歌, 도적만난노래)/ 지리산 가는 길에

우적가는 향가 중에서 가장 해독이 불완전한 작품이다. 영재스님
이 늘그막에 은거하려고 남악(지리산)으로 들어가다가 대현령에서 도
적 60인을 만났다. 칼날 앞에서도 태연한 스님을 보고 도적들이 이상
히 여겨 이름을 물었더니 영재(永才)라고 했다. 그러자 도적들이 향가
를 지으라고 하여 스님이 부른 노래다. 도적들도 평소에 영재스님의
이름과 향가를 잘 한다는 사실을 알고 있었음을 보면 당시에 향가로
유명했던 스님이었던 모양이다. 이름 또한 永은 詠과 같이 쓰였으므
로 노래(詠)를 잘하는, 노래에 재주(才)가 있는 사람이란 뜻으로 붙여
진 것이다.

제 마음의
모습을 모르던 날
멀리 숨어서 지나치다
이런 숲을 가는구나
그릇된 파계주
두려워 다시금 돌아가리
이 칼이사 지나면
좋은 날이 곧 오리라(좋아했더니)
아으, 오직 요만한 선업은
아니 새집 되외니이다. (양주동 해독)

해독에 의문점이 많아 정확한 의미를 알 수는 없으나 양주동의 해독을 쉽게 풀어본다면 다음과 같이 설명할 수 있다. 그러나 〈우적가〉의 해독에는 앞으로 좀 더 많은 학자들의 연구가 요망된다.

'제 마음의 본성을 깨닫지 못하고 이제 은거하려고 숲을 지나다가 칼날 앞에 섰으니 두려움이야 무엇이 있으리오. 이 죽음이 곧 열반하는 날이겠거니 생각했지만 아직 요만한 선업은 극락에 이를 수 없나 봅니다.'

노래를 마치자 도적들이 비단 두 필을 내어놓았다. 스님이 웃으면서 '재물은 지옥의 근본인데 은거하러 가는 자에게 이런 것이 필요하겠는가?' 하고 땅에 던졌다. 도적들이 그 말에 감동하여 모두 머리를 깎고 제자가 되어 지리산에 숨어 다시는 세상에 나오지 않았다고 전한다. 이때 영재의 나이는 거의 아흔이었고 원성대왕 때의 일이라고

한다. 대현령은 지금 청도쪽에서 지리산으로 넘어가는 어디쯤, 도적
들이 은신하기 좋은 고개마루로 짐작된다.

自矣心米	제 ᄆᅀᆞ매
兒史毛達只將來呑隱日	즁 모ᄃᆞ롓단 날
遠鳥逸□□過出知遺	멀오 □□ 디나치고
今呑藪未去遺省如	연쫀 수메 가고쇼다
但非乎隱焉破□主	오직 외온 破戒主
次弗□史內於都還於尸郎也	저플 즈새 ᄂᆞ외 쪼 돌려
此兵物叱沙過乎	이 잠골ᄉᆞ 디내온
好尸日沙也內乎呑尼	됴홀날 새누옷다니
阿耶唯只伊吾音之叱恨隱溳陵隱	아으, 오지 이오맛혼 善은
安支尙宅都乎隱以多	안디 새집 ᄃᆞ외니다.

2) 국가적 기원의 노래

(1) 궁중의 국가적 기원

① 혜성가(彗星歌, 길쓸별노래)/ 혜성이여!

화랑의 무리들이 금강산 유람길에 오르려 하자 갑자기 하늘에 혜
성이 나타났다. 이에 융천사가 노래를 불러 혜성의 괴변을 물리친 향
가가 〈혜성가〉다. 풍류도(국선도) 조직은 풍월주(국선, 화랑장) 아래에 제
1화랑, 제2화랑, 제3화랑 등의 화랑이 있고 화랑마다 100여 명의 낭
도들이 소속되었다.

진평왕 시절(A.D. 600년 전후)에 제5 거열랑, 제6 보처랑, 제7 보동랑
등 세 화랑의 무리들이 풍악(楓岳: 가을 금강산)에 유람을 가려는데 혜성

이 나타나 심대성(임금을 상징)을 범하자 유람을 그만 두려고 하였다.
이때 융천사가 노래를 지어 불렀더니 혜성이 사라지고 변방까지 왔
던 일본 군사도 되돌아가 오히려 경사로움이 되었다. 이에 임금이 기
뻐하여 화랑의 무리들을 다시 금강산으로 유람가게 하였다.

혜성이 심대성을 침범함은 반란 등으로 왕권이 위협받는 것으로
여긴다. 〈혜성가〉는 구체적으로 어디에서 창작되었는지 알 수 없다.
그러나 기록으로 보아 하늘의 천문을 관측하고, 혜성의 괴변을 물리
치기 위해 제사를 올렸으며 임금이 관여한 것으로 미루어 궁성 안이
거나 궁의 일부분인 첨성대 부근에서 행해졌으리라 짐작된다. 첨성
대 건축물은 이보다 몇 년 후 진평왕의 딸인 선덕여왕 때에 지어졌다.
첨성대(瞻星臺)는 이름대로 별이나 천문을 관측한 곳이거나 하늘에 제
사를 올린 곳으로 본다면, 혜성의 이변을 없애기 위해 여기서 의식을
행하며 융천사가 노래 공양을 하였을 가능성이 높다.

재앙을 물리치기 위한 주술적인 방법으로는 두 가지가 있다. 하나
는 대상을 칭찬하여 달래고 빌어서 보내는 방법이요, 다른 하나는 대
상을 위협하고 겁주어 쫓아내는 방법이다. 여기서는 혜성을 칭찬하
고 달래어 재앙을 물리치며 복을 비는 방법을 사용하고 있다.

舊理東尸汀叱	녜 실 믌곶
乾達婆矣遊烏隱城叱肹良望良古	乾達婆이 노론 잣홀란 브라고
倭理叱軍置來叱多	예ㅅ 軍두 옷다
烽燒邪隱邊也藪耶	燧슬얀 궁 수프리야
三花矣岳音見賜烏尸聞古	三花이 오름 보샤올 듣고
月置八切爾數於將來尸波矣	돌두 브즈리 혀렬 바애
道尸掃尸星利望良古	길쁠 별 브라고

彗星也白反也人是有叱多　　　慧星여 술ㅸ여 사ㄹ미 잇다
達阿羅浮去伊叱等邪　　　　　아으 둘 아래 ㅮ가잇더라
此也友物北所音叱彗叱只有叱故　이어우 므슴ㅅ 彗ㅅ기 이실꼬?

옛 동해 물가
건달파가 놀던 성을 바라보고
왜군도 왔다
봉화 올린 갓 숲이여
세 화랑의 (금강산) 오름을 듣고
달도 부지런히 불 밝힐 때
길 쓸 별을 바라보고
혜성이야 사뢴 사람이 있다
달(산) 아래 떠 있더라
이에 무슨 彗ㅅ기(재앙) 있을까?

　우리말에 돌아다니며 노래하고 놀기 좋아하는 사람을 '건달(건달패)'
이라고 한다. 이 말은 불교의 '건달파'에서 왔다고 한다. 건달파는 불
교에서 음악을 주관하는 신이다.
　동해 바닷가에 왜군이 왔음을 '건달파가 놀던 성을 바라보고 잘못
봉화를 올린 것'이라 하고, 하늘에 나타난 혜성은 '세 화랑의 유람길을
밝게 비춰주려고' 떴는데 놀라서 '혜성이야!' 하고 외친 사람이 있다.
화랑들의 길을 밝혀주려고 달(또는 산) 아래 떠 있으니 무슨 재앙이 있
겠는가?
　노래 속에서 불교의 악신(樂神, 음악의 신)인 건달파를 칭송하고, 혜성
의 선행을 칭송함으로써 왜군의 침입과 혜성이 나타난 괴변을 물리
치고자 함이다. 향가의 힘으로 왜군이 물러가고 혜성이 사라졌으니

침으로 영험한 노래라 하겠다. 그러니 예부터 향가는 천지귀신을 감
동시킨 일이 한 두 번이 아니라고 하였다. 이러한 까닭에 향가의 성격
을 '신에게 사뢰는 노래'(지헌영)라거나 주술적인 장르로 보기도 하는
것이다.

② **도솔가**(兜率歌)/ 도솔천을 우러러

한국문학에서 「兜率歌」라 기록된 이름의 작품은 두 가지가 있다.
하나는 작품은 전하지 않고 이름만 전하는 신라 제3대 유례왕(유리왕)
때의 것이고 다른 하나는 경덕왕 때 월명이 지은 〈도솔가〉이다. 가사
가 전하지 않는 〈도솔가〉에 대한 『삼국사기』와 『삼국유사』의 기록을
보면, 나라가 태평함에 '민속환강(民俗歡康: 백성의 풍속이 즐겁고 건강함)을
노래한 악(樂)의 시작'이요, '차사(嗟辭: 감탄사)가 있는 사뇌격(詞腦格)의
노래'라 하였다. 유리왕 4년 또는 9년(A.D.27 또는 A.D.32)[14]에 국가적
인 악(樂)의 시초로 지어졌다는 〈兜率歌〉는 불교와는 아무 관련이 없
는 노래로 제목 또한 우리말로 다양하게 읽었을 가능성이 많다.

'兜' 자는 투구나 머리에 쓰는 덮개를 말하는데, 한자음이 '두'이다.
그런데 불교용어로 도솔천이나 도솔사 등에서 '도'로 사용되어 왔다.
오늘날까지 지역의 앞뒤 산들의 이름에 두리산, 두류산, 두륜산, 도
리산, 도솔산 등이 많이 남아 있고, 여럿이 함께 둘러앉아 먹는 둥근
밥상을 '두리상'이라 하고 농촌의 공동작업을 '두레'라 한다.

'兜率'을 순수한 우리말로 읽으면 '두솔, 두률, 두리, 도리, 두래,
두류' 등의 다양한 음이 가능하고, 의미 또한 양주동은 지역의 노래나

---

14) 『삼국사기』에는 儒理王 5년에 '是年 民俗歡康 始製兜率歌此歌樂之始也'라 하였고, 『삼
국유사』에는 弩禮(儒礼)王 9년에 '始作兜率歌有嗟辭詞腦格'이라 하였다.

애국가(愛國歌, 돗노래, 텃노래)로, 이혜구는 살풀이(도살풀이)인 무가(巫歌)로, 정병욱은 공동체의 노동요인 두릿노래로, 조지훈은 나라를 다스리는 노래나 기원의 노래인 치리가(治理歌, 다살노래)로 보고 있다. 그러므로 가사가 전하지 않는 〈兜率歌〉는 국가적인 노래로, 공동체의 우리말 노래이기에 이름 또한 '두리노래'로 부름이 더 타당하다.

이에 비해 8세기 경덕왕 때 월명이 지은 〈도솔가〉에서의 '도솔'은 불교의 도솔천(兜率天)이며, 이 〈도솔가〉는 미륵부처님에 대한 발원으로 재앙을 물리치고자 하는, 미륵신앙에 근거한 주술적인 향가작품이다. 월명사와 〈도솔가〉에 대한 기록으로는 『삼국유사』가 유일한 문헌인데, 권5 감통(感通) 제7 '월명사도솔가(月明師兜率歌)'조에는 3쪽에 걸쳐 다음과 같이 기록되어 있다.

월명사 도솔가(月明師 兜率歌)

경덕왕 19년 경자(庚子) 4월 1일에 해 둘이 나란히 나타나 열흘 동안이나 없어지지 않았다. 일관(日官)이 아뢰기를 인연 있는 스님(緣僧, 연승)을 청하여 산화공덕(散花功德)을 지으면 재앙을 물리치리라 하였다. 조원전(朝元殿)에 깨끗한 단(壇)을 설하고 왕이 청양루(青陽樓)에 행차하여 인연 있는 스님(연승, 緣僧)을 기다렸다. 때에 월명사가 논두렁(仟陌, 천맥) 남쪽 길을 가므로 왕이 사람을 보내 불러 단을 열고 기도문을 짓게 하였다. 월명이 아뢰기를 "승(僧)은 국선도[國仙徒(花郎徒, 화랑도)]에 속하여 다만 향가를 알 뿐, 범패(梵唄)에는 익숙하지 못합니다"라고 하였다. 왕이 이르되 "이미 緣僧(연승)으로 뽑혔으니 향가라도 좋다"고 하자 이에 월명은 도솔가(兜率歌)를 지어 바쳤다. 그 가사에 「오늘 이에 산화가(散花歌)를 불러 뿌린 꽃아 너는 곧은 마음에 명(命)을 심부름하여 미륵좌주(彌勒座

主) 모셔라」하였다. 그 시를 해석하면 이렇다. 「용루(龍樓)에서 오늘 산화가(散花歌)를 불러, 청운(靑雲)에 일편화(一片花)를 보내니 은 중(殷重)한 곧은 마음을 받들어 멀리 도솔(兜率)의 대선가(大仙家)를 맞이하여라」지금 속(俗)에 이것을 〈산화가(散花歌)〉라고 하나 잘못이고 마땅히 〈도솔가(兜率歌)〉라 해야 한다. 〈산화가〉는 따로 있으나 글이 번다하여 싣지 않는다.

조금 있다가 해의 괴변이 사라졌다. 왕이 가상히 여겨 차(茶) 한 봉과 수정염주 108개를 하사(下賜)하였다. 홀연히 외양이 깨끗한 한 동자가 공손히 차와 구슬을 받들고 궁전 서쪽 작은 문에서 나타났다. 월명은 이것이 내궁(內宮)의 사자(使者)라 생각하고, 왕은 스님의 종자(從者)라 생각하였으나 모두 아니었다. 왕이 매우 이상히 여겨 사람을 시켜 뒤를 쫓게 하니 동자는 내원(內院)의 탑 속으로 숨고, 차와 구슬은 남쪽 벽화 미륵상 앞에 있었다. 월명의 지극한 덕과 지극한 정성이 이와 같이 부처님께 감응한 것으로 조야(朝野)에 모르는 자가 없었다. 왕이 더욱 공경하여, 다시 비단 100필을 주어 큰 정성을 표하였다.

월명이 또 일찍 타계한 누이(亡妹, 망매)를 위하여 향가를 지어 재(齋)를 올렸더니 홀연히 광풍이 일어 지전(紙錢 : 종이돈)이 서쪽으로 날아갔다. 향가는 다음과 같다. 「죽고 사는 길은/ 이에 있으매 두려워하고/ '나는 갑니다' 하는 말도/ 못다 이르고 가는구나./ 어느 가을 이른 바람에/ 여기 저기 떨어지는 잎 같이/ 한 가지에 나고/ 가는 곳을 모르는구나./ 아아 미타찰에서 만날 내/ 도 닦아 기다리고다」

월명은 항상 사천왕사(四天王寺)에 머물었는데 저(笛:적)를 잘 불었다. 일찍이 달 밝은 밤에 저를 불며 문 앞 큰길을 지나니 하늘의 달이 그를 위하여 멈추어 섰다. 이로 인하여 그 길을 월명리(月明里)라 하였으며 법사 또한 '월명'이란 이름을 얻었다. 스님은 곧 능준

대사(能俊大師)의 문인(門人)이다. 신라 사람들은 향가를 숭상(崇尙)했는데 대개 시송(詩頌)과 같은 종류다. 그러므로 때때로 천지귀신(天地鬼神)을 감동시킴이 한두 가지가 아니었다. 찬(讚)하노니 「바람은 종이돈을 날려 저 세상에 가는 누이의 노자(路資)를 삼게 하고 젓대소리는 밝은 달을 움직여 항아(姮娥)를 머무르게 하도다. 도솔천이 하늘에 있다 하여 멀다고 하지 마라. 만덕화(萬德花) 한 곡조로 맞이하였으니.」

경덕왕 때, 하늘에 해가 둘이 나타났으므로 일관이 왕에게 산화공덕(꽃을 뿌리며 부처님께 공양을 올리는 의식)으로 변괴를 물리칠 것을 청한다. 조원전에 깨끗한 단을 모으고 왕이 청양루에 행차하여 인연 있는 스님을 기다렸더니 마침 남쪽 밭둑길로 월명사가 걸어왔다. 왕이 스님으로 하여금 단을 열고 노래를 부르게 하니 월명사가 미륵부처님께 꽃을 뿌리며 공덕을 비는 짧은 향가를 지은 것이다.

今日此矣散花唱良	오ᄂᆞᆯ 이에 散花 블어
巴寶白乎隱花良汝隱	ᄉᆞᆸᄊᆞᆯᄇᆞᆫ 고자 너는
直等隱心音矣命叱使以惡只	고ᄃᆞᆫ ᄆᆞᅀᆞᄆᆡ 命ㅅ 브리ᄋᆸ디
彌勒座主陪立羅良	彌勒座主 뫼셔라.

오늘 이에 산화(노래) 불러
뿌린 꽃아 너는
곧은 마음의 명 받들어
미륵부처님 모셔라.

그러면 〈도솔가〉가 지어진 조원전(朝元殿) 청양루(靑陽樓)는 어디일까?

신라의 궁전은 월성(月城, 지금 반월성이라고 하는 곳)이다. 朝元이라고 기록한 것을 보아 해 뜨는 아침 곧, 월성의 동쪽으로 짐작이 되고 靑陽樓 또한 靑陽이 봄이요 동(東)이니 월성의 동쪽 누각으로 보아야 하겠다. 월성의 동쪽은 곧 사천왕사가 있던 낭산이 바라보이는 곳이니 월명이 사천왕사에서 남쪽 논둑길로 내려오는 것이 잘 보이는 자리에 청양루가 있었을 것이다.

하늘에 해가 둘이 나타난 변괴를 미륵부처님께 빌어 재앙을 물리치고자 아침 해가 돋는 동쪽 도솔천을 향해 산화공덕을 행한다. 불교에서 욕계육천(欲界六天)[15]을 보면 사천왕천 위에 도리천, 도리천 위에 야마천, 야마천 위에 도솔천이 있고 여기에 미륵부처님이 계신다. 미륵불은 인간세상에 내려와(下生) 우리의 어려움을 구원해줄 미래불이다. 그런데 낭산 신유림(神遊林: 낭산은 이리가 누운 모습의 긴 산자락인데 옛날부터 신들이 사는 곳으로 신성시 여겨져 왔다)에 사천왕사가 있으니 그곳이 사천왕천이고, 그 위 도리천에 선덕왕릉이 있고[16] 그 위에 야마천과

---

15) 욕계육천(欲界六天): 육욕천(六欲天), 불교에서 말하는 욕계(慾界)에 속한 여섯 하늘. 사천왕천(四天王天), 도리천(忉利天), 야마천(夜摩天), 도솔천(兜率天), 낙변화천(樂變化天), 타화자재천(他化自在天).

16) 선덕왕지기삼사(善德王知幾三事): 선덕여왕이 세 가지 일을 미리 알았음을 말하는데, 첫째는 당 태종이 그림과 모란꽃씨를 보내왔는데 향기가 없음을 알았고, 둘째는 영묘사 옥문지의 겨울 개구리를 보고 백제군사가 습격하여 왔음을 알았고, 셋째는 왕이 임종 때에 '아무 날 죽을 것이니 도리천에 장사하라'고 하였는데 '도리천이 어디입니까?' 하고 신하가 물으니 낭산 남쪽이라고 하였다. 그런데 왕을 낭산 남쪽 도리천에 장사한 지 20여 년 후 문무왕이 당군을 물리치기 위해 왕릉 아래에 사천왕사를 세웠다. 그러니 불교세계에서 사천왕천 위에 도리천이 있음에 선덕왕의 무덤이 도리천이었음을 알 수 있다.
　　그러나 선덕왕의 임종이 646년이고 신라가 삼국을 통일하고 당과의 전쟁을 시작한 것은 668년부터니 20년이 넘는다. 임시로 절을 꾸미고 풀로 오방신상을 만들어 문두루비법을 행하여 당나라 군사들을 바다에 수장되게 한 호국사찰이다. 그 후 사천왕사를 완성한 것은 문무왕 19년 679년이다.

도솔천이 있을 것이다. 그러므로 낭산 위 도솔천이 보이는 곳에서 사천왕사의 대덕인 월명을 맞아 재앙을 물리치는 의식을 거행하게 된 것이다. 월성의 동북쪽 문으로 들어가면 좌측(동쪽) 언덕 위 높은 성곽에 조원전과 청양루가 있었을 것으로 추정된다. 이로부터 5년 뒤(경덕왕 24년) 남산(금오산)이 건너보이는 궁의 서쪽 귀정문 누상에서 충담스님이 경덕왕의 부탁으로 〈안민가〉를 짓는다.

③ 안민가(安民歌, 백성노래)/ 임금은 임금답게 신하는 신하답게

〈안민가〉는 경덕왕 시절 충담사가 지은 치리가(治理歌: 백성을 다스리는 노래)계통의 노래로 〈백성가(百姓歌)〉, 〈이안민가(理安民歌)〉라고도 한다.

삼월 삼짇날 경덕왕이 귀정문 누상(樓上)에 올라 신하들에게 영험 있는 스님을 모셔 오라고 한다. 그때 마침 위풍이 당당하고 좋은 옷을 입은 스님이 지나기에 모시고 왔더니 왕께서 내가 말한 스님이 아니라며 물리치셨다. 다시 한 스님이 헤어진 장삼에 앵통(櫻筒: 앵두나무 통)을 지고 남산자락에서 오고 있었다. 왕이 기뻐하며 불러 이름을 물으니 충담(忠談)이라고 했다. 매년 삼월삼일(重三日)과 구월구일(重九日)에 남산 삼화령 미륵세존께 차공양을 올리는데 오늘이 삼짇날이라 차를 올리고 돌아오는 길이라고 한다. 왕께서 향기로운 차 한 잔을 얻어 드시고는 그대가 유명한 〈찬기파랑가(讚耆婆郎歌)〉를 지었다고 하니 짐(朕)을 위해 백성을 편안히 다스리는 노래(安民歌)를 지어 달라고 부탁한다. 왕의 명을 받아 스님이 노래를 지어 바쳤다.

임금은 아비요
신하는 사랑하는 어머니

> 백싱은 어리석은 아이라 할 때
> 백성이 사랑하심을 알 것입니다.
> 꾸물거리며 살아가는(배가 큰) 중생
> 이들을 먹여 다스려라
> '이 땅을 버리고 어디로 갈까' 할 때
> 나라를 (어떻게) 지킬 것을 알 것입니다
> 임금답게 신하답게 백성답게 한다면
> 나라가 태평할 것입니다.

　왕은 아버지처럼 원칙과 위엄을 갖추고, 신하는 어머니처럼 자비롭고 인자하게 백성을 보살피고, 백성들은 아이처럼 각자 맡은 바 최선을 다한다면 나라가 태평하리라는 국가경영의 방법을 말하고 있다. 신라 8세기 중엽 경덕왕 때엔 하늘에 해가 둘이 나타나는 변괴가 생기고 왕권다툼으로 정치가 어지러운 상황이었다. 그러기에 경덕왕은 귀정문 누상에 단을 만들고 대덕(大德: 큰 스님)을 불러 그에게 국가를 다스리는 방법을 묻고 국가의 태평을 비는 의식을 올렸던 것이다.

　나라와 백성의 평안을 기원하는 스님의 뜻을 받들어 경주에서는 매년 삼짇날 전후 일요일 낮, 계림 숲이나 월성(반월성) 인근에서 스님에 대한 공양과 차와 도자기 중심의 축제로 충담재(忠談齋)가 열리고 있다. 요즘도 스님의 말씀처럼 자기 본분을 다하지 못하는 부끄러운 정치인, 공무원, 교육자, 시민 등 많은 중생들은 깊이 참회할 일이다.

　현재 월성(반월성)으로 들어가는 길은 두 곳이 있다. 하나는 대릉원 주차장에서 계림숲을 지나 들어가는 서북쪽 문이고, 다른 하나는 안압지(월지) 맞은편인 동북쪽 문이다. 서북쪽 문으로 들어가서 우측으로 성 위를 따라 걸어가면 서편에 향교가 보이는 낮은 성곽이 있는데 이곳이 귀정문으로 추정된다. 귀정문(歸正門)이란 명칭은 아미타사상[17]이 깃든 이름이고 서방정토(西方淨土)로 돌아감을 바른(正) 것, 곧 이상세계로 생각함이다. 『삼국유사』 '문호왕법민' 조에 '귀정문은 궁궐의 서쪽'이라고 명시해 놓았다. 원래 서문은 궁녀나 평민들이 들고 나는 문이다. 안길이란 사람이 거득공(車得公, 문무왕의 이복동생)을 찾는데 노인의 말에 따라 귀정문에서 출입하는 궁녀를 통해 말을 전하고 있다.[18]

충담(忠談)은 이름과 같이 국가를 위해 충성스런 직언을 한 스님이요 화랑으로 생각된다. 백성을 편안하게 다스리는 방법을 묻자 임금은 임금의 본분을 다하고 신하는 신하의 직책을 다할 때 어리석은 백성들이 잘 살아 나라가 태평할 것임을 노래로써 간언(諫言)하고 있다. 경덕왕 말기 왕당파와 반왕당파로 시끄럽던 정치사회를 극복하기 위한 기원의 노래인데, 5째 행의 해독에는 의문이 있으나 전체적인 의미는 파악할 수 있다.

이때의 궁전이 반월성이라면 귀정문은 반월성 서쪽임이 분명하나 충담이 차를 올렸던 삼화령에 대해서는 견해들이 다르다. 삼화령을 황수영은 남산 해목령 아래 석조삼존불 출토지로, 윤경렬은 이영재 고개마루로 추정하고 있다. 수리는 높은 곳을 말하므로(예:정수리, 선도

---

17) 아미타사상: 아미타불(阿彌陀佛)을 믿는 불교사상, 서방 정토에 있는 부처. 대승 불교 정토교의 중심을 이루는 부처로, 수행 중에 모든 중생을 제도하겠다는 대원(大願)을 품고 성불하여 극락정토에서 교화하고 있으며, 이 부처를 염하면 죽은 뒤 극락세계에 간다고 한다. 우리에게 익숙한 사상으로 '나무아미타불(아미타불에게 귀의함)'이란 주문을 쉽게 들을 수 있다.

18) 노인이 '당신은 궁성의 서쪽 귀정문으로 가서 출입하는 궁녀를 기다려 부탁하도록 하시오'라고 했다. 안길은 노인이 시키는 대로 하였다. (老人日汝去宮城之西歸正門 待宮女出入者告之 安吉從之, 삼국유사 권2, 기이)

산:서수리산) 삼화수리는 세곳수리로 금오봉(468m)과 고위산(494m) 두 봉우리와 삼각지점인 이영재봉우리를 말하며, 이 봉우리 위에 있는 지름 2m정도의 연화대좌를 삼화령 미륵불이 있었던 자리로 추정하기도 한다.[19)]

충담사가 삼짇날 삼화령의 미륵세존께 차를 올리고 왕께 차를 달여 드렸으니 기록상으로 우리 차의 기원을 연 분의 하나라 할 수 있고, 〈안민가〉를 지어 바친 곳은 귀정문 누상이므로 궁성인 반월성 서편이 〈안민가〉의 산실이다.

君隱父也	君은 아비여
臣隱愛賜尸母史也	臣은 ᄃᆞ사샬 어ᅀᅵ여
民焉狂尸恨阿孩古爲賜尸知	民은 얼흔 아히고 ᄒᆞ샬디
民是愛尸知古如	民이 ᄃᆞ술 알고다
窟理叱大肹生以支所音物生	구믈ㅅ다히 살손 物生
此肹喰惡支治良羅	이흘 머기 다ᄉᆞ라라
此地肹捨遺只於冬是去於丁爲尸知	이 ᄯᅡ홀 ᄇᆞ리곡 어듸 갈뎌 홀디
國惡支持以支知古如	나라악 디니디 알고다
君如臣多支民隱如爲內尸等焉	아으 君다이 臣다이 民다이 ᄒᆞ놀든
國惡太平恨音叱如	나라악 太平ᄒᆞ니잇다.

---

19) 윤경렬, 『겨레의 땅 부처님의 땅』, 불지사, 1993, 211~212쪽.
   이영재란 언양이라는 말로 언양을 통해 부산으로 왕래하던 고갯길로 420m 높이의 언양재(彦陽嶺)로 봄.

(2) 국가적 인물에 대한 찬양

① **찬기파랑가**(讚耆婆郎歌, 기파랑노래)/ 수모냇가에서

『삼국유사』권2 '경덕왕충담사표훈대덕' 조에 〈안민가〉의 창작배경은 자세히 기술하면서, 〈찬기파랑가〉에 대해서는 '작품의 뜻이 대단히 높다(其意甚高)'고 간단한 당대의 평만을 기록하고 있다.

경덕왕이 충담을 처음 만나 이름을 묻고 차를 얻어 마시고는 "짐이 일찍이 듣건대 그대가 지은 기파랑을 찬미한 사뇌가가 '그 뜻이 대단히 높다'고 하던데 과연 그러한가?"라고 묻자 충담이 "그러하옵니다"라고 답한 내용이 전부이다. 이는 충담이 일찍부터 향가를 잘 지었다는 사실을 왕도 익히 알고 있었다는 것을 말해준다. 그러나 작품의 내용에 대해서는 기파랑을 찬양한 노래라는 것 외에 아무런 관련 단서가 없어 그 해독 또한 쉽지 않다.

咽鳴爾處米	울오이치미
露曉邪隱月羅理	나토얀드리
白雲音逐于浮去隱安支下	힌구름 조차 뻐가는 어디히
沙是八陵隱汀理也中	몰이 가른 나리여히
耆郎矣皃史是史藪邪	耆郎의 즈싀 이시 수프리야
逸烏川理叱磧惡希	수모나리ㅅ 지벽히
郎耶持以支如賜烏隱	郎이 디니다샤온
心未際叱肹逐內良齊	ᄆᆞᅀᆞ민 ᄀᆞᆺ홀 좇누아져
阿耶栢史叱枝次高支好	아으 잣가지 노파
雪是毛冬乃乎尸花判也	서리 모르나올 화반여.

울어지침에

나타난 달이
흰구름 쫓아 떠가는 어디쯤
모래 가른 나루터에
기랑의 모습 같은 숲이여
수모내 조약돌에
낭이 지니고 계시던
마음의 끝이라도 좇고 싶습니다
아으, 잣나무 가지처럼 높아
서리 모르실 화랑이시여.

　낭의 죽음에 울다 지쳐서 하늘을 보니, 날은 벌써 어둡고 하늘엔 둥근 달이 흰구름을 좇아 하염없이 떠가는구나. 새파란 강나루엔 낭의 모습처럼 달빛이 쏟아진다. 모래 펼쳐진 나루 끝엔 기파랑의 모습 같은 숲이 있고 낭이 지나다니던 수모내엔 조약돌만이 달빛을 받아 반짝인다. 달빛 내린 수모나리 조약돌에 묻은 낭의 마음 한 조각이라도 고이 간직할 수밖에. 아아 잣나무 끝가지처럼 높아 서리를 모르실 님이시여!

　우리말로 '기파랑노래'라고도 하는데 경덕왕이 나라를 다스리던 마지막 시절은 국정이 어지러웠다.[20] 그러기에 나라를 잘 다스릴 묘책으로 충담스님에게 그 방법을 물은 것이 〈안민가〉이고, 〈찬기파랑가〉도 기파랑과 같은 뛰어난 화랑의 출현을 갈구한 것인지도 모른다.

---

20) 신들이 임금 앞에 나타나고 두 개의 해가 나타난 기록들이 여러 곳에 있음(神等現侍, 二日并現)

기파랑에 대하여 학자들은 김기(金耆)란 실존인물로 보기도 하고 표훈대덕으로 보기도 한다. 그리고 이 시대의 상황을 왕당파와 반왕당파의 싸움으로 보기도 한다. 곧 이어지는 표훈대덕 설화의 기록을 보면, 경덕왕이 인연에 없는 아들을 상재(上宰)에게 원했더니, 상재가 딸을 아들로 바꾸면 나라가 위태롭다고 하였으나 경덕왕의 욕심으로 기어이 아들을 얻었다. 왕자는 어릴 때부터 여자들이 하는 놀이로 일삼다가 혜공왕이 되었으나 마침내 왕은 살해되고 이후 신라의 왕실은 흔들리기 시작한다. 혜공왕 이야기는 우리에게 인간의 지나친 욕심은 언젠가 화로 귀결됨을 일깨워 준다.

신라시대를 삼대로 구분할 때, 통일신라 이전의 박혁거세부터 제28대 진덕여왕까지를 상대라 하고, 삼국을 통일한 제29대 태종 무열왕부터 제36대 혜공왕까지를 중대라 한다. 혜공왕이 살해되고 왕권 쟁탈이 치열했던 이후 제37대 선덕왕부터 신라의 마지막 왕인 제56대 경순왕까지를 하대라고 한다.

필자는 기파랑이 죽고 그의 재를 올리며 충담이 부른, 낭의 인격과 업적을 찬양한 만가(輓歌)로 보고자 한다. 그리고 해독에 있어 첫 행 '咽鳴爾處米'를 양주동은 '열치매'로 해독하여 '열어젖힘에'로 보았으나 그 근거가 희박하여 '울어지침에'로 해독하고, 6행의 '逸烏川理'를 '이로부터'라는 부사로 해독하였으나 경주의 지명 '수모내'(양북면 입천리)란 고유명사로 보고자 한다.[21]

---

21) 이임수, 「〈찬기파랑가〉에 대한 새로운 접근」, 『동국논집』 11집, 동국대경주캠퍼스, 1992.

　이임수, 「찬기파랑가」, 『새로 읽는 향가문학(임기중 외)』, 아세아문화사, 1998.

　'수모나리'는 경주시 양북면 입천리(卄川里)의 대종천 지류(支流)인데, 비가 오지 않으면 물이 흐르지 않는 건천(乾川)인 '숨은 내'란 뜻이다. '卄川, 수모내. 수무내. 수문내'

이 시에 대한 감상으로 양주동은 문답체의 암유(暗喩)로 기상천외한 시법(詩法)22)이라 극찬했는데, 이는 '열어젖힘에/ 나타난 달이/ 흰 구름 쫓아 떠가는 것 아닌가?/ 새파란 강물에/ 기랑의 모습이 있구나'로 해독함으로써 얻을 수 있는 해석이었다.

그러나 이제 '安支下'는 미완의 문제이긴 하지만 학자들의 많은 의견은 의문형이 아닌 것으로 보고 있으며, '沙是八陵隱'이 '새파란'으로, '是史藪邪'가 '이슈라'로 해독될 수 있을 지에도 많은 의문을 제기하고 있다. 필자는 〈찬기파랑가〉의 이미지 전개를 세 단락으로 나누어 보고자 한다.

제1단락(1~3행): 천상(天上) 이미지
달: 서방세계로 열반하는 기파랑의 상징
흰 구름: 이상 세계, 천상 세계

제2단락(4~8행): 지상(地上) 이미지
숲: 달이 멈춘 곳, 기파랑이 살던 현실세계에 대한 환기 작용
나루터: 현실의 이동 공간이며 차안(此岸, 이승)과 피안(彼岸, 저승)의 이동 공간
수모냇가: 기파랑과 우리들이 살던 이승의 공간
조약돌: 낭이 지녔던 작은 마음 한 조각, 이승에서 우리들이 소유할 수 있는 한계

등으로도 불리고 17세기 『동경집기』에는 '二十乃里'라고 기록되어 있다.
22) 양주동, 「신라가요의 불교문학적 우수성」, 『국문학 논문집 I 』, 『향가연구』, 김열규·신동욱·이상택 편, 민중서관, 1977, 14~16쪽.

제3단락(9~10행): 기파랑에 대한 찬양
잣나무 높은 가지: 낭의 위대함, 서리가 내리지 못하는 높은 경지
대비: 서리 내리는 이 땅의 평범한 존재(작가, 일반인)들의 한계

공간의 시각이동(視覺移動)을 통해 보면, 낭의 죽음이란 현실 앞에 오열하던 작가는 시간의 흐름을 의식하지 못하고 있다가 시선이 하늘로 향한다. 하늘에는 달이 떴고 구름이 흐른다. 삶의 무상을 일깨워주기도 하고, 하늘의 달은 곧 이승을 떠나 서방으로 열반하는 기파랑의 모습이기도 하다. 작가의 시선은 달을 따라 서쪽으로 흐르다 달이 걸린 숲에 머문다. 달빛을 받아 어슴푸레한 이 숲은 잣나무 숲이다. 이 숲을 봄으로써 기랑이 살던 이 땅의 흔적들을 생각한다. 숲아래 나룻가엔 깨끗한 모래벌이 펼쳐져 있다. 수모냇가 조약돌을 밟고 낭이 살아서 걸어 다니던 대종천 나루터, 이제 낭은 가고 그가 남긴 자취만 수모냇가 조약돌에 남아 있다. 달이 걸린 잣나무 꼭대기처럼 너무나 우뚝하여 서리조차 내리지 못할 낭의 위대함[23]을 찬탄하며, 이 땅에서 우리가 본받아야 할 것은 조약돌 같은 낭의 마음 한 조각, 그 뜻을 따르는 일뿐이다.

현재 경주의 계림 숲에 〈찬기파랑가〉를 새긴 향가비(鄕歌碑, 일연현창 향가비)가 하나 서 있다. 경주 반월성 앞 계림(鷄林, 김알지의 탄생지) 숲 남쪽 울타리 곁에 자연석의 양면을 평면으로 깎아 만든 2미터 정도의 비신과 기단으로 된 일연선사와 향가문학을 기리는 비석이다. 앞면

---

23) 서리는 공기 중의 습기가 차가운 땅에 내려 언 현상으로 잣나무와 같이 높은 가지에는 서리가 내리지 않는다. 일부 학자들은 잣나무 가지 끝까지 눈이 쌓이지 않음으로 해석하여 기파랑의 기상이 높음을 비유하였다고 해석하기도 한다.

에는 '鄕歌碑'라 위에 쓰고 충담사가 지은 〈찬기파랑가〉 향찰원문을
세로로 새겼고, 뒷면에는 '一然顯彰鄕歌碑'라 쓰고 가로글로 김동욱
의 해설을 기록하여 1986년에 건립되었다.

② **모죽지랑가**(慕竹旨郎歌, 죽지랑노래)/ 간 봄 다함에

신라 32대 효소왕 시절 죽지랑(죽만랑이라고도 함)[24]의 낭도 중에 득
오(득오실, 득오곡)라는 사람이 있었다. 득오는 급간(級干은 신라 17관등 중
제9관등의 벼슬)의 직책에 있었으나 당전의 자리에 있는 모량리 익선
(아간의 벼슬로 제6관등임)에 의해 부산성의 창고지기(창직, 倉直)로 차출
되었다.

득오는 풍류도(화랑도)의 명부에 올라 있어 매일 출근을 했는데 열흘
이나 보이지 않았다. 죽지랑이 그의 어머니를 불러 물었더니 익선에
의해 차출되어 급히 가느라 낭에게 알리지 못하였다고 했다. 득오가
공적인 일로 갔기에 낭이 낭도 137명을 거느리고 술과 떡을 준비하여
부산성으로 면회를 갔다.

부산성은 군량미를 비축해두는 곳으로 경주시 건천읍 송선리에 있
는 석축 산성이다. 현재 행정지명으로는 봉오리가 5개라 하여 오봉산
(五峰山)으로 되어 있는데 해발 729m의 정상을 중심으로 100만평의
초대형 성곽이었다고 한다. 발굴조사에 의하면 성안에는 건물터 6
개, 우물터 4개, 못이 2개, 4개의 성문터가 있었는데 현재는 남문터
만 남아 있다. 이곳은 영천과 청도에서 경주로 들어오는 길목으로 왕
성을 방어하기 위한 요새로 사용되었다. 선덕여왕 시절 백제군사가

---

24) 竹旨는 '대맛, 대마루'라 읽을 수 있으며 竹曼은 뜻과 소리를 함께 딴 이름이다. 지관(智
管)이란 이름으로도 기록되어 있다.

숨어 있었던 여근곡(女根谷)[25]은 바로 부산성 아래 남쪽 계곡이다.

죽지랑은 부산성에서 득오에게 술과 떡을 대접하고 익선에게 휴가를 청하여 함께 돌아가고자 하였으나 익선이 굳이 허락하지 않았다. 이때 밀양에서 조세를 거두어 성으로 수송하던 간진이 이 모습을 보았다. 간진이 익선의 융통성 없음을 보고, 죽지랑의 덕성과 풍모를 아름답게 여겨 조 30석을 익선에게 주며 부탁을 하였으나 그래도 허락하지 않았다. 익선은 진절의 말안장까지 받고나서야 겨우 득오의 휴가를 허락하였다.

이 일이 조정의 화주(풍월도를 관장하던 사람으로 보임)에게 알려지자 익선을 잡아다가 그 더러움을 씻기려고 하였는데 마침 익선은 도망가고 대신 그 맏아들을 잡아 성 안 못에다 목욕을 시켰더니 한겨울이라 얼어 죽고 말았다. 옛날엔 연좌제라 아버지가 죄를 지으면 아들이 대신 벌을 받기도 하였으며, 죄를 씻는 상징적 방법으로 죄인이 살던 집에 못을 파기도 하고 이와 같이 못에 넣어 목욕을 시키기도 하였다. 아비를 잘못 만난 탓에 죄 없는 맏아들만 얼어 죽고 말았으니 그 아들은 참으로 전생의 업보가 많았던 모양이다. 또한 왕이 이 일을 듣고서는 칙령을 내려 모량리 사람으로 벼슬하는 자는 모두 쫓아내어 다시는 벼슬을 주지 말고, 모량리 출신에게는 승복을 입지 못하게 하였으며 이미 승려가 된 자라도 종과 북이 있는 큰 절에는 들어가지 못하게

---

25) 여근곡: 여성의 음부와 닮은 모양의 골짜기. 선덕왕지기삼사 조에 나옴.

경주시 건천읍 신평리에 있는 소산(小山), 소문산(小門山), 여근산(女根山)이라고도 하는 작은 산의 골짜기를 말하며 선덕여왕이 한겨울 영묘사 옥문지(玉門池)에 흰 개구리가 3,4일 울고 있음을 보고 받고 이곳에 백제군사가 숨어 있음을 알고 군사를 보내어 물리치게 하였다는 기록이 전함. 조선시대의 관리들이 여근곡을 보면 재수가 없다고 하여 대구에서 건천쪽으로 들어오지 않고 영천 고경면을 거쳐 시티재를 넘어왔다고 함. 현재 대구쪽 건천국도변에 안내판이 세워져 있는데 남쪽 골짜기를 일컫는다.

하였다. 역사학자들은 이러한 사실을 중앙집권적 왕권을 강화하기 위한 정치적 사건으로 해석하기도 한다.[26]

『삼국유사』의 기록에는 이러한 사건기록과 더불어 죽지랑에 대한 전생의 일을 언급한 뒤, 단순히 '득오가 죽지랑을 사모하여 노래를 지었다'고 하고 다음과 같은 향가를 기록해 놓았다.

去隱春皆理米	간봄 다이미
毛冬居叱沙哭屋尸以憂音	모든 것사 울 이 시름
阿冬音乃叱好支賜烏隱	아롬 낫 조히시온(나토샤온)
皃史年數就音墮支行齊	즈싀 히 나삼 헐히니져
目煙廻於尸七史伊衣	눈 돌칠 스이예
逢烏支惡知作乎下是	맛보읍디 지소리
郎也慕理尸心未行乎尸道尸	郎이여 그릴 ᄆᅀᆞ미 녀올길
蓬次叱巷中宿尸夜音有叱下是	다봇 굴허헤 잘밤 이시리.

간봄 다이매 (가는 봄이 다함에)
모든 것이야 울 이 슬픔
아름다운 얼굴 좋으신 (아름다움 나타내신)
모습이 세월감에 허물어지는구나
눈 돌릴 사이에
만나보기를 (어찌) 이루리
낭이여, 그리워하는 마음의 갈 길
다북쑥 우거진 마을에 잘 밤 있으리.[27]

---

26) 신종원, 「단석산 신선사 조상명기에 보이는 미륵집단에 대하여」, 『역사학보』143, 1994.
  이종욱, 「삼국유사 죽지랑조에 대한 일 고찰」, 『한국전통문화연구』2, 대구효성여대 전통문화연구소, 1986.
27) 이임수, 「모죽지랑가를 다시 봄」, 『문학과언어』제3집, 문학과언어학회, 1982.

이 노래의 제목은 기록에 '모랑이작가왈(慕郎而作歌曰)'이라 하였음에 학자들이 〈모죽지랑가(慕竹旨郎歌)〉라 이름 붙였다. 득오가 죽지랑을 그리워하여 지은 노래인데, 노래의 성격에 대하여 두 견해가 있다. 죽지랑의 생전에 득오가 그를 그리워하여 지은 것으로 보기도 하고 죽지랑이 죽고 난 후 그를 추모하여 지은 만가(輓歌)로 보기도 한다. 죽지랑은 김유신의 부장수로 통일신라를 완성하고 진덕왕, 태종무열왕, 문무왕, 신문왕 등 4대에 걸쳐 큰 재상을 하였다고 했으니 신문왕의 아들인 효소왕 때에는 고령이었을 것이고 득오를 면회 간 것은 만년의 일임에 틀림없다.

또한 죽지랑이 살아 있을 때 지어졌다면 시에서 '봄'이라는 시어가 필연성이 없어져 시적 긴장이 떨어진다. 죽지랑이 득오를 면회 간 때는 추수철이었고 익선의 맏아들을 못에 넣어 얼어 죽게 한 일은 겨울철이었으니 봄과는 거리가 멀다. 그런데 죽지랑이 살아 있을 때 득오가 그를 그리워하여 노래를 지었다면 봄은 아무런 시적 의미를 갖고 있지 못하다. 그러므로 죽지랑이 봄에 타계하자 그를 그리워하며, 봄도 가고 낭도 떠났음에 인생의 무상함을 깨닫고 내세에서 다시 낭을 만나리라는 염원을 노래한 것으로 보인다.

양주동은 '간봄 그리며'라고 해독했으나 경상도 방언으로 '간봄 다 이매'로 해독하여 지나간 봄이 다함에 낭도 가고 모든 것이 슬프도다. 아름다운 얼굴과 좋은 모습도 세월 앞에 모두 허물어지는구나. 눈 깜빡이는 찰나와 같은 이생에서는 이제 다시 낭을 만날 수 없으리. 낭을 그리워하는 마음에 할 수 있는 일이란 죽어서 다북쑥 우거진 무덤에서 다시 만날 것을 기다릴 수밖에 없다.

죽지랑 전생담, 술종공과 부인 꿈, 거사 탄생

술종공이 삭주도독이 되어 부임할 때는 삼한이 전쟁 중이라 기병 삼천으로 그를 호송하였다. 일행이 죽지령(竹旨嶺)28)에 이르자 한 거사가 고갯길을 닦고 있었다. 공이 그를 보고 찬탄하였고 거사 또한 공의 위세가 빛남을 아름다워 하여 서로 마음으로 감동하였다. 공이 부임한 지 한 달이 되어 거사가 방으로 들어오는 꿈을 꾸었는데 부인 또한 같은 꿈을 꾸었다. 놀라고 괴이하여 다음 날 사람을 보내어 그 거사의 안부를 물었더니, 거사가 죽은 지 며칠 되었다고 하였다. 그의 죽음과 꿈 꾼 것이 같은 날이었다. 공이 "거사가 아마 우리집에 태어날 모양이다"라고 했다. 군사를 내어 고개 위 북쪽 봉우리에 장사 지내고 무덤 앞에 돌 미륵 한 구를 만들어 세웠다. 아내가 꿈꾼 날로부터 태기가 있어 아이를 낳자 그 까닭으로 이름을 '죽지(竹旨)'라 하였다. 성장하여 벼슬에 나아가 유신공과 더불어 부장수가 되어 삼한을 통일하였다. 진덕왕, 태종왕, 문무왕, 신문왕 등 4대에 걸쳐 큰 재상이 되어 통일신라의 기틀을 마련하였다.

3) 개인적 기원의 노래

① **풍랑가**(風浪歌, 迸郎歌, 迸出征歌)/ 바람 불고 물결 치더라도

1989년 경남 김해에서 신라시대 김대문이 편찬했다는 『화랑세기』의 발췌본이 발견되었다. 부산 동래구 연산동에 거주하는 김경자 소장본이다. 이 자료는 서울신문과 국제신문에 번역하여 발표되고 이

---

28) 죽지령은 현재 죽령이라 하는 경상북도 영풍군 풍기읍과 충북 단양군 개강면 사이의 689m 고개로 추정하기도 한다.

태길(민족문화, 1989)에 의해 번역문과 함께 간행되었다. 이 자료에 대하여 진위논란이 많았는데, 다시 1995년 이종욱에 의하여 필사본『화랑세기』가 발견되었다.

발췌본 화랑세기는 32쪽에 걸쳐 15세 풍월주 김유신까지의 기록이고, 필사본『화랑세기』는 162쪽에 걸친 32명의 풍월주에 대한 기록이다. 이것은 일본 궁내성 도서료에 근무하였던 박창화에 의해 필사되었다. 발췌본은 김경자 씨가 남편의 가정교사를 한 박창화로부터 받아 간직해온 것이고 필사본은 박창화의 손자인 박인규가 소장하고 있는 문헌이다.

김대문이 681년에서 687년 사이에『화랑세기』를 저술한 것으로 추정하는데, 여기에는 540년부터 681년까지 화랑의 대표인 풍월주 32명에 대한 전기가 기록되어 있다.[29)]

필사본『화랑세기』6세 풍월주 세종 조에는 당대 왕실을 주름잡던 여인 미실이 진정으로 사랑하던 사람인 화랑 사다함을 위해 부른 〈풍랑가〉가 실려 있다. 지금으로는 이해하기가 어렵지만 1400여 년 전 신라에서는 왕국을 신국(神國)이라 하고 왕실은 근친혼이나 색공(色拱)으로 정통성을 유지했을 수 있다.

신라의 대표적 미인으로 진흥왕, 진지왕, 진평왕을 모셨던 미실이 한창 나이인 15~6세에 세종의 궁에서 쫓겨나와 같은 나이 또래의 화랑 사다함과 사랑에 빠졌다. 그러나 561년 9월 가야가 반란을 일으키자 진흥왕은 태종(이사부)에게 명하여 진압하게 한다. 이때 5대 풍월주인 사다함이 선봉에 서고자 했으나 나이가 어리다는 이유로 허락되

---

29) 김대문 저·이태길 역, 『화랑세기』, 도서출판 민족문화, 1989.
   이종욱, 『화랑세기-신라인의 신라이야기』, 김영사, 1999.

지 않았는데, 몰래 낭도를 거느리고 출정하여 성을 함락시키고 가야
군을 대파하였다. 사다함이 전쟁에 나갈 때 무사히 돌아오기를 기원
하며 미실이 부른 노래가 〈풍랑가〉이다.

風只吹留如久爲都	바람이 분다고 해도[30]
郎前希吹莫遣	임 앞에 불지 말고
浪只打如久爲都	물결이 친다고 해도
郎前打莫遣	임 앞에 치지 말고
早早歸良來良	빨리 빨리 돌아오라
更逢叱那抱遣見遣	다시 만나 안고 보고
此好 郎耶 執音乎手乙	아흐, 임이여 잡은 손을
忍麼等尸理良奴	차마 물리려뇨.

　초기에 『화랑세기』는 위작이라는 견해가 지배적이었으나 여러 가
지 역사적 사실로 미루어 위작이 아닐 가능성이 더 많아지고 있다.
『화랑세기』가 위작이 아니라면 〈풍랑가〉는 전해오는 신라향가 중 가
장 오래된 노래(A.D. 561)가 된다.[31]
　사다함이 전쟁에서 돌아오자 그 사이 사랑하던 미실은 다시 궁중
으로 불려가 세종전군의 짝이 되었다. 사다함이 떠나버린 미실을 아

---

30) 정연찬의 해독을 따랐으나 향찰 '爲都'만은 '하되'보다는 경상도 언어인 '해도'로 해독함
　이 나아 보인다.
31) 『화랑세기』에 대해 긍정적인 평가를 한 국문학계의 연구서들은 다음과 같다.
　김학성, 『한국고시가의 거시적 탐구』, 집문당, 1997.
　김학성, 『한국고전시가의 정체성』, 성균관대출판부, 2002.
　이종학 외, 『화랑세기를 다시 본다』, 주류성, 2003.
　신재홍, 『향가의 미학』, 집문당, 2006.

쉬워하며 부른 노래가 〈청조가(靑鳥歌)〉이다. 그러나 〈청조가〉는 한문
번역으로 보여 향찰은 아니기에 향가라기보다는 민요계의 노래로 보
인다.

> 파랑새야 파랑새야 저 구름 위의 파랑새야
> 어찌하여 내 콩밭에 머물었나
> 파랑새야 파랑새야 내 콩밭의 파랑새야
> 어찌하여 다시 구름 위로 날아갔는가?
> 왔으면 가지나 말지 갈 것을 왜 왔는가?
>
> 부질없이 눈물짓고 마음 아파 여위어 죽게 하는가?
> 나는 죽어 무슨 귀신 될까? 나는 죽어 신병되리
> (전주궁에) 날아들어 (너를 위한 호신(護神)되어)
> 아침마다 저녁마다 전군부처 보호하여
> 천년만년 길이 영원토록 하리라.[32]

사다함은 미실을 잃은 슬픔과 절친한 친구 무관랑의 죽음에 충격
을 받아 자리에 누운 지 칠일 만에 죽고 말았다. 그 후 노래처럼 죽은

---

32) 청조가 한문 : 靑鳥靑鳥 彼雲上之靑鳥
　　　　　　　　胡爲乎 止我豆之田
　　　　　　　　靑鳥靑鳥 乃我豆田靑鳥
　　　　　　　　胡爲乎 更飛入雲上去
　　　　　　　　旣來不須去 又去爲何來

　　　　　　　　空令人漏雨 腸爛瘦死盡
　　　　　　　　(吾)死爲何鬼 吾死爲神兵
　　　　　　　　飛入----- -------
　　　　　　　　朝朝暮暮 保護殿君夫妻
　　　　　　　　萬年千年不長滅

사다함이 언제나 살아 있는 미실을 보호하였다고 한다. 미실과 시다함이 이 땅에서 이루지 못한, 슬프지만 아름다운 사랑의 노래들이 서라벌 어딘가에 지금도 떠돌고 있으리라. 경주에서는 매년 칠월칠석날 저녁에 이루지 못한 사랑의 축제가 열리고 있다. 삶이 고통스럽지만 고귀한 것이듯 사랑은 슬프지만 그래도 아름다운 것이다.

② **헌화가**(獻花歌, 참꽃노래, 노인헌화가)/ 미인에게 꽃을 바치며

순정공의 아내인 수로부인(水路夫人)은 절대가인(絶代佳人)이었다고 한다. 예부터 미인은 탐내는 자가 많고 시기하는 자가 많아 어려움을 겪기에 미인박명(美人薄命)이라고도 한다.[33] 미인이었던 처용의 부인도 역신이 탐내어 사건이 일어났고, 수로부인도 동해의 용이 납치하여 용궁으로 데리고 갔다. 한 노인의 지혜로 수로부인을 구출하게 되는데 이때 부른 노래를 〈해가(海歌)〉 또는 〈해가사(海歌詞)〉라 한다.

> 용아 용아(검하 검하) 수로부인을 내 놓아라
> 남의 부인 약탈한 죄 그 얼마나 크냐?
> 너가 감히 거역하여 안 내어 놓는다면
> 그물로 잡아서 구워 먹으리.[34]

이 노래는 가락국의 건국설화인 〈구지가(龜旨歌)〉 설화가 변형되어 만들어졌다. 가락국의 시조인 수로왕(首露王)에서 수로(水路)부인으로

---

33) 절세가인(絶世佳人)이라고도 하며, 한 시대나 세대에 가장 아름다운 사람을 뜻하고, '미인박명'은 미인의 운명이 평탄하지 못하고 거칠고 힘듦(야박, 野薄)을 일컫는다.

34) 龜何龜何出水路 若人婦女罪何極 汝若悖逆不出獻 入網捕掠燔之喫

이름이 바뀌고, 한역의 방법도 4자(四言)와 5자(五言)로 한역한 구지가에서 칠언절구(七言絶句)의 한역으로 바뀌었다. 〈구지가〉는 임금을 맞이하기 위한 집단적이고 주술적인 민요로 보인다.[35]

이보다 이틀 앞서 순정공이 강릉태수로 부임하는 길에 동해 바닷가에서 점심을 먹는데 바닷가 높은 벼랑 위에 척촉화(철쭉, 참꽃)[36]가 만발하였다. 수로부인이 꽃을 탐내어 '누가 저 꽃을 좀 꺾어주세요' 하였더니 모두들 사람의 손길이 미칠 수 없어 꽃을 꺾기는 불가능하다고 하였다. 이때 옆을 지나던 노인이 꽃을 꺾어 바치면서 부른 노래가 〈헌화가〉이다. 노인이 꽃을 바쳤으니 〈노인헌화가〉라 하기도 하고, 〈참꽃노래〉라 하기도 한다.

紫布岩乎邊希	딛배 바희 ᄀᆞᆺ희
執音乎手母牛放敎遣	자ᄇᆞᆫ온 손 어미쇼 노히시고
吾肹不喩慙肹伊賜等	나ᄒᆞᆯ 안디 붓ᄒᆞ리샤ᄃᆞᆫ
花肹折叱可獻乎理音如	곶ᄒᆞᆯ 것가 받ᄌᆞ오리이다.

자줏빛(붉은) 바위 가에
잡은 손의 어미소 놓아두고
나를 안 부끄러워하신다면
꽃을 꺾어 바치오리이다.

---

35) 〈영신군가(迎神君歌)〉라고도 하는데 네 줄로 복원하기도 하나 두 줄 민요리듬으로 복원해보면 다음과 같다.
　　검아 검아 나오너라
　　안나오면 구워서 먹는다
　　龜何龜何 首其現也 若不現也 燔灼而喫也(구지가 원문)
36) 척촉화(躑躅花)는 철쭉꽃의 음역(音譯)이나 우리에게 흔한 참꽃(진달래)으로 보아도 좋다.

소박한 시골노인이 순정공 일행 옆을 지나다가 꽃을 갖고 싶어 하
는 수로부인의 말을 듣고, 그곳의 지리를 잘 알기에 잡고 있던 소를
매어 놓고 벼랑의 꽃을 꺾어 바친 것을 누군가 노래로 불렀는지도
모른다. 그러나 학자들의 상상력은 참으로 다양하다.

어디에 사는지 이름이 무엇인지도 모르는 노인에 대하여 학자들은
소를 몰고 가는 선승(禪僧)으로, 영험한 신(神)이나 주술사(무격, 巫覡)
로, 미인에게 구애(求愛)하는 늙은 남성으로 다양하게 해석하고 있다.

지나친 거짓말이나 상상력은 가끔 우리를 피곤하게 한다. 그러나
때로는 그러한 거짓말이 우리 인생을 풍부하게 하고 예술가나 학자
들의 상상력이 우리를 더 넓은 세상으로 눈 뜨게 하기에 문학이나
예술이 쓸모 있기도 한 것이다.

동해 바닷가 어느 해변, 병풍처럼 둘러싼 암벽 위에는 봄꽃(철쭉이나
진달래)이 만발하였는데, 그 벼랑 아래에 머리가 허연 노인이 아름다
운 미인(절대가인, 絶代佳人)에게 꽃을 바치고 있다.

③ **원가**(怨歌, 잣나무노래)/ 잣나무에 붙이노니

효성왕이 왕자 시절에 신충과 잣나무 아래에서 바둑을 두다가 "저
푸른 잣나무처럼 내 항상 그대를 잊지 않겠네."라고 말하자 신충이
일어나 절을 하였다. 그런데 몇 달 후에 왕으로 등극하여 공신들을
포상하면서 신충은 잊고 상을 주지 않았다. 신충이 왕자시절의 약속
을 생각하며 원망스런 마음에 노래를 지었다.

物叱好支栢史   믈ㅅ 됴히 자ᄉᆡ
秋察尸不冬爾屋支墮米   ᄀᆞᄉᆞᆯ 안들 이우리디매

汝於多支行齊敎因隱	너 엇뎨 니저이신
仰頓隱面矣改衣賜乎隱冬矣也	울월뎐 ᄂᆞ치 고티시온 딕야
月羅理影支古理因淵之叱	둜 그림재 고인 모샛
行尸浪阿叱沙矣以支如支	녈 믌결앳 모래 이다이
兒史沙叱望阿乃	즛ᅀᅡ ᄇᆞ라나
世理都之叱逸烏隱第也	누리도 갓 수몬 뎨여
(後句 亡)	

물 좋은 잣나무가
가을에도 안 시들어짐에
너 어찌 잊으랴 하시던
우러러보던 낯빛이 고치실 줄이야
달그림자 고인 못에
출렁이는 물결에 모래 이듯이
모습이야 바라보나
세상도 갓 숨은 것이야.

　푸른 잣나무는 가을에도 시들지 않는데, 너를 잊지 않으리라 하시던 님의 마음이 바뀔 줄이야. 달그림자 고인 못가 출렁이는 물결에 모래 일렁이듯 님의 모습이야 바라보나 세상도 모두 거짓인 것을![37)

　향가를 지어 왕자와 바둑을 두며 언약을 받았던 궁전 뜰의 잣나무에 붙여놓았더니 잣나무가 갑자기 누렇게 시들었다. 왕이 지나다가 누렇게 죽어가는 나무를 보고 살펴보라고 하자 신하가 잣나무에 붙어 있는 신충의 노래를 가져다 바쳤다. 왕이 보고는 "정사에 바빠 내

---

37) '세상을 도피하여 숨고 싶구나' 등으로 해석하기도 한다.

가 그대를 잊을 뻔 했구나"하며 신충을 불러 벼슬을 주었더니 다시 잣나무가 살아났다고 한다.

이러한 이야기와 함께 전해오는 이 노래에 대하여 초기 학자들은 신충이 임금을 원망하여 부른 노래이기에 〈원가(怨歌)〉라고 이름 하였으나 우리말로 〈잣나무 노래〉, 한자로 〈백수가(栢樹歌)〉 등으로 부르기도 한다. 신충이라는 벼슬아치의 창작으로 주술성(呪術性)이 엿보이는데, 향가 중에서 유일하게 글로 써서 나무에 붙였다는 기록을 가진 작품이다.

신라의 궁전이었던 월성에는 지금 근래에 심은 작은 잣나무가 몇 그루 있다. 그러나 신라시대에는 경주일원에 잣나무가 많았던 것으로 짐작된다. 〈찬기파랑가〉에도 기파랑의 기상이 높음을 서리를 모르는 잣나무 가지에 비유하여 노래하고 있다. 현재는 온난화 현상으로 예전처럼 잣나무가 잘 자랄지는 알 수 없으나 궁성 숲을 복원할 때 일부를 잣나무로 복원함이 좋다.

왕자가 머무는 궁궐 어디쯤, 여름 날 시원한 잣나무 그늘에서 바둑을 두던 인연으로 이 노래가 지어졌다. 신충은 효성왕과 그의 동생인 경덕왕까지 2대에 걸쳐 총애를 받아 높은 벼슬을 하고 만년인 경덕왕 22년에 남악으로 들어가 단속사를 짓고 승려가 되어 왕을 위해 복을 빌었다고 한다. '신충이 벼슬을 그만두다(信忠掛冠)[38]'라는 제목으로 『삼국유사』 권5 '피은(避隱: 도피와 은퇴)' 편에 실려 있다.

기록에 후구망(後句亡)이라 하였으니 끝의 2구가 전하지 않음을 알 수 있다. 향가형식을 삼구육명(三句六名)이라 할 때, 3구는 세 단락을

---

38) 신충괘관(信忠掛冠): 掛冠은 '관을 걸어놓음'의 뜻으로 신충이 벼슬을 내어 놓고 물러남을 말한다.

말하는데 마지막 단락인 2행이 없어졌음을 말한다. 보통 '4행/ 4행/ 2행'으로 구성된 향가의 셋째 구는 앞의 2구(4행/ 4행)에 대한 부연(敷衍)인 결론부분이다.

④ **서동요**(薯童謠, 맛동노래: 민요계 노래, 참요)/ 내 사랑 선화공주

　서동의 어머니는 과부로 백제 서울 남쪽 못가에 집을 짓고 살다 못의 용과 관계하여 그를 낳았다. 서동은 도량이 크고 재주가 많았는데 항상 마를 캐어 생업을 삼았으므로 사람들이 서동(맛동, 마 薯)이라 불렀다. 신라 진평왕의 셋째공주가 아름답다는 말을 듣고는 머리를 깎고 마를 한 짐 지고 서라벌로 왔다. 서라벌에서 아이들에게 마를 나누어주어 친해진 뒤 노래를 지어 부르게 했다.

　　선화공주님은 남 몰래 결혼해 놓고
　　맛동의 방을 밤에 아를(무엇을) 안고 간다

　선화공주가 남 몰래 가만히 결혼해 놓고 밤마다 맛동의 방에서 자고 간다는 소문이 대궐에까지 퍼지자 대궐에서는 백관들이 임금에게 아뢰어 선화공주가 귀양을 가게 된다. 왕후는 마음이 아파 떠나는 공주에게 황금 한 말을 주어 보냈다. 영문도 모르는 공주가 대궐을 나서 귀양길을 가는데 도중에 서동이 나타나 모시고 가겠다니 외롭던 공주는 기뻐하여 함께 동행하다가 서로 정을 통하여 부부가 되었다. 서동의 어머니가 있는 백제 땅에 이르러 황금을 내어 생계를 꾀하려 하니, 서동이 웃으며 "이것이 무엇하는 물건입니까?" 하고 물었다.
　공주가 '이것은 천하의 진귀한 보배로 가히 백년은 잘 살 수 있다'

고 하자, 서동이 '내가 마를 캐는 곳에 이런 것은 구릉처럼 쌓여 있다'고 하였다. 공주가 "그러면 황금을 모아 부모님의 궁전에 보냅시다."고 하자, 서동이 좋다고 하여 황금을 모으고 지명법사의 도움으로 진평왕에게 보내어 신임을 얻어서 드디어 왕이 되었다.

그러나 어떻게 백제왕이 될 수 있었을까? 차라리 진평왕의 사위가 되어 신라의 왕위를 이었다면 이해할 수 있다. 서동설화의 역사적 진실성에는 의문이 많다. 백제 무왕이 신라 진평왕의 사위가 된 기록도 없고 당대에는 신라와 백제가 서로 전쟁을 하던 시기였으며, 백제 30대 무왕의 아버지는 29대 법왕이니 서동처럼 아버지가 없는 과부의 아들도 아니다. 학자들은 서동을 이보다 앞선 시대인 백제 24대 동성왕이나 25대 무령왕으로 보기도 한다. 설화에서도 서동이 진평왕의 신임을 얻어 어떻게 백제의 왕이 될 수 있었는지 아무런 언급이 없다. 그러니 역사적 사실보다는 혼인에 얽힌 설화적 이야기로 볼 수밖에 없다.

지금 부여의 남궁지(南宮池)에 서동비가 하나 세워져 있다. 부여 남궁지 앞에 있는 비는 "薯童謠碑"라 쓰고 4행으로 서동요의 향찰원문을 적고 해설을 기록해 놓았다. 서라벌 궁중에서 일어난 사건이니 월성과 관련이 있다. 아름다운 서동요비를 쌍으로 만들어 부여와 서라벌에 함께 세우고 동서 화합의 상징으로 삼아 맛동과 선화공주가 사랑하듯 나라 사람들이 서로 사랑하여 이 땅이 화평했으면 좋겠다.

善化公主主隱	善化公主니믄
他密只嫁良置古	눔그스기 얼어두고
薯童房乙	맛동바울

夜矣卵乙抱遣去如 　　　바미 아(아이)를[39] 안고 가다

4) 무속적 기원의 노래

처용가(處容歌, 처용노래)/ 용왕의 치병(治病)굿

신라 49대 헌강왕이 울주군 동해변(지금의 울산시 온산공단 앞 대왕암)에 놀러갔다가 바닷가에서 쉬는데 갑자기 동해 용왕의 변괴로 운무(雲霧)가 끼고 날이 어두워져 길을 잃게 되었다. 이에 일관(日官)의 뜻에 따라 용왕을 위해 절을 지어주기로 하자 비로소 날이 개었다. 그런 까닭으로 이곳을 개운포(開雲浦: 구름이 걷힌 포구)라 바꾸어 불렀다. 그러자 동해 용왕이 일곱 아들을 거느리고 나타나 춤을 추고 임금의 덕을 칭송하였다. 떠날 때 한 아들을 남겨두고 왕을 따라가 국정을 돕게 했는데 그가 처용이다. 왕이 처용을 머무르게 하려고 벼슬을 주고 미인을 아내로 삼게 하였다. 역신(疫神: 질병의 신)이 그 아내를 탐내어 가만히 밤에 동침하자 처용이 보고는 노래를 불러 역신을 물리친 무가(巫歌)[40]의 일종이다.

　　서라벌 밝은 달에
　　밤들도록 노니다가
　　들어와 자리 보니

---

39) '卵乙'이나 '卯乙(무엇을)'로 보기도 하는데, '卵乙'로 보아 '아이'란 뜻의 경상도방언인 '아' 또는 '알라'의 음운으로 보고 싶다. '남몰래 결혼해 두고/ 맛동의 방(집)에 아이를 안고 간다'는 의미이다.

40) 〈처용가〉를 음란한 노래로 평면적으로만 볼 것이 아니라, 아내와 동침함은 아내가 병에 걸렸음을 의미하고, 처용이 노래를 불러 역신(疫神)을 물리쳤음은 치병(治病)을 위한 주술적 무가(呪術的 巫歌)로 해석함이 좋다.

가로리(나리가) 넷이구나
둘은 내해엇고(내 아내의 다리이고)
둘은 뉘해엇고(누구의 다리인가)?
본디 나의 것이지마는
빼앗겼으니 어찌하릿고?

향가 〈처용가〉는 이후 고려 속악가사(려가)인 〈처용가〉의 바탕이 되었는데, 고려 〈처용가〉 속에 신라 향가인 〈처용가〉 중 6행이 포함되어 있으므로 향가해독에 큰 문제는 없다. 고려의 속악가사로 사용된 고려 〈처용가〉는 신라 〈처용가〉 6행에다 처용의 형상과 처용상 제작, 역신을 쫓아내는 연극적인 요소가 보태어져 46행으로 길어졌다.

〈처용가〉는 아내의 열병(熱病)을 치유하기 위한 무굿으로 처용신의 주문(呪文)인데 역신을 쫓아냄은 곧 병을 물리치거나 치료되었음을 의미한다. 〈처용가〉를 시의 표면 그대로 남녀의 다리가 네 개라는 음란성으로 볼 것이 아니라 처용은 용의 아들(龍神)이기에 처용신의 눈에만 역신의 모습이 보인 것이라 생각함이 더 옳다. 무속(巫俗)에 병이 든 사람에게 보통 귀신이 덮었다고 한다. 이를 물리치기 위해 행하는 것이 무굿인데 〈처용가〉 또한 고려에 와서 확실한 무가(巫歌)로 변화하였음을 알 수 있다.[41]

처용은 지금까지 꾸준히 민간에 전승되어오는 주술적인 힘을 가진 인물이다. 그때 지은 절의 이름이 망해사(望海寺, 또는 新房寺라고도 함)이

---

41) 신라향가 〈처용가〉로부터 설화적 내용과 처용의 형상들이 보태어진 고려시대의 〈처용가〉는 려가 중 대표적인 주술적 무가이다. 처용과 인간(또는 처용과 나후)이 서로 다투지 않아 삼재팔난이 소멸하기를 기원하고, 처용의 형상과 제작, 신라향가 6행, 그리고 역신을 쫓아내는 모습 등이 가극적(歌劇的) 형태로 구성되어 있다.

고 지금까지 울산 처용암(처용바위)이 전하여 오기에, 처용의 첫 출현이나 바닷가 고향은 처용암 부근 해변이 분명한 편이다. 현재 처용비는 울산 처용암 앞에 하나가 세워져 있고, 경주의 엑스포 공원 입구에도 기념비가 하나 있다.

처용에 대한 연구로는 무속에서의 제웅(양주동), 이슬람 상인(이용범), 아랍-무슬림(무하마드 깐수), 지방호족의 아들(이우성) 등으로 다양한 의견들이 발표되었다. 처용은 벽사진경(辟邪進慶; ·사악함을 쫓고 경사로움을 맞이함)의 민속신(民俗神)으로 궁중의 구나의(驅儺儀; 역신을 쫓는 의식)에 사용되었으며, 후대에까지 집의 대문에 그려져 사악함을 물리치는 데 사용되었다. 지금도 문고리에 그려진 얼굴형상은 모두 처용상이라 할 수 있다. 그리고 처용의 어원 또한 용왕의 아들이 이 땅에 남아 머물었으니, 인간 세상에 머문(處) 용(龍)으로 處龍(처용)이었으나 사람이기에 얼굴 容(용)자로 바꾸어 處容(처용)이 되었으리라 짐작된다.

東京明期月良	시볼 불기 드래
夜入伊遊行如可	밤드리 노니다가
入良沙寢矣見昆	드러사 자리 보곤
脚烏伊四是良羅	가르리 네히어라
二肹隱吾下於叱古	둘흔 내해엇고
二肹隱誰支下焉古	둘흔 뉘해언고
本矣吾下是如馬於隱	본딕 내해다마른
奪叱良乙何如爲理古	아사늘 엇디ᄒ릿고

3. 고려의 향가문학

1) 고려시대의 향가

고려 초 균여대사가 지은 〈보현십원가〉 11수는 불교를 포교하기 위한 종교적인 시가작품으로, 보현보살이 부처님에게 약속한 열 가지 행원품(行願品; 행동의 요체)을 노래한 것이다. 신라시대 향가작품들의 창작배경이 서라벌 일원인 것과는 달리, 균여는 황주(黃州)사람으로 주로 송악의 개경(개성)에 머물렀다. 작품들 또한 단순한 불교적 주제를 노래했기에 다양성이 적고 문학적 서정성도 약한 편이다.

향찰로 된 〈도이장가〉는 8행 향가에 가까운 것으로 보인다. 〈도이장가〉의 장르에 대해서 학자들은 고려가요(청산별곡류)로 보기도 하고 향가로 보기도 하는데, 필자는 고려의 속악가사로 사용된 기록이 없고, 표기문자가 향찰일 뿐만 아니라 내용이 국가적인 충(忠)을 노래하고 국가적인 인물인 죽은 두 장군에 대한 기원의 노래(神的인 사뢰는 노래)이기에 다른 향가 작품들과의 공통성이 더 많아 향가장르로 보고자 한다.

10세기 균여(신라 신덕왕 6 - 고려 광종 24, 917~973) :
         〈보현십원가〉 11수(균여전)
12세기 고려 예종(1105~1122) : 〈도이장가〉 1수(장절공유사)

2) 고려의 향가작품

(1) 보현십원가

〈보현십원가(普賢十願歌)〉는 균여대사(923~973)가 지은 〈보현십종원왕가(普賢十種願王歌)〉의 줄인 이름으로 불교포교를 위해 지은 고려시대 향가작품이다. 일명『균여전』이라고 알려진 책에 실려 있는데, 원래 책 이름은 혁연정(赫連 挺)이란 사람이 편찬한 '대화엄수좌원통양중대사균여전(大華嚴首座圓通兩重大師均如傳)'이다. 이 책은 균여대사의 일대기를 기록한 것으로 10부문으로 구성되어 있는데, 제7 가행화세분(歌行化世分)에 〈보현십원가〉 11수가 실려 있고 제8 역가현덕분(譯歌顯德分)에 향가 11수를 각각 한역한 최행귀(崔行歸)의 칠언율시 11수가 실려 있다.

균여는 속성이 변씨(邊氏)로 황주(黃州)에서 태어나 15세에 승려가 되었다. 〈보현십원가〉는 보현보살의 10가지 행원품을 각각의 주제로 노래(禮敬諸佛歌, 稱讚如來歌, 廣修供養歌, 懺悔業障歌, 隨喜功德歌, 請轉法輪歌, 請佛住世歌, 常隨佛學歌, 恒順衆生歌, 普賢廻向歌)하고 마지막에 〈총결무진가(總結無盡歌)〉 1수를 보태어 11수가 되었다.『균여전』에 향가형식에 대하여 '삼구육명(三句六名)'이란 언급이 있는데, '삼구'는 10행(십구체) 향가의 3단락을 의미하나 '육명'에 대해서는 학자들의 견해가 다양한 형편이다.

첫 수인 〈예경제불가(禮敬諸佛歌)〉 1수만을 옮겨보면 다음과 같다.

心未筆留	마음의 붓으로
慕呂白乎隱佛體前衣	그리고 싶은 부처님께
拜內乎隱身萬隱	절하옵는 몸은
法界毛叱所只至去良	법계 미치도록 이르거라
塵塵馬洛佛體叱刹亦	티끌마다 부처님 절이여
刹刹每如邀里白乎隱	절마다 모시고 싶은

法界滿賜隱佛體　　　법계 가득하신 부처
九世盡良禮爲白齊　　구세 다하도록 예(禮)하고 싶네
歎日 身語意業無疲厭　아아, 몸과 말과 뜻과 행함에 지치지 않고
此良夫作沙毛叱等耶　이에 부지런히 사모하겠네.

(2) 도이장가(悼二將歌) ─ 고려 예종 작/ 두 장군을 위하여

고려가 삼한을 통일하기까지 많은 전쟁과 희생이 있었다. 태조 왕
건이 후백제 견훤과의 팔공산 전투에서 패해 탈출이 어려운 형편에
놓였다. 이때 신숭겸이 왕건과 용모가 흡사하였으므로 임금의 모습
으로 어거(御車)를 타고 가는 사이에 왕건은 무사히 탈출하였다. 그러
나 김락과 더불어 신숭겸은 견훤의 군사와 싸우다 장렬히 최후를 마
쳤다. 이곳이 대구 북쪽의 팔공산이고, 현재 동화사와 파계사가 갈리
는 길목에 신숭겸의 묘가 있다.

후에 삼한을 통일한 왕건이 두 장군을 생각하여 짚으로 두 장군의
상(像, 모습)을 만들고 연회에 함께 참석하게 하여 산 사람처럼 대접하
였다고 한다. 예종 때에 평양에서 열린 팔관회에 왕이 참석하여 구경
하다가 말 위에 타고 가는 두 사람의 짚으로 만든 모상(模像)을 보고
무엇이냐고 묻자 태조 왕건 때의 일과 그들을 기리기 위해 팔관회에
서 두 장군의 가장행렬을 하고 있음을 아뢴다. 예종이 친히 두 장군을
위해 지은 노래가 〈도이장가〉이다.

후손들에 의해 신숭겸의 업적을 기록한 『장절공유사(壯節公遺事)』에
예종이 지었다는 향찰원문과 한시가 전한다. 다음은 오언율시로 된
한시(漢詩) 두 장이다.

見二功臣像　　두 공신의 상을 보니
汍瀾有所思　　마음이 북받쳐 눈물이 나누나
公山蹤寂寞　　공산의 자취야 적막하건만
平壤事留遺　　평양 팔관회에 그대로 남아 있네.

忠義明千古　　두 장군의 충의야 천고에 빛나리
死生有一時　　죽고 사는 일이야 한 때의 일이지만,
爲君蹈白刃　　임금 위해 날카로운 칼날 위에 섰기에
從此保王基　　비로소 왕업의 기틀이 보전되었네.

〈도이장가〉에 대한 대표적인 해독은 양주동과 김완진의 연구가 있는데 전자는 一, 二의 4행 2편(단가이장, 端歌二章)으로, 후자는 8행 1편으로 해독해 놓았다.

主乙完乎白乎
心聞際天及昆
魂是去賜矣中
三烏賜敎職麻又欲

望彌阿里剌
及彼可二功臣良
久乃直隱
跡烏隱現乎賜丁 (향찰원문)

一

니믈 오올오슬볼
ᄆᅀᆞᄆᆞᆫ ᄀᆞ하늘 밋곤

넉시 가샤디
사마샨 벼슬마 쏘ᄒ져

二

ᄇ라며 아리라
그 ᄢ 두 功臣여
오라나 고ᄃᆫ
자최ᄂᆫ 나토샨뎌[42] (양주동 해독)

니믈 오올오슬볼 ᄆᅀᄆᆫ
ᄀ하늘 밋곤
넉시 가샤디
몸 셰오신 말쏨
셕 맛도려 활 자바리 가시와뎌
됴타 두 功臣아
오래 옷 고ᄃᆫ 자최ᄂᆫ
나토신뎌[43] (김완진 해독)

양주동의 경우와 같이 두 연으로 나누거나 두 편의 시로 보기에는
무리가 있어 보이지만, 해독에 있어 시적인 리듬과 행배열은 후자보
다 더 나아 보인다. 어학적인 해독의 문제는 좀 더 연구되어야 할 문
제이지만 시행으로는 김완진의 8행향가로, 해독은 양주동의 견해를
좇아 다음과 같이 현대어로 정리할 수 있다.

---

42) 양주동, 『여요전주』, 을유문화사, 1954, 380쪽.
43) 김완진, 『향가해독법연구』, 서울대출판부, 1983, 210~211쪽.

님을 온전히 하고픈

마음은 하늘까지 이르고

넋이야 가셔도

삼으신 벼슬이야 또 하시는구나.

바라보면 아리라

그때 두 공신을!

오래 곧은 자취는

(길이길이) 빛나리.

서라벌의 향가는 아니지만 고려 제16대 왕인 예종(1105~1122)이 직접 지은 12세기 초의 마지막 향가 작품이라 할 수 있다. 향가장르의 영향을 받은 다음 작품으로 볼 수 있는 정서의 〈정과정곡〉과 작가를 모르는 〈이상곡〉 등은 후대 훈민정음으로 문헌에 정착되었고 시의 내용이 개인적인 그리움이나 서정을 노래하였으며 음악 악장의 가사로 사용된 점 등으로 미루어 고려의 속악가사(려가/ 고려시대 한글시가)로 봄이 더 타당하다.

• 향가의 문학사적 의의

향가는 향찰로 기록된 우리말 시가(詩歌)인데, 훈민정음 창제 이전에 우리말을 문장으로 온전히 전한 유일한 기록이요 문학작품이란 점에 큰 의의가 있다. 중국 한시(漢詩)의 경우 양은 많아도 문어체(文語體)로 기록되어 당대의 중국어를 알 수 없음에 비해, 우리의 향가문학은 비록 남아 전하는 작품 수는 많지 않지만 6세기경부터 12세기까지에 사용된 우리말 구어(口語)를 그대로 표기하고 있기 때문이다.

현재까지 전하는 향가작품들은 대부분 신에게 기도하거나 아뢰는 제의(祭儀)에 사용된 경우나 국가적인 기원이나 인물에 대한 찬양이 주를 이루고 있다. 균여전에는 '사뇌(詞腦)'라는 뜻을 시의 정수(精髓 : 알맹이)라고 하였으나 양주동의 견해대로 동국(東國)의 노래, 동토(東土)의 노래로 우리의 시가를 지칭한 것으로 봄이 좋을 듯하다.

왕이 곧 신(神)이요 부처(佛)이듯이 신라의 음악은 신에게 아뢰는 신악(神樂)이다. 향가문학의 바탕이 된 불교정신은 아미타사상, 관음사상, 미륵사상이다. 아미타사상은 죽어 정토에서 구원을 얻고자 하며, 관음사상은 현세의 어려움을 관세음보살의 도움으로 해결하고자 하고, 미륵사상은 미래를 이끌어갈 인물(메시아)이 나타나 이 세상을 구원해주길 기원한다.

제5장

속악가사시대

(제3기 : 12세기 중엽~15세기 초엽)

1. 고려의 음악과 문학 –연악(宴樂, 흥을 돋우는 잔치노래)

혜공왕 이후 신라 후대는 성골(聖骨)왕에서 진골(眞骨)왕으로 바뀌고 골품제가 흔들리면서 신격(神格)인 왕의 권위가 무너지자 무력에 의한 왕권쟁탈이 일어나 신의 시대에서 힘의 시대로 전환하게 된다. 이후 후삼국이 힘을 다투던 시대가 마무리되며 왕건이 고려를 건국한다. 고려는 신라 경순왕이 평화적으로 귀순하자 자연스레 신라문화를 이어받았기에 음악 또한 삼국의 음악을 습합하고 신라음악을 중심으로 고려궁중음악이 발달하였다.

이때의 노래를 속악(또는 향악)이라 하고, 노래의 가사를 속악가사라고 한다. 중국에서 들어오거나 주로 제례(祭禮)에 사용되던 전아(典雅)한 음악을 아악(雅樂)이라 하고, 궁중의 잔치나 연희(演戲)에서 사용하던 음악을 속악(俗樂)이라 하였다. 문학적 장르인 려가(속요)[1], 경기체

---

1) 청산별곡류(靑山別曲類)의 작품군에 대한 장르명칭을 필자는 '려가(麗歌)'라고 명명한다. 이는 고려가요, 속요 등의 명칭에서 시대명과 속, 요(俗, 謠) 같은 좋지 않은 개념들을 피하고, 일반적으로 아름다운 노래라는 의미이며, 표기 때 변별력을 위하여 두음법칙을

가, 시조 등이 모두 속악의 가사(노랫말)로 사용되있다. 훈민정음이 창
제되기 이전 이러한 우리말 시가들이 모두 속악의 가사로 전승되었
기에 이 시대를 '속악가사시대'라 하고자 한다.

이때 나타난 첫 작품이 12세기 중엽(1150~70)에 정서가 지은 〈정과
정곡〉이다. 〈정과정곡〉은 〈이상곡〉과 함께 시형식이 향가의 10행 형
식과 비슷하고 음악 또한 향가음악의 영향을 받아 개별악곡으로 창
작되었을 것으로 생각된다. 이러한 형식의 려가작품은『악학궤범』과
『악장가사』에 〈동동〉, 〈정읍사〉, 〈처용가〉, 〈정석가〉, 〈청산별곡〉,
〈서경별곡〉, 〈쌍화점〉, 〈가시리〉, 〈사모곡〉, 〈만전춘〉, 〈한림별곡〉
등 10여 편이 실려 있다. 려가 장르는 12세기부터 원나라 지배시대를
거쳐 14세기 고려 말까지 주로 궁중의 잔치음악(宴樂)으로 사용되었는
데, 조선이 건국되고도 이런 형식을 본받아 〈신도가〉, 〈감군은〉, 〈유
림가〉 등이 지어지기도 했다.

이 중 13세기 초·중엽에 창작된 것으로 추정하는 〈한림별곡〉(1216~
1259)은 처음 려가의 한 노래로 창작되었으나 14세기 초 안축(1282~
1348)에 의하여 동일한 형식으로 〈관동별곡〉과 〈죽계별곡〉이 지어지
고, 조선 초에 〈상대별곡〉, 〈연형제곡〉 등 동일형식의 작품들이 지어
짐으로써 경기체가로 독립된 일군(一群)의 장르를 형성한다. 조선 초
에 이러한 경기체가 형식이 많이 창작된 것은 한문을 주로 사용하던
사대부들에게 3자 또는 4자의 한자를 나열하거나 반복하는 교술적
표현이 그들의 성정에 합당하였고, 동일한 음악에 가사만 바꾸어 송
축의 노래를 만들기가 쉬웠기 때문이다.

적용하지 않았다.(이임수,『려가연구』, 형설출판사, 1988. 참조)

고려 말엽에 이르러 원나라가 쇠퇴하고 고려의 국운이 기울자 안향으로부터 지펴진 성리학의 기운으로 우탁, 이조년, 원천석, 길재, 이색, 정몽주, 정도전 등의 학자들이 나온다. 이들을 신흥사대부라고도 하는데 이들에 의해 만들어진 새로운 문학형식이 시조문학이다. 시조는 원래 음악상으로는 5장의 가곡으로 불리다가 후대 3장의 시조창으로 불렸다. 지금까지 전하는 초기시조로 신빙성이 높은 것은 우탁(1262~1342)과 이조년(1269~1343)의 작품이다.

이러한 시조문학의 발생을 13세기 초엽이라고 할 때 50여년 후(1370년 경) 가사문학이 발흥하였는데, 초기가사로는 이두2)로 기록되어 전하는 나옹(1320~1376)의 〈승원가〉와 신득청(1332~1392)의 〈역대전리가〉(1371)를 들 수 있다. 새로운 장르나 시형식의 발달도 전 시대의 문학유산을 바탕으로 하지 않을 수 없다. 가사문학 형식 또한 전 시대의 시조형식을 바탕으로 산문화의 표현욕구가 첨가되어 완성된 문학장르로 생각된다.

려가 작품들과 첫 경기체가인 〈한림별곡〉의 창작목적이 잔치의 유흥을 북돋우기 위한 노래였다면, 시조문학은 성리학자들의 도덕이나 지조를 노래하기에 알맞은 서정시이고, 가사문학은 시조형식의 단형이 가진 한계를 극복하여 서정적 회포에 대한 술회나 이야기문학적 기능이 가능하도록 장형화된 것이다.

불교적인 포교를 위한 〈승원가〉와 중국 역대왕들의 실정을 들어 고려 공민왕에게 간한 신득청의 〈역대전리가〉가 이두형식의 기록으로 발굴되어 고려 말 가사문학 형성설에 힘을 보태었다. 두 작품은

---

2) 신라향가의 완전한 우리말 표기법을 '향찰'이라 하고, 이보다 불완전한 다양한 한자차용 표기방식을 통틀어 '이두'라 칭하기로 한다.

후대의 표기법으로 많이 고쳐져 고려 때의 원형을 유지하고 있지는 않으나 훈민정음이 창제되기 전에는 향찰이나 이두형식의 기록일 수밖에 없고, 두 사람이 고려 말 공민왕 때에 같은 조정에서 벼슬을 하였고, 모두 경북의 영해지역 사람이기에 서로 영향을 미쳤을 가능성이 많기 때문이다.

1) 고려시가의 음악과 시가양식

(1) 고려의 음악

고려의 음악에는 아악, 당악, 속악(또는 향악)이 있다. 속악(俗樂)은 아악(雅樂)의 대개념(對槪念)이고, 향악(鄕樂)은 당악(唐樂)의 대개념이다. 후대에 당악이 향악에 흡수되어 우리나라 음악을 지칭하는 용어로 향악과 속악은 같은 개념으로 사용된다.3) 그런데 오늘날 민속악(민속음악)이라고 하는 것과 이 속악(향악)은 완전히 다른 음악이다. 현재 국악계에서는 정악(正樂, 正歌)과 민속악(民俗樂, 俗歌)으로 대별하는데, 여기에서 다루고 있는 고려속악가사, 가곡, 시조, 가사 등이 정악이고 상민층(常民層) 대중과 특수계급인 재인(才人), 광대, 무격(巫覡), 승려 등의 음악이 민속악이다. 민속악의 종류로는 기악(器樂)에 산조, 시나위, 농악, 무악 등이 있고, 성악(聲樂)에 민요, 무가, 범패 등이 있다.4)

이러한 음악적 성격을 통해 려가나 속악가사 등이 민요나 민중의

---

3) 『세종실록』, 『악학궤범』, 『악장가사』, 『시용향악보』, 『대악후보』 등에서 속악과 향악은 함께 쓰이고 있다. (예: 俗樂, 鄕樂, 俗樂歌詞, 時用鄕樂譜, 時用鄕樂呈才圖儀)
4) 성경린, 『한국음악논고』, 동화출판사, 1976, 65쪽.
  장사훈, 『한국전통음악의 이해』, 서울대출판부, 1985, 87~89쪽.

음악과는 거리가 먼 궁중악임을 알 수 있고, 〈가시리〉, 〈정읍사〉, 〈사모곡〉 등의 몇 작품들이 민요적 정서를 내포하고 있거나 민요에서 전래했다고 하더라도 이들 음악이나 가사는 민요와는 다른 궁중음악으로 변화되어 발달해왔음도 알 수 있다. 필자는 려가의 음악이 궁중악이며, 잔치에 사용된 연악(宴樂)이고 작품마다 개별음악을 가진 것으로 판단한 바 있다.5)

정서의 〈정과정곡〉은 개인적인 서정을 노래한 충신연주지사(忠臣戀主之詞)라 할 수 있으나 궁중에서 불리게 되자 이와 같은 서정적 개별악곡이 다수 탄생한 것으로 생각된다. 이들이 유행한 시기는 주로 원나라와 전쟁을 하던 무신란 이후부터 원의 지배를 받던 어지러운 시대였다. 그러나 이때에도 개성과 강화의 궁중에서는 왕실과 귀족들에 의해 많은 잔치가 열렸음을 『고려사』의 기록으로 짐작할 수 있다. 풍류를 위한 잔치음악으로 사용되기 위해서는 흥을 돋울 수 있는 서정적인 내용의 노래가 적합했을 것이고, 흥을 돋우기 위해서는 첩연(疊聯)이나 연장체(聯章體)로 반복적인 형식이 필요하였을 것이다. 그 결과 려가와 같은 음악성과 서정성이 뛰어난 다양한 개별음악들이 탄생할 수 있었다.

(2) 고려시가의 형식 – 려가, 경기체가

[1] 연(聯)과 장(章)

려가의 작품 중에는 여러 연이나 장으로 이루어진 경우가 많은데, 이를 첩연(疊聯)이나 분연(分聯), 분절(分節), 분장(分章), 연장(聯章, 連章)

---

5) 이임수, 『려가연구』, 앞의 책, 84~91쪽.

등의 형식이라 부른다. 이들은 같은 말로서 하나의 연(또는 절이나 장)이
여러 개로 나뉘어졌거나 여러 개의 연(또는 절이나 장)이 하나로 합쳐진
것을 표현하는 기준점의 차이일 뿐이다. 이러한 여러 연이나 장으로
이루어진 작품들이 발달하게 된 이유는 려가 작품들이 잔치에 사용
된 연악(宴樂)이기에 잔치의 흥을 돋우는 기능을 하기 위해 향가와 같
은 짧은 형식보다는 일정한 리듬을 반복할 수 있는 첩연의 가사가
필요했기 때문이다. 보통 연과 장을 같은 개념으로 사용하고 있는데,
필자는 문학적인 단락을 '연'이라 하고 음악적인 단락을 '장'이라 부
를 것을 제안한 바 있다.

『시용향악보』에 가사는 제1장만 싣는다고 하고 모든 악보에 1장의
가사만 기록하고 그 나머지는 1장과 같이 부른다고 하였다.[6] 시조
3장, 가곡 5장의 장(章)은 음악의 단위로 문학의 행을 의미하지는 않
는다. 농암 〈어부가〉에서 장가 9장 단가 5결(闋)이라 하였음도 〈어부
가〉 노래 한 단위를 장이라 하고 시조 3장 한 수(首)를 결(闋)이라 하였
다. 또한 '章'의 한자 자해(字解)도 음악(音)을 나눈(十) 것이기에 모든
음악적인 구분을 장(章)이라 하고 문학적인 단락을 연(聯)이라 구분하
여 사용해야 할 것이다.

〈정과정곡〉, 〈사모곡〉, 〈이상곡〉 등은 여러 연이나 장으로 발달하
지 않고 한 연(장)으로 이루어진 작품(단연체라고도 부름)들이다. 여러 연
이나 장으로 발달한 작품의 경우, 음악적인 구분과 문학적인 구분이
같은 작품도 있고 다른 작품도 있는데, 문학적 단락과 음악적 단락이
같은 작품으로는 〈동동(13연, 13장)〉, 〈정읍사(3연)〉, 〈청산별곡(8연)〉,

6) 歌詞只錄第一章 其餘見歌詞册 他樂倣此

〈쌍화점(4연)〉, 〈가시리(4연)〉, 〈만전춘(6연)〉 등이 있고, 문학적 연과 음악적 장이 다른 작품으로는 〈정석가(문학단락 6연, 음악단락 11장)〉와 〈서경별곡(문학단락 3연, 음악단락 14장)〉이 있다. 〈처용가〉의 경우는 1연으로 보기도 하나 문학적 의미로는 3연(또는 4연), 음악적 단락으로는 전후 2장(또는 '아으'란 여음이 있는 행을 기준으로 나누면 6장)이 된다.

〈정석가〉는 음악적으로는 매 3행이 한 장을 이루고 있으나, 문학적으로는 1연이 3행이고 2연부터 6연까지는 매 연이 6행으로 이루어져 있다. 〈서경별곡〉은 문학적으로는 3연으로 나누어져 있으나 음악적으로는 시 1행에다 앞뒤 여음이 한 행씩 붙어 각 3행을 한 장으로 반복함으로써 14장을 이루고 있다. 〈서경별곡〉의 음악적 1, 2, 3, 4장과 문학적 1연을 인용해 보면 다음과 같다.

서경이 아즐가
서경이 서울히 마르는
위 두어렁셩 두어렁셩 다링디리

닷곤듸 아즐가
닷곤듸 쇼셩경 고외마른
위 두어렁셩 두어렁셩 다링디리

여히므론 아즐가
여히므론 질삼뵈 브리시고
위 두어렁셩 두어렁셩 다링디리

괴시란듸 아즐가
괴시란듸 우러곰 좇니노이다.

위 두어렁셩 두어링셩 디링디리 (음악적 1, 2, 3, 4장)

서경이 서울히 마르는
닷곤딘 쇼셩경 고외마른
여히므론 질삼뵈 브리시고
괴시란딘 우러곰 좃니노이다. (문학적 1연)

[2] 행과 음보

려가에 사용된 행들을 살펴보면, 여음을 제외하고는 한 연이 4행과 6행으로 구성된 것이 가장 많으며 2행과 3행으로 구성된 작품도 있다. 음보의 경우에는 3음보가 주류를 이루나 〈처용가〉, 〈만전춘〉 등에서는 4음보가 중심이고, 〈정과정곡〉, 〈이상곡〉 등에서는 다양한 음보가 혼재되어 있으며 음수율의 경우에도 꽤나 자유로워 장르전체로는 일정한 정형을 유지하고 있다고 말하기 어렵다.

이러한 형식적 특성은 그 전대의 문학인 향가문학의 형식과 경기체가의 형식[7]을 모태로 하여 음악적으로는 당악의 향악화 및 송사악(宋詞樂)의 영향을 받은 것으로 보인다. 전대 향가문학의 양식을 이어받은 작품으로는 〈정과정곡〉과 〈이상곡〉이 있고[8] 려가문학의 양식을 이어받은 조선 초 작품들로는 〈신도가〉, 〈감군은〉, 〈유림가〉 등의 악장이 있다.

---

7) 경기체가의 효시작품인 〈한림별곡〉의 형식에서 영향을 입은 것으로 보이는 작품으로는 〈쌍화점〉, 〈정석가〉 등이 있다.

8) 고려 예종이 지은 〈도이장가〉의 경우, 향찰문자로 표기되어 전해오고 내용이 국가적인 인물에 대한 찬양이며 향가의 형식과 유사하기에 필자는 향가문학의 범주에 넣고자 한다.

2) 기록문헌과 작품

고려시가에 대한 기록으로 현재까지 남아 전하는 가장 오래된 문헌
은 이제현의『익재난고』와 민사평의『급암집』에 실린 소악부(小樂府)
기록들이다. 그리고 조선 초에 편찬된 고려 역사서『고려사』의 '악지
(樂志)'에 실린 기록들이 있고, 성종 때의『악학궤범』, 연대추정이 불
확실한『시용향악보』와『악장가사』, 그리고 영조 때 편찬된 이형상
의『악학편고』, 서명응의『대악후보』등에 가사가 기록되어 전하고
있다. 그밖에『조선왕조실록』에도 단편적인 기록들이 남아 있다.

(1) 익재 및 급암 소악부

고려시가에 대한 기록으로 고려시대 문헌에 남아 전하는 것으로는
'소악부(小樂府)'라고 부르는 익재와 급암의 한역가가 있다. 이는 중국
한대(漢代)에서 기원하여 당대까지 흥성하였던 악부형식 중 절구체(絶
句體)로 익재(益齋) 이제현 당시에 유행하던 노래들을 번역 정착한 것
인데, 소악부란 명칭에 스스로를 낮추어 보는 자기폄시(自己貶視)의 의
식이 있었다고 본 견해9)와 자기폄시의 뜻은 없고 단순한 절구적 소
시(小詩)의 악부10)라는 두 견해가 있다.

[1] 익재 소악부

고려 충렬왕 때부터 공민왕 때까지 살았던 익재(益齋) 이제현(李齊賢,
1287~1367)의 시문집인『익재난고』권4에는 소악부란 제목 하에 칠언

---

9) 서수생,『한국시가연구』, 형설출판사, 1974, 216쪽.
10) 이종찬, 「소악부 시고」, 『동악어문논집』1집, 1965, 175~176쪽.

절구 11수가 실려 있는데 끝의 2수에는 간단한 설명이 붙어 있고 각
작품마다 제목은 붙어 있지 않다. 그 중 〈오관산〉, 〈거사련〉, 〈처용〉,
〈사리화〉, 〈장암〉, 〈제위보〉, 〈정과정〉 등 7수는 『고려사악지』에 제
목과 함께 익재 소악부의 한역가가 인용되어 있고, 나머지 4수의 제
목은 후대 학자들이 붙였다. 11수의 이름과 내용을 소악부의 기록 순
으로 정리하면 다음과 같다.11)

> ① **장암(長巖)**: 처세(處世)의 어리석음을 참새에 비유하여 풍자한 노
> 래. 평장사 벼슬을 하던 두영철(杜英哲)이 장암(현 충남 서천군)에
> 유배 와서 한 노인과 친히 지내다 유배가 풀려 돌아갈 때 노인이
> 앞으로는 구차히 벼슬길에 나가지 말라고 충고하였더니 두영철
> 도 그렇게 하겠노라고 약속했다. 그러나 또 벼슬을 하다 죄를
> 입어 다시 이곳을 지나게 되자 노인이 이 노래를 지어 전송하였
> 다고 한다.
>
> 拘拘有雀爾奚爲　觸着網羅黃口兒
> 眼孔元來在何許　可憐網羅雀兒癡
>
> 붙들린 참새야 어찌 되었니?
> 그물에 걸린 노란 참새 새끼야
> 눈알은 원래 어디 두었나
> 불쌍하구나, 그물에 갇힌 어리석은 참새여.

---

11) ⑤, ⑧, ⑩, ⑪번의 노래제목을 양주동은 〈소년행〉, 〈서경별곡〉, 〈수정사〉, 〈탐라요〉
　　로 명명했으며, 서수생은 〈소년춘유〉, 〈서경별곡〉, 〈도근천〉, 〈북풍선자〉로 명명했는데
　　⑩과 ⑪은 모두 탐라의 노래이므로 ⑩은 〈수정사〉로, ⑪은 〈북풍선자〉로 부르기로 한
　　다. ⑩, ⑪은 익재가 제주의 민요를 번안한 것이고 이를 본받아 급암도 마지막 2편을
　　민요에서 취한 것으로 보인다.

② 거사련(居士戀): 까치와 거미에 빗대어 남편을 기다리는 마음을
노래. 사역 간 남편의 아내가 까치와 거미를 빌어 남편이 돌아
오기를 고대하여 노래를 불렀다.

鵲兒籬際噪花枝　蟢子床頭引網絲
余美歸來應未遠　精神早已報人知

까치는 울타리 끝 꽃가지에서 울고
거미는 상머리에서 그물을 짜네
내 낭군 돌아오실 날 멀지 않았음을
신령님이 먼저 알려 주시네.

③ 제위보(濟危寶):『고려사악지』에는 '사역 나간 여인이 다른 남자
에게 손목을 잡힌 치욕을 잊지 못한 노래'라고 도덕적 해설을
붙여 놓았다. 그러나 이제현이 지은 한시의 내용으로 보면 이와
는 반대로 수양버들 늘어진 시냇가에서 손목을 잡은 백마 탄 낭
군을 잊지 못하는 사랑의 노래다.

浣沙溪上傍垂楊　執手論心白馬郎
縱有連簷三月雨　指頭何忍洗餘香

수양버들 늘어진 빨래터 시냇가에서
내 손 잡고 사랑을 고백하던 백마탄 낭군
석 달 연이어 장맛비 내릴지라도
손끝에 남은 향기야 어찌 잊으리.

④ 사리화(沙里花): 관리들의 학정을 참새가 곡식을 다 까먹는 것에
비유함. 세금을 과다하게 거두고 권세 있는 자들이 빼앗아가 백

성들이 곤궁에 처하였음을 풍자한 노래다.

黃雀何方來去飛　一年農事不曾知
鰥翁獨自耕耘了　耗盡田中禾黍爲

참새들은 어디서 왔다 어디로 가는지
일 년 농사는 아직 알 수 없네
홀아비 혼자 밭 갈고 김매었건만
논밭의 곡식들은 모두 어디로 갔나.

⑤ 소년행(少年行): 소년시절의 즐거움을 회상

脫却春衣掛一肩　呼朋去入菜花田
東馳西走追胡蝶　昨日嬉遊尙宛然

봄옷 벗어 어깨에 걸고
동무들과 장다리 밭에서
이리저리 나비를 쫓던
어제의 즐거운 일 눈에 선하네.

⑥ 처용(處容): 처용의 전설과 처용의 모습만을 묘사하여 신라, 고
려의 〈처용가〉와는 다르다.

新羅昔日處容翁　見說來從碧海中
貝齒赬脣歌夜月　鳶肩紫袖舞春風

그 옛날 신라의 처용아비는
푸른 바다로부터 왔다고들 하네
조개 같은 하얀 이빨 붉은 입술로 달밤에 노래하고

솔개어깨 자줏빛 소맷자락으로 봄바람에 춤추네.

⑦ **오관산(五冠山)**: 오관산 아래에 사는 효자 문충(文忠)이 어머님의
만수무강을 기원한 노래. 녹사벼슬의 문충은 조정에서 30리 떨
어진 오관산 서쪽에 살면서, 아침에 나갔다 저물어 돌아오면서
도 어머니를 봉양함에 조금도 게을리 하지 않았다. 어머니의 늙
음을 한탄하여 이 노래를 지었다.

木頭雕作小唐鷄　筋子拈來壁上棲
此鳥膠膠報時節　慈顏始似日平西

나무로 조그만 당닭을 깎아
날개 죽지를 잡아 횃대에 얹어놓고
이 새가 꼬끼오 하고 때를 알리면
자비로운 어머니 해가 서산을 넘듯 가시옵소서.

⑧ **정석가 6연(서경별곡 2연)**: 〈서경별곡〉 2연과 〈정석가〉 6연에
공통으로 쓰인 려가의 일부를 한역한 것으로 님에 대한 영원한
사랑을 노래하고 있다. 이 부분만을 〈구슬사〉[12]라고도 하였는
데, 시의 내용으로 보아 '님에 대한 굳은 사랑의 맹세'의 결론으
로 사용된 〈정석가〉 6연(결사/ 結詞)의 가사를 〈서경별곡〉에서
편장(編章)하여 재사용한 것으로 생각된다.

縱然巖石落珠璣　纓縷固應無斷時
與郎千載相離別　一點丹心何改移

바위에 구슬이 떨어져도

---

12) 김명준, 『개정판 고려속요집성』, 다운샘, 2008, 192쪽.

구슬을 꿴 실은 끊어지지 않네
그대와 천년을 헤어져 있다 해도
사랑하는 마음이야 변치 않으리.

＊구스리 바회예 디신들/ 긴힛돈 그츠리잇가
즈믄 히룰 외오곰 녀신들/ 信잇돈 그츠리잇가. 〈정석가, 서경별곡〉

⑨ 정과정(鄭瓜亭): 〈정과정곡〉의 앞 4행만을 한역한 것으로 님에
대한 그리움과 자신의 결백함을 호소하고 있다.

憶君無日不霑衣 政似春山蜀子規
爲是爲非人莫問 只應殘月曉星知

임 생각에 옷깃을 적시지 않는 날 없으니
마치 봄산의 두견새와 같네
옳다 그르다 사람들아 묻지 말게
남은 달과 새벽 별만은 알고 있다네.

＊내님믈 그리ᄉ와 우니다니
山 졉동새 난 이슷ᄒ요이다
아니시며 그츠르신들 아으
殘月曉星이 아ᄅ시리이다 〈정과정곡〉

⑩ 수정사(水精寺): 탐라(제주)의 민요, 도근천 앞 수정사 주지의 타
락을 풍자한 노래.

都近川頹制水坊 水精寺裏亦滄浪
上房此夜藏仙子 社主環爲黃帽郞

도근천이 무너져 둑을 쌓았지만
수정사 안에는 물바다가 되었네
상방에는 오늘 밤에도 미인을 숨겨두고
주지는 뱃사공이 되었겠지.

⑪ **북풍선자(北風船子)**: 탐라는 땅이 좁아 가난하였는데 관가의 말
과 소가 들을 차지하고 관원들의 접대에 시달렸기에 백성들이
농사를 짓지 않고 내버려 둔 세태를 풍자했다.

從敎壟麥倒離枝 亦任丘麻生兩岐
滿載靑瓷兼白米 北風船子望來時

밭의 보리는 넘어져 싹이 나거나말거나
언덕배기 마는 두 가지가 되거나말거나
청자와 흰쌀을 가득 싣고
북풍에 배 오기만 기다리고 있네.

[2] 급암 소악부

익재와 같은 시대 사람인 급암(及庵) 민사평(閔思平, 1295~1359)은 『급
암집』에 칠언절구의 한역가 6수를 남겼다. 이우성은 다음의 ①을 충
혜왕이 지은 〈후전진작〉으로, ④는 〈삼장〉으로, ⑤는 〈안동자청〉,
⑥은 〈월정화〉로 보았다.[13] ④는 『고려사악지』의 〈삼장〉과 유사함
에 〈쌍화점〉 2장의 한역으로 추정되고, ⑤는 『고려사악지』의 〈안동
자청〉과 해설은 다르지만 유사한 민요로 보이며, ⑥은 거미에게 자신

---

13) 이우성, 「고려말기의 소악부」, 『한국한문학연구』, 창간호, 한국한문학연구회, 1976,
10~16쪽.

의 마음을 의탁한 노래로 확실한 증기는 없지만 『고려사악지』의 〈월
정화〉와 유사한 민요일 수 있다. 급암 소악부의 노래를 정리해보면
다음과 같다.[14] 끝의 두 수는 익재 소악부와 같이 당대 민요의 한역
이다.

① 황룡문(黃龍門): 님을 만나고 싶거든 황룡사 절문 앞으로 오라는
   내용의 노래.

情人相見意如存　須到黃龍佛寺門
氷雪容顔雖未覩　聲音仿佛尙能聞

정든 님 만나보고 싶거든
모름지기 황룡사 문으로 오라
눈 같은 용안은 뵙지 못해도
비슷한 목소리는 들을 수 있으리.

② 인세사(人世事): 세상살이가 물위에 뜬 거품을 베주머니에 담아
   어깨에 지고 오는 것처럼 덧없음을 노래하고 있다.

浮漚收拾水中央　瀉入蟲踈經布囊
擔荷肩來其樣範　恰似人世事荒唐

물 위에 떠도는 거품을 모아
성긴 베주머니에 담고
어깨에 메고 오는 모습

---

14) 원래 노래의 제목이 붙어 있지 않는데, 익재 소악부의 한역가와 같이 내용을 대표할
　　만한 어휘들로 필자가 붙여본 이름들이다. 黃龍門, 人世事, 深夜行, 安東紫靑(자청요),
　　請蜘蛛(거미요) (『려가연구』, 1988, 37~39쪽)

마치 인간세상의 황당함 같네.

③ 심야행(深夜行): 세상살이를 어둡고 깊은 밤 진흙길을 가는 것으로 비유한 노래.

黑雲橋亦斷還危　銀漢潮生浪靜時
如此昏昏深夜裏　街頭泥滑欲何之

검은 구름다리 끊어지고 아득한데
은하수도 기울어 적막하구나
이같이 어둡고 깊은 밤
미끄러운 진흙길을 어디라고 가는가?

④ 삼장(三藏): 고려사악지에 실린 쌍화점 2장과 같은 내용으로 절의 부패함을 노래.[15]

三藏精廬去點燈　執吾纖手作頭僧
此言若出三藏外　上座閑談是必應

삼장사에 불을 켜러 갔더니
그 절 주지 내 손목을 잡았네
이 말씀이 이 절밖에 나고들면
상좌 놈 네 말이라 하리라.

＊삼장ㅅ애 브를혀라 가고신ᄃᆡᆫ

---

15) 『고려사』 '악지'와 『급암집』의 소악부에 실린 〈三藏〉은 내용이 같으나 번역에 차이가 있음으로 보아 〈쌍화점〉의 우리말 원문에 대한 한역임을 알 수 있다.
　　三藏寺裏點燈去 有社主兮執吾手 儻此言兮出寺外 謂上座兮是汝語(고려사 악지)

그 멸 社主샤쥬 내 손모글 주여이다
이말스미 이절바긔 나명들명
조고맛간 삿기 상좌 네 마리라 ㅎ리라

⑤ **자청요(紫靑謠, 안동자청):** 나는 순결하고 깨끗한 처녀가 더 좋다
는 소박한 민요인데 『고려사악지』에는 〈안동자청(安東紫靑)〉이
란 제목에 도덕적으로 해석하여 '여성이 몸가짐(정절)을 잘해야
함을 노래'하였다고 했다.

紅絲綠線與靑絲 安用諸般雜色爲
我欲染時隨意染 素絲於我最相宜

붉은 실 녹색 실 푸른 실
그 모든 잡색 실은 싫어
내 마음대로 물들일 수 있는
하이얀 실이 나는 제일 좋아.

⑥ **거미요(청지주/ 請蜘蛛):** 거미에게 다른 여자를 찾아가는 남편
을 붙잡아 반성하게 해달라는 노래로 『고려사악지』에 기록된
〈월정화〉의 내용과 흡사하나 확실한 증거는 없다.

再三珍重請蜘蛛 須越前街結網爲
得意背飛花上蝶 願令粘住省愆違

재삼 거미에게 진중히 부탁하노니
길 앞에 거물을 쳐 두었다가
나를 버리고 날아가는 나비에게
잘못을 반성하여 내게 머물게 하렴.

(2) 『고려사악지(高麗史樂志)』

[1] 고려사 악지의 기록

『고려사』 권70과 71이 '악지(樂志)'인데 권71의 속악 속에 〈동동〉노래로부터 31편의 속악에 대한 설명과 신라, 고구려, 백제의 삼국 속악 13편의 내용이 간단히 기록되어 있다.

『고려사』는 조선 태종 원년(1392)에 고려국사 편찬을 시작으로 여러 번의 개찬을 거쳐 문종 원년(1451)에 완성을 보았다. 『고려사악지』에는 익재 소악부에 한역되어 있는 7편의 노래와 〈풍입송〉, 〈야심사〉, 〈한림별곡〉, 〈삼장〉, 〈사룡〉, 〈자하동〉 등 6편의 한문가사를 포함하여 모두 31편16)의 노래들에 대한 해설이 실려 있는데 이들을 요약해보면 다음과 같다.

① 동동(動動): 아박(牙拍)이란 정재악(呈才樂)에 딸린 노래로 연주절차가 실려 있고, 그 가사에는 송축하는 말이 많고 대체로 신선의 말을 본떠서 지었는데 가사가 우리말이라 싣지 않는다. (못한다)17)

② 무애(无㝵): 정재악(呈才樂)에 딸린 개별노래로 연주절차가 실려 있으나 그 가사는 불가(佛家)의 말이 많고 방언 등으로 잡다(雜多)하여 싣지 못하고, 음악이 전하기에 당시의 악으로만 갖추어둠.

③ 서경(西京): 서경(고조선의 서울), 기자(箕子)의 선정(善政)을 노래

---

16) 『고려사악지』 권71의 맨 처음에 時用呈才音樂의 하나인 〈舞鼓〉에 대한 설명이 있는데, 이는 개별음악이 아니기에 제외하였으나 이를 포함하면 32편이 된다.

17) 動動之戲 其歌詞多有頌禱之詞 蓋效仙語而爲之 然詞俚不載 (고려사 권71 樂志 俗樂 動動)

함. 백성들이 임금을 존경하고 윗사람을 받드는 의리를 알았으므로 임금의 자비와 은혜가 초목에까지 미치어 꺾어진 버들가지도 살아나게 한다는 비유의 노래.

④ 대동강(大洞江): 기자의 선정을 송축하는 내용의 노래, 대동강을 중국 황하에, 영명령(永明嶺)을 중국 숭산(崇山)에 비유하여 칭송하였음.

⑤ 오관산(五冠山): 효자 문충(文忠)이 어머니의 늙음을 한탄한 노래, 익재의 한역가(소악부)가 실렸음.

⑥ 양주(楊州): 양주의 자연과 문물을 찬양한 노래. 양주는 고려의 한양부로 조선의 수도가 되었으므로 이곳의 덕(德)을 노래하였기에 앞쪽에 배치한 것으로 생각된다.

⑦ 월정화(月精花): 위제만이 기녀에게 혹하여 그 부인이 죽게 되자 이를 풍자한 노래. 월정화는 진주 기생인데 사록 벼슬을 하던 위제만이 월정화에게 빠져 그 부인을 죽게 만들었다. 진주읍 사람들이 이를 슬퍼하여 부인이 살았을 때 친하지 못하였음을 후회하며 위제만의 잘못을 풍자한 노래.

⑧ 장단(長湍): 태조의 성덕을 기리고 송축한 노래. 고려 태조는 백성을 잘 보살피고 선정(善政)을 하여 백성들이 그 덕을 사모하였기에 후대의 왕이 장단에 갔을 때 악공들이 태조의 덕을 칭송하고 후대 왕을 송축하며 경계한 노래.

⑨ 정산(定山): 정산은 공주에 속한 현인데, 정산현 사람들이 정산의 복록을 나무의 옹이와 마디에 비유하여 송축한 노래.

⑩ 벌곡조(伐谷鳥): 신하들이 바른 말을 하지 않음을 풍자한 노래. 벌곡조는 잘 우는 새이다. 예종은 자신의 과오(過誤)를 듣기 위해 언로(言路)를 열었으나 신하들이 말하지 않을까 걱정하여 이 노래를 지었다.

⑪ 원흥(元興): 원흥진은 동북방면의 바닷가에 자리하고 있는데 읍 사람들이 장사하러 갔다 돌아올 때 아내들이 남편을 맞이하며 기뻐서 부른 노래.

⑫ 금강성(金剛城): 개성의 나성 구축을 기뻐한 노래. 거란에 빼앗 겼던 개성을 현종이 수복하고 나성을 구축하자 기뻐서 불렀다 고도 하고, 몽고의 침입으로 강화에 천도했다가 개성으로 돌아 와서 지었다고도 한다. 금강성이란 성이 금강(金剛)과 같이 튼튼 함을 말한다.

⑬ 장생포(長生浦): 외적들이 전라도 순천부 장생포에 침입하였는 데 유탁 장군이 구원하러 오자 그를 보고 모두 두려워 물러갔다. 이에 군사들이 기뻐서 부른 노래. 시중 벼슬을 하던 유탁은 위 엄과 자비로움을 겸비했다고 한다.

⑭ 총석정(叢石亭): 기철이 총석정에 올라 감흥을 노래. 기철(奇轍) 은 원나라 순제(順帝) 중궁의 동생으로 강릉의 총석정에 올라 사 선(四仙)의 유적과 큰 바다를 보며 지었다.

⑮ 거사련(居士戀): 아내가 객지에 나간 남편을 기다리며 까치와 거 미에 빗대어 부른 노래. 익재의 한역가가 실려 있다.

⑯ 처용(處容): 신라 헌강왕이 학성(鶴城)에 놀러 갔다가 서라벌로

왕을 따라온 처용에 대한 간단한 전설과 더불어 처용의 유래 및 춤추는 모습을 노래한 익재의 한역가.

⑰ 사리화(沙里花): 부세(賦稅)가 무거워서 백성의 살림이 고달픔을 노래, 익재 한역가.

⑱ 장암(長巖): 두영철이 다시 죄를 지어 유배 가는 것을 노인이 풍자한 노래, 익재 한역가.

⑲ 제위보(濟危寶): 죄를 지어 사역하는 여인이 남에게 손 잡힘을 원망한 노래, 익재 한역가.

⑳ 안동자청(安東紫靑): 색실의 비유를 들어 부인의 몸가짐이 어려움을 노래.

㉑ 송산(松山): 송산은 개성을 지키는 산이다. 그 지역 사람들이 태조 이래 도읍이었던 개성과 송산의 상서로움을 노래하였다.

㉒ 예성강(禮成江): 당나라 상인 하두강(賀頭綱)은 바둑을 잘 두었다. 그가 예성강에 장사하러 왔다가 아름다운 부인을 보고는 그 부인을 빼앗으려고 그녀의 남편과 내기바둑을 두었다. 처음에는 바둑에 져 많은 돈을 잃어 주었으나, 다음엔 판돈을 올려 자기는 많은 재물을 걸고 남편에겐 아내를 걸기로 한 후, 단번에 이겨서 아내를 빼앗아 배에 싣고 떠났다. 바다 한가운데서 배가 떠돌자 점을 쳤더니 절부(節婦)를 돌려주지 않으면 배가 파산한다고 하여 할 수 없이 배를 돌려 내려주었다. 여인이 떠날 때 회한에 찬 남편이 부른 전편과 절개를 지킨 아내가 부른 후편이 있었다고 전한다.

㉓ 동백목(冬栢木): 채홍철이 죄를 지어 먼 섬으로 유배되었다. 채
홍철이 충숙왕을 사모하여 이 노래를 지었더니 왕이 듣고 그날
로 소환했다고 한다. 또는 옛날부터 이 노래가 있었는데 채홍철
이 가사를 고쳐 자기 뜻을 붙였다고도 한다.

㉔ 한송정(寒松亭): 경포의 가을밤을 노래, 비파의 바닥에 쓰여 중
국 강남까지 흘러갔으나 중국인들이 그 뜻을 알지 못했다. 광종
때 사람 장진공(張晉公/ 張延祐)이 강남으로 사신을 갔다가 노래
의 내용을 오언(五言)의 한시로 읊은 것이다. 원래 시는 향찰로
쓰인 향가계 노래로 짐작된다.

月白寒松亭 波安鏡浦秋 哀鳴來又去 有信一沙鴗

달 밝은 한송정/ 파도 잔잔한 경포대의 가을/
슬피 울며 오고가는/ 나를 알아주는 물새 한 마리.

㉕ 정과정(鄭瓜亭): 인종의 동서로 총애를 받았던 정서가 의종이 등
극하자 고향인 동래로 보내졌다. 멀지 않아 다시 부를 것을 약
속했으나 오래 소식이 없자 거문고를 타며 이 노래를 불렀는데
가사가 지극히 슬펐다고 한다. 〈정과정곡〉 앞부분을 한역한 익
재의 소악부가 실려 있다.

㉖ 풍입송(風入松): 나라의 태평과 임금의 장수를 송축한 노래, 한
문가사

㉗ 야심사(夜深詞): 임금과 신하가 서로 즐기는 가운데 잔치를 파할
때 부른 노래, 한문가사

㉘ 한림별곡(翰林別曲): 한림학사들의 풍류를 노래한 경기체가, 우

리말 부분은 '이어(俚語)'18)라 하여 생략하고 한자가사만 게재.

㉙ 삼장(三藏): 쌍화점 2장과 같고, 사원의 부패를 풍자한 노래인데 급암 소악부에 실린 〈삼장〉과 몇 자 차이가 나는 것으로 보아 모두 한역(漢譯)임을 알 수 있다.

　　三藏寺裏點燈去 有社主兮執吾手
　　倘此言兮出寺外 謂上座兮是汝語

㉚ 사룡(蛇龍): 충렬왕 때 지어진 노래로 어지러운 세상에서 진실과 소문을 잘 구별해야 한다는 내용인데 오언(五言)으로 한역되어 있다.

　　有蛇含龍尾 聞過太山岑 萬人各一語 斟酌在兩心

　　뱀이 용꼬리를 물고/ 태산 봉우리를 지났다는 말 들었네/
　　온 사람이 온 말을 하여도/ 두 마음만은 짐작하리니.

㉛ 자하동(紫霞洞): 채홍철이 자하동 중화당에서의 풍류를 노래한 한문가사

[2] 고려사악지의 편찬의식

위에 열거한 『고려사 악지』에 실린 노래들과 삼국의 속악 13편, 고려 속악 31편의 제목을 분석하여 정리해보면 다음과 같다.

---

18) '이어(俚語)'란 '우리말'이란 뜻으로 『고려사 악지』의 〈동동〉 등에 '사리부재(詞俚不載)'라 하였으니, 곧 '가사가 우리말이라 싣지 못했다(않는다)'는 뜻이다. 『고려사』는 한자로 기록되어 한글(훈민정음)이 한 글자도 없다.

가. 삼국 속악 13편

신라 : 동경, 목주, 여나산, 장한성, 이견대

백제 : 선운산, 무등산, 방등산, 정읍, 지리산

고구려 : 내원성, 연양, 명주

지명: 동경, 목주, 정읍, 연양, 명주

산이름 : 여나산, 선운산, 무등산, 방등산, 지리산

성이름 : 장한성, 내원성

대이름 : 이견대

나. 고려 속악 31편

정재악의 이름 : 동동, 무애

개별 작품이름 : 벌곡조, 동백목, 풍입송, 야심사, 한림별곡, 사룡

소악부 제목 : 거사련, 사리화, 삼장

지명 : 서경, 양주, 장단, 정산, 원흥, 장생포, 장암, 안동자청, 자하동

강 이름 : 대동강, 예성강

산 이름 : 오관산, 송산

성 이름 : 금강성

정자 이름 : 총석정, 한송정

인명 : 월정화, 처용, 정과정

기관명 : 제위보

『고려사 악지』에 실린 노래들의 제목과 시가작품 배열순서, 『조선왕조실록』의 기록 등을 통하여 『고려사 악지』의 편찬의식을 정리해 보면 다음과 같다.

가) 『삼국사기』나 『삼국유사』에 나오는 많은 향가나 삼국의 노래들이 『고려사 악지』에 실리지 않았음은 기록문헌보다 채집한 민속가요를 중심으로 정리하였기 때문이다. 또한 내용에 있어서도, 〈방등산〉은 백제의 노래로 실려 있지만 설명에는 신라 말에 크게 도적이 일어났다고 하였으니 통일신라의 노래로 보아야 하겠고, 고구려의 노래로 실린 〈명주〉는 노래의 주인공이 과거공부를 하였으니 고려 이후의 노래라야 마땅하다. 이런 점은 단지 채집당시 방등산은 옛 백제지역에 있고 명주는 고구려지역에 속했기에 백제와 고구려의 노래로 분류한 것으로 짐작된다.

나) 고려 노래나 삼국의 속악들을 지역 중심으로 채집하여 기록하였을 가능성이 많다. 삼국 속악은 13편이 모두 지명이거나 고유명사인 산(山), 성(城), 대(臺) 등의 이름으로 제목을 삼았고, 고려의 31편 노래들도 한문가사인 6편(풍입송, 야심사, 한림별곡, 삼장, 사룡, 자하동), 익재 소악부의 3편(거사련, 사리화, 제위보), 정재악의 개별곡인 2편(동동, 무애)을 제외하면, 모두 제목을 지명이나 산, 정자(총석정, 한송정) 등의 이름으로 사용하고 있다.

이들 노래 중 인명을 제목으로 삼고 있는 3편은 내용에서 지명을 분명히 하고 있기(월정화는 진주, 처용은 울산 학성, 정과정은 동래)에 지역과 관련 없이 기록된 작품은 당시 제목이 분명했던 〈벌곡조〉와 〈동백목〉, 정재악의 노래 2편, 한문가사 6편, 익재 소악부 3편뿐이고 나머지는 모두 지역 위주로 채집한 곡들임을 알 수 있다. 결국 『고려사 악지』에 실린 삼국 속악과 고려 노래 총 44편 중 30여 편의 노래가 지역위주로 편찬되었으니, 곧 전해오던 정재악의 노래, 한문가사, 소

악부의 몇 노래만 기록으로 전하였으며 나머지 노래들은 지역위주로
채집한 노래들이다.

　다)『고려사 악지』의 노래 배열순서는 첫째, 세종실록의 기록으로
보아 당대에 궁중에서 연주되던 정재음악(무고, 동동, 무애)을 연주 순서
와 더불어 앞에 실었으며, 둘째, 사대(事大)의 명분에 따라 기자의 덕
을 노래한 〈서경〉과 〈대동강〉을 먼저 싣고, 유교사상의 중심인 효(孝)
를 선양하기 위해 〈오관산〉을, 그 다음에 국가에 대한 충(忠)의 의미
로 조선의 서울을 찬양한 〈양주〉를 배치하고 있다. 그 이후엔 특별한
순서를 찾기는 어려우나 마지막에 한문가사 작품을 첨부한 것으로
보인다.

　라) 익재 소악부에 실린 〈제위보〉를 '제위보에 사역 간 여인이 다른
남자에게 손목을 잡힌 억울함을 노래하였다'고 해석하였고, 급암 소
악부에 실린 〈안동자청〉을 '여인의 몸가짐이 중요하다'고 도덕적으
로 해석하였다. 그러나 실제 익재의 한역가를 보면 〈제위보〉는 손을
잡은 백마탄 낭군을 그리워하고, 〈안동자청〉은 깨끗한 숫처녀가 제
일 좋다는 소박한 민요적 내용이다. 이와 같이 노래 배열순서나 내용
해석으로 보아『고려사 악지』는 조선의 예악(禮樂)정신에 의해 조선
초 연주되던 궁중악장에 지역별 채집가요를 보태어 편찬된 자료임을
알 수 있다.

(3) 문헌과 작품 현황

앞에서 언급한 익재와 급암의 소악부와 『고려사 악지』 외에 훈민정음이 창제된 이후 우리말로 가사가 기록된 『악학궤범』, 『시용향악보』, 『악장가사』, 『악학편고』, 『대악후보』 등의 문헌에 실린 작품들을 종합하여 문헌과 작품을 도표로 정리해보면 다음과 같다.19) 『악학편고』에는 *표한 〈만전춘〉이 조선시가로, 〈영산회상〉이 고려시가로 기록되어 있다. 도표의 작품들에서 〈한림별곡〉은 경기체가 장르20)로 독립시키고, 〈풍입송〉, 〈야심사〉, 〈자하동〉은 고려 한문가사이며, 〈영산회상〉, 〈능엄찬〉, 〈미타찬〉, 〈본사찬〉, 〈관음찬〉 등은 한문 불찬가(佛讚歌)로 시대가 불확실하고, 〈보허자〉는 당악이다. 무가 12편을 궁중무가로 별도 처리하면, 고려시대의 한글시가로 현재 남아 전하는 려가장르의 작품으로는 〈동동〉, 〈정읍사〉, 〈처용가〉, 〈정과정곡〉, 〈정석가〉, 〈청산별곡〉, 〈서경별곡〉, 〈쌍화점〉, 〈이상곡〉, 〈가시리〉, 〈사모곡〉, 〈만전춘〉 등 12편이 되고, 〈유구곡〉과 〈상저가〉는 궁중악으로 편입되었으나 원래는 민요였다.21)

---

19) 문헌에서는 연대순으로 정리했으나 도표에서는 우리말 가사가 실린 문헌들을 앞에 배열하였다. 도표의 '익재 소악부'에서 (급)이라 한 것은 '급암 소악부'이고 나머지는 '익재 소악부'의 기록을 말한다.

20) 〈한림별곡〉은 속악(려가)의 한 노래이나 고려 말 안축에 의해 〈죽계별곡〉, 〈관동별곡〉이 지어지고, 조선 초 한림별곡 형식을 모방한 악장들이 다수 지어짐으로써 경기체가로 장르를 독립시킬 수 있게 되었다.

21) 조선 초의 악장 중에서 〈신도가〉, 〈감군은〉, 〈유림가〉 등도 려가 장르 속에 포함시킬 수 있다.

〈표 4〉 고려노래의 문헌과 작품

작품＼문헌	악학궤범	시용향악보	악장가사	악학편고	대악후보	고려사악지	익재소악부
동동	O				악보	牙拍정재무	
정읍사	O				악보	해설	
처용가	O		O	O		해설	의역
정과정곡	O				O	해설	한역
정석가		O	O	O			5장한역
청산별곡		O	O	O			
서경별곡		O	O	O	1장		2장한역
쌍화점		改撰歌詞	O	O	1~3장	2장(三藏)	한역(급)
이상곡			O	O	O		
가시리		O	O	O			
사모곡		O	O	O			
만전춘			O	O*	악보		
한림별곡			O	O	1장	O	
풍입송		O	O	O		O	
야심사		O	O	O		O	
유구곡		O				별곡조	
상저가		O					
영산회상			O	O*	O		
능음찬			O				
미타찬	O						
본사찬	O						
관음찬	O						
보허자			O	O	O	당악오양선	
무가 12편		O					
자하동					악보	O	

2. 려가문학 – 흔들리는 낭만문학

1) 장르명칭과 개념

국문학의 장르 중에서 가장 이견(異見)이 많고 불명확한 개념을 가진 분야가 려가(일련의 작품군)이다. 장르의 명칭은 특정한 작품군(作品群)을 지칭하거나 공부하기 위한 편의상의 학문분류이면서 다른 한편으로는 연구의 최종적 결과에 따라 특정한 작품군에 합당하게 붙여진 학술용어라고 할 수 있다.

장르명칭으로 고려가요, 여요(麗謠), 고려가사, 속요, 고속가, 속악가사, 장가, 별곡, 려가(麗歌) 등의 여러 이름이 있으나 학계에서 통일된 명칭으로 정립되지 못한 형편이다. 일정한 작품군이 하나의 장르로 독립되기 위해서는 비슷한 작품들과 동질성을 공유하거나 아니면 인접장르들과의 차별성이 있어야 한다.

작품의 형식과 내용, 사상 등의 동질성을 장르형성의 요소로 볼 때, 고려라는 특정한 시대를 명칭으로 사용함(高麗歌謠, 高麗歌詞)도 바람직하지 못하다. '俗樂歌詞'란 명칭은 속악에 얹어진 가사라 하더라도 경기체가나 시조 또한 속악(향악)의 악곡이며, '古俗歌'의 경우 조선후기에 발달한 속가(俗歌: 잡가의 일종으로 전문 가객들의 노래)와 고려의 속악가사는 그 성질이 완전히 다르기에 고속가란 명칭도 합당하지 않다. '俗謠'란 명칭의 '謠'라는 어휘도 동요나 민요 등에만 쓰여 우리 시가장르의 가치를 폄하하고 있는 술어다. '長歌'라는 명칭은 막연한 길이에 따른 이름이고, '別曲' 또한 경기체가와 가사작품에서도 공히 사용되는 명칭이기에 합당하지 않다. 필자는 '요(謠)'나 '속(俗)'이란 오해의 소지가 있는 글자를 배제하고, 우리말의 변별성을 높이기 위해 고유명사의 경우 두음법칙의 예외를 인정하여 장르의 명칭을 '려가(麗歌)'란 술어로 사용한다.

려가의 장르적 성격이나 대상작품에 대해 아직 학계에서는 통일된 견해를 갖고 있지 않다. 고려시대에 처음 나타나기 시작하여 조선 중기까지 연주되거나 불린 노래의 가사 중 동질성을 가진 일군의 작품을 려가라고 하였는데, 이들 속악의 가사로 노래된 것을 민중의 노래로 인식함으로써 초기 학자들이 '요(謠)'란 이름을 붙인 것으로 생각된다.

이러한 장르에 대한 개념정의와 작품의 한정에 따라 장르설정 자체가 다양할 수밖에 없는데, 지금까지 논의된 것은 크게 두 견해로 나눌 수 있다. 첫째는 『고려사악지』와 『악학궤범』, 『악장가사』, 『시용향악보』 등에 실려 있는 모든 작품을 려가로 보아 민요적인 성격의 노래부터 궁중에서 연주된 연악(宴樂, 잔치악)까지를 모두 포괄하는 개념으로 보는 경우이고, 둘째는 궁중에서 연주된 속악의 가사만을 대상으로 보는 경우인데, 『고려사악지』에 실린 민요적인 노래를 제외하고 『악학궤범』이나 『악장가사』에 실린 노래와 『시용향악보』의 일부분만을 동일한 장르로 보는 경우이다.

지금까지 학계에서는 작품에 대한 설명이 붙은 『고려사악지』의 노래들을 모두 려가로 생각하고 려가의 성격을 민요가 상승하여 궁중악에 편입된 민요적인 노래나 서민의 노래로 규정하였다. 그러나 『고려사악지』의 노래들이 조선 초 전대의 노래를 정리하기 위해 지방의 민요를 채집하여 정리한 것에 불과하다면, 려가는 궁중악으로 전수되다가 조선시대 문헌인 『악학궤범』, 『악장가사』 등에 정착한 일련의 노래들만을 지칭하며 궁중의 음악전문가나 귀족들에 의한 고급의

시문학으로 보아야 할 것이다.[22)]

　일찍이 정병욱이 이러한 고려노래들의 성격에 대하여 다음과 같이 의문을 제기하였다.

　　현전하는 별곡 중에서 작가가 분명히 전하는 것으로는 정서(鄭敍)의 정과정곡, 한림제유(翰林諸儒)의 한림별곡, 안축(安軸)의 관동별곡과 죽계별곡뿐이다. 이렇게 작가가 알려져 있지 않기 때문에 대부분의 별곡(한림별곡류를 제외한)을 고려속요 또는 민요라고 불러왔다. 그러나 과연 작가가 전하지 않는다고 하여, 작가 미상의 시를 속요 또는 민요라고 일률적으로 단정해 버릴 수 있을는지는 문제가 많다고 보인다. 더구나 쌍화점 같은 노래는 기록에 분명히 그 저작 연대와 작가를 어느 정도 추정할 수 있는데에도, 그것을 속요 속에 포함시키고 있는 것은 부당한 일이라 하지 않을 수 없다.
　　이에 필자는 별곡 전체가 속요일 수 없다는 하나의 증거를, 청산별곡을 분석함으로써 제시하여 볼까 한다.[23)]

　정병욱은 〈청산별곡〉의 분석을 통하여 완전무결한 창작적인 시로 결코 민중 속에서 굴러다니며 때가 묻은 속요(민요)일 수 없는 지식인층의 작품이라 하면서 피상적으로 별곡을 속요나 민요로 보는 태도에 반성을 촉구하였지만, 그 후 학계에서는 더 이상 깊이 있는 검토가 없었다. 이러한 고려시가(려가)의 성격 문제는 필자의 가장 큰 의문으로 박사학위 논문의 주제이기도 하다. 초기 국문학 연구자들이 『고려사 악지』에 실린 노래들을 모두 하나의 장르로 취급함으로써 '고려가

---

22) 『려가연구』, 앞의 책 '고려사악지의 편찬기준' 참조.
23) 정병욱, 『한국고전시가론』, 신구문화사, 1978, 105쪽.

요'나 '여요', '속요'처럼 '-요(謠)'라는 장르명칭을 붙이고 민요적인
성격으로 규명한 것이다.

려가는 무신란의 어수선한 사회적 여건에서 몽고의 침입으로 인한
오랜 항쟁과 원나라의 부마국(駙馬國)으로 원의 간섭을 받던 내우외환
(內憂外患)의 어려운 시기, 주로 잔치에 사용된 궁중음악이었기에 '흔
들리는 낭만문학'이라 부르고자 한다.

2) 려가의 작품

려가의 작품을 통일된 하나의 노래로 해석하려는 견해와 가사가
편장(編章)된 것으로 보아 한 작품 안에서의 통일된 해석이 어렵다는
상반된 견해가 있다. 그러나 작품의 일부분이 서로 중복된 경우가 있
으나 이들도 그 작품에 맞게 변형되어 있음을 보면 부분적으로 편장
된 것은 사실이나 개별작품의 완성도를 고려하여 한두 행이나 장을
합성하였음을 알 수 있다. 다음은 〈정과정곡〉과 〈만전춘〉, 〈서경별
곡〉과 〈정석가〉에 공통으로 사용된 가사들이다.

> 넉시라도 님은 흔디 녀져라
> 아으 벼기더시니 뉘러시니잇가 (정과정곡)

> 넉시라도 님을 흔디 녀닛景 너기다니
> 넉시라도 님을 흔디 녀닛景 너기다니
> 벼기더시니 뉘러시니잇가 뉘러시니잇가 (만전춘 3장)

> 구스리 바회예 디신들
> 긴힛쭌 그츠리잇가 나는

즈믄 히를 외오곰 녀신돌
信잇둔 그츠리잇가 나눈 (서경별곡 2연)

구스리 바회예 디신둘
구스리 바회예 디신둘
긴힛똔 그츠리잇가
즈믄 히를 외오곰 녀신돌
즈믄 히를 외오곰 녀신돌
信잇둔 그츠리잇가 (정석가 6연)

그리고 민요에서 궁중악으로 상승한 노래로 보이는 〈가시리〉, 〈사
모곡〉, 〈정읍사〉 등도 민요 그대로가 아닌 궁중악의 리듬과 경어체
어휘로 다듬어졌다. 작품감상의 편의를 위해 려가의 작품들을 내용
에 따라 몇 가지로 나누어 기술해보면 다음과 같다.[24]

(1) 사랑의 맹세 : 정석가
(2) 이별의 슬픔 : 가시리, 서경별곡
(3) 삶의 외로움(님의 不在-부정적 인식) : 만전춘, 이상곡,
　　　　　　　　　　　　　　　　　동동(8,9,10,11,12,1월연)
(4) 님 그리움(님의 不在-긍정적 인식) : 이상곡, 정읍사, 사모곡,
　　　　　　　　　　　　　　　　　동동(2,3,4,5,6,7월연)
(5) 시대의 곤궁함 : 쌍화점, 청산별곡
(6) 무가적 노래 : 처용가, 무가 12편

---

24) 다음의 내용분류는 절대적인 구분이 아님을 밝혀둔다. 학자에 따라 작품을 '송도(頌禱)
　　의 노래'로 볼 수도 있고, '사회풍자의 노래'로 볼 수 있음도 물론이다. 그리고 (2), (3),
　　(4) 모두가 유사한 내용으로 그 경계가 불확실할 수도 있다. 편의상 려가의 주된 주제이기
　　에 작품감상을 위해 세분해본 것이다.

(7) 민요적 노래 : 유구곡, 상저가

려가의 작품에 대한 해석 또한 만만치가 않다. 작품의 내용을 어떻게 해석하느냐에 따라 시의 성격도 달라지기 때문이다. 그러므로 작품마다 중세어에 대한 필자의 해석을 덧붙인다.

(1) 사랑의 맹세

려가의 작품들은 대부분 내우외환(內憂外患)의 시대상으로 인해 여성적이고 비극적인 정서를 내포하고 있으나 〈정석가〉만은 오히려 이러한 현실의 불안을 극복하기 위한 적극적인 자세로 현재의 님에 대한 강렬한 사랑의 맹세를 주제로 하고 있다. '딩아돌하'란 어휘 또한 금석(金:딩아, 石:돌하)처럼 굳은 사랑의 맹세를 다짐하는 역할을 담당한다. 그러나 '先王聖代를 그리워함'을 보면 현실의 불안감을 떨치지 못하고 있음도 알 수 있다.

> 딩아돌하 當今에 계샹이다
> 딩아돌하 當今에 계샹이다
> 先王聖代에 노니ᄋᆞ와지이다
>
> 삭삭기 셰몰애 별헤 나ᄂᆞᆫ
> 삭삭기 셰몰애 별헤 나ᄂᆞᆫ
> 구은 밤 닷되를 심고이다
> 그 바미 우미 도다 삭 나거시아
> 그 바미 우미 도다 삭 나거시아
> 有德ᄒᆞ신 님믈 여희ᄋᆞ와지이다

玉으로 蓮ㅅ고즐 사교이다
玉으로 蓮ㅅ고즐 사교이다
바희 우희 接柱ᄒ요이다
그 고지 三同이 피거시아
그 고지 三同이 피거시아
有德ᄒ신 님믈 여히ᄋ와지이다

므쇠로 텰릭을 믈아 나ᄂᆞᆫ
므쇠로 텰릭을 믈아 나ᄂᆞᆫ
鐵絲로 주롬 바고이다
그 오시 다 헐어시아
그 오시 다 헐어시아
有德ᄒ신 님믈 여히ᄋ와지이다

므쇠로 한쇼를 디여다가
므쇠로 한쇼를 디여다가
鐵樹山애 노호이다
그 쇠 鐵草를 머거아
그 쇠 鐵草를 머거아
有德ᄒ신 님믈 여히ᄋ와지이다

구스리 바회예 디신ᄃᆞᆯ
구스리 바회예 디신ᄃᆞᆯ
긴힛ᄃᆞᆫ 그츠리잇가
즈믄 히ᄅᆞᆯ 외오곰 녀신ᄃᆞᆯ
즈믄 히ᄅᆞᆯ 외오곰 녀신ᄃᆞᆯ
信잇ᄃᆞᆫ 그츠리잇가. 〈정석가〉

'딩'은 '鄭'이요 '돌'은 '石'이니 노래의 제목이 〈정석가(鄭石歌)〉가 되었다. '딩아 돌아'는 사람일 수도 있고, 징을 치고 돌면서 노는 마당일 수도 있다. 음악적으로는 11장이나 문학적으로는 6연으로 구성되어 있다. 1장만 1연으로 구성되고 나머지는 문학적 1연이 음악적 2장으로 연주되었다. 1연(장)은 기원의 서사(序詞)이고, 2연부터 5연까지는 불가능한 것들ー모래벌에 구운밤을 심어 싹이 나면, 옥으로 만든 연꽃이 넓은 땅에 번지고, 무쇠로 만든 옷이 다 헐어지면, 무쇠로 만든 소가 철풀을 다 먹으면ー을 비유로 임과 영원히 이별할 수 없음을 노래하고 있다. 마지막(결사) 6연은 구슬이 바위에 떨어져도 구슬을 꿴 실은 끊어지지 않듯 천 년을 외롭게 살아도 님에 대한 사랑은 변치 않음을 확인한다. 중복된 행을 빼고 시를 현대어로 해석해보면 다음과 같다.

(현대역)

우리 모두가 흥겨운 이 자리에 모였습니다.
그 옛날 선왕의 성스러운 시대에 태평스레 놀고 싶습니다.

삭삭거리는 고운 모래벌에/ 구운 밤 닷 되를 심습니다.
그 밤이 움이 돋아 싹이 나거든/ 그때야 님을 이별하겠습니다.

옥으로 연꽃을 새겨/ 바위 위에 붙입니다.
그 꽃이 세 묶음25)이나(또는 넓은 땅에 번져) 꽃 피면

---

25) '同'은 땅의 면적을 나타내는 지역의 단위로 『동경잡기』에 기록되어 있어 '삼동이나 되는 넓은 땅에 피면'의 의미가 좋으나, 조사가 '三同이'인 점으로 '同'을 '묶음'의 단위로 보고 '세 묶음이나 피면'으로 봄이 더 합당하다고 생각된다.

그때야 님을 이별하겠습니다.

무쇠로 옷을 만들어/ 철사로 주름을 박습니다.
그 옷이 다 헐어지면/ 그때야 님을 이별하겠습니다.

무쇠로 큰 소를 만들어/ 철나무로 된 산에 풀어놓습니다.
그 소가 철풀들을 다 먹으면/ 그때야 님을 이별하겠습니다.

구슬이 바위에 떨어지더라도/ 끈이야 끊어지겠습니까?
천 년을 혼자서 지내더라도/ 믿음이야 그치겠습니까?

(2) 이별의 슬픔

려가 전반을 흐르는 대표적 정서가 님의 부재(不在)에 대한 외로움과 그리움인데 그 원인은 이별로부터 시작된다. 〈가시리〉와 〈서경별곡〉은 바로 이별을 소재로 한 작품이다. 〈가시리〉는 이별의 현장에서 슬픔을 누르고 '가시는 듯 돌아오소서'라는 바람으로 이별의 슬픔을 여성의 기다림이란 미덕으로 승화시키고 있으며, 〈서경별곡〉은 서경이란 고향과 직업(길쌈)을 버리고서라도 님을 따라가고 싶지만 어쩔 수 없는 현실(이별의 장소인 대동강 나루터) 앞에서 그 원망을 대동강과 배에게, 뱃사공과 그의 아내에게 돌리는 체념과 해학의 노래라 할 수 있다.

① 〈가시리〉

이 작품에 대한 해석은 크게 문제가 없다. 가사 2행에 여음 '나는'과 '위 증즐가 대평성디'만 첨가되어 음악적으로 4장, 문학적으로 4연의

구성이다. 〈가시리〉는 처음부터 민요적인 노래가 궁중악으로 개편되
었을 수도 있고, 후대에 와서 시조형식 등에 정착되었을 수도 있다.[26)]

> 가시리 가시리잇고 나는
> 브리고 가시리잇고 나는
> 위 증즐가 대평셩딕大平盛代
>
> 날러는 엇디 살라 ᄒ고
> 브리고 가시리잇고 나는
> 위 증즐가 대평셩딕大平盛代
>
> 잡스와 두어리마ᄂᆞᆫ
> 선ᄒ면 아니 올셰라
> 위 증즐가 대평셩딕大平盛代
>
> 셜온님 보내ᅌᅩ노니 나는
> 가시는 듯 도셔 오쇼셔 나는
> 위 증즐가 대평셩딕大平盛代

(현대역)
가시렵니까 가시렵니까
버리고 가시렵니까?

---

26) 권오경은 『고악보소재 시가문학연구』(권오경, 민속원, 2003, 24~26쪽)에서 17세기 중
· 후반에 〈가시리〉가 다음과 같은 시조작품으로 정착되었다고 보았다.

> 가시리 가시리잇고 날 브리고 가시리잇고
> 고은님 보내ᅌᅩ-- 나는 엇지 사링잇고
> 잡스와 두오련마는 셔흔가도 ᄒᆞᄂᆞ이다

날로는 어찌 살라 하고
버리고 가시렵니까?

붙잡아 두고 싶지마는
섭섭하면 아니 오실까봐

서러운 님 보내오니
가시는 것처럼 다시 오십시오.

② 〈서경별곡〉

이 작품은 문학적으로 3연이나 음악적으론 14장으로 구성되어 있다. 문학적인 가사 한 행의 앞뒤에 여음을 붙여 3행으로 음악적 한 장을 만들었다. 첫 장을 보면 2행 첫 어절 '서경이'에 여음 '아즐가'를 붙여 가사 1행을 만들고, 2행엔 가사 '서경이 서울히 마르는', 3행엔 '위 두어렁셩 두어렁셩 다링디리'란 여음(餘音, 間奏曲)을 붙여 음악의 가사로 삼았다. 첫 장을 보면 다음과 같다.

서경(西京)이 아즐가
서경(西京)이 셔울히 마르는
위 두어렁셩 두어렁셩 다링디리

이러한 14장의 반복된 음악으로 연주되었는데, 문학적 내용으로 단락을 나누면 4행, 4행, 6행으로 각 연이 구성되어 있다. 여음을 빼고 문학적인 내용만을 3연으로 정리하면 다음과 같다.

서경(西京)이 셔울히 마르는

닷곤 딩 쇼셩경 고외마른
여히므론 질삼뵈 ᄇᆞ리시고
괴시란ᄃᆡ 우러곰 좃니노이다

구스리 바회예 디신ᄃᆞᆯ
긴힛ᄯᆞᆫ 그츠리잇가 (나ᄂᆞᆫ)
즈믄 ᄒᆡ를 외오곰 녀신ᄃᆞᆯ
신(信)잇ᄃᆞᆫ 그츠리잇가 (나ᄂᆞᆫ)

대동강(大洞江) 너븐디 몰라셔
ᄇᆡ 내어 노ᄒᆞᆫ다 샤공아
네 가시 럼난디 몰라셔
녈 ᄇᆡ예 연즌다 샤공아
대동강(大洞江) 건넌편 고즐여
ᄇᆡ 타 들면 것고리이다 (나ᄂᆞᆫ)

(현대역)
서경(평양)도 서울이지마는
새로 닦은 작은 서울도 고요하지만
사랑하는 임을 이별하기보다는
사랑하시는 곳이라면 울면서라도 따라가겠습니다.

구슬이 바위에 떨어지더라도
끈이야 끊어지겠습니까?
천년을 홀로 지내더라도
님에 대한 믿음이야 그치겠습니까?

대동강 넓은 줄 몰라서

배를 내어 놓았느냐 사공아
네 아내 바람난 줄 몰라서
떠나는 배를 타고 가느냐 사공이여
대동강 건너 편 꽃(여인)을
배 타고 들어가면 다시 얻겠습니다(얻으면 되지요)

3째 연은 해학적으로 해석함이 좋겠다. 이별의 공간인 대동강이
넓은 것을 원망하다가, 강에 배를 띄워 놓은 사공을 원망하다가, 마
지막엔 노를 젓는 사공을 원망해보지만 어쩔 수 없다. 사공에게 네
아내가 바람난 것도 모르고 노를 저어 가느냐고 하소연 하였더니 사
공의 대답이 '대동강 건너편에 가서 다시 얻으면 되지요'라고 무심하
게 대답한다. 이별도 인생의 다반사(茶飯事: 차나 밥 먹는 것과 같은 일상의
일)라는 듯이.

(3) 삶의 외로움(님의 不在: 부정적 인식)

님이 없는 외로움과 님에 대한 그리움은 아주 가까운 정서다. 님의
부재(不在)를 부정적으로 수용하면 외로움이 되고, 긍정적으로 수용
하면 그리움이 된다. 외로움은 고독하고 쓸쓸하여 우리를 움츠려들
게 하지만 그리움은 따뜻하고 감미롭게 우리를 감싸준다.
〈동동〉의 정월, 8월, 9월, 10월, 11월, 12월 노래는 님이 없는 현실
의 쓸쓸함과 삶의 외로움, 마음대로 되지 않는 인생살이의 슬픔을 노
래하고, 〈만전춘〉은 복사꽃 만발한 봄날 외로운 궁녀들의 수심(愁心)
을, 〈이상곡〉은 홀로된 청상과부가 힘들고 외로운 현실에서 재가(再
嫁)를 생각하다 마음을 고쳐먹고 죽은 남편에 대한 사랑과 운명을 받

아들이는 도덕적 승리의 노래다.

① 만전춘

세종 이후 윤회에 의해 개찬(改撰)된 한문가사가 있었기에 〈만전춘별사〉라 하였으니 고려의 려가로는 〈만전춘〉이란 이름이 합당하다. 이때 전(殿)은 북전(北殿), 후전(後殿), 후정(後庭)과 같이 궁녀들이 거처하는 후궁(後宮)을 의미하며, 〈만전춘(滿殿春)〉은 후궁들이 머무는 뜰에 봄이 가득한데 상대적으로 느끼는 궁녀들의 수심(愁心)을 노래한 것으로 생각된다.

가장 문제가 되는 4장의 경우, 『화원악보』에 궁녀의 작으로 실린 시조작품을 통하여 '오리'는 새로 궁에 들어오는 궁녀들로, '여흘'은 자유로운 바깥세상을, '소'는 궁중을 상징함을 알 수 있다. 새로 들어오는 궁녀들을 보며 궁녀들 자신의 신세를 한탄하고 있다.[27]

> 어름 우희 댓닙자리 보와 님과 나와 어러주글만뎡
> 어름 우희 댓닙자리 보와 님과 나와 어러주글만뎡
> 정(情)둔 오늘밤[28] 더듸 새오시라 더듸 새오시라
>
> 경경(耿耿) 고침상(孤枕上)애 어느 즈미 오리오
> 서창(西窓)을 여러ᄒᆞ니 도화(桃花) ㅣ 발(發)ᄒᆞ두다
> 도화(桃花)ᄂᆞᆫ 시름업서 쇼츈풍(笑春風)ᄒᆞᄂᆞ다 쇼츈풍(笑春風)ᄒᆞᄂᆞ다

---

27) 이임수, 「만전춘의 문학적 복원」, 『문학과 언어』 2집, 문학과언어학회, 1981.
　　압못세 든 고기들아 뉘라셔 너를 모라다가 넉커늘 든다
　　北海淸沼를 어듸 두고 이못세 와 든다
　　들고도 못나는 情은 네오 닉오 다르랴 (화원악보, 궁녀 작 시조)
28) 『악장가사』의 원문은 '오늘범'이나 '오늘밤'의 오기로 보임.

넉시라도 님을 흔디 녀닛경(景) 너기다니
넉시라도 님을 흔디 녀닛경(景) 너기다니
벼기더시니 뉘러시니잇가 뉘러시니잇가

올하 올하 아련 비올하
여흘란 어듸 두고 소해 자라온다
소콧 얼면 여흘도 됴ᄒ니 여흘도 됴ᄒ니

남산(南山)애 자리 보아 옥산(玉山)을 벼여 누어
금슈산(錦繡山) 니블 안해 샤향(麝香)각시를 아나 누어
남산(南山)애 자리 보아 옥산(玉山)을 벼여 누어
금슈산(錦繡山) 니블 안해 샤향(麝香)각시를 아나 누어
약(藥)든 가슴을 맛초ᅀᆞ사이다 맛초ᅀᆞ사이다

아소 님하 원딕평싱(遠代平生)애 여힐 술 모르ᅀᆞ새

(현대역)

얼음 위에 대나무 잎으로 자리를 만들어 님과 나와 얼어죽더라도
얼음 위 댓잎자리에 자다 님과 함께 얼어죽더라도
사랑하는 오늘 밤 더디 새게 하십시오.
(천천히 날이 밝았으면 좋겠네.)

잠 못들어 뒤척이는 외로운 베갯머리에 어찌 잠이 오리오?
서쪽 창을 열어보니 복숭아꽃이 만발했구나.
도화는 아무 근심 없이 봄바람에 웃는구나 봄바람에 웃는구나.

넋이라도 님과 함께 있겠거니 생각했더니
죽어서라도 님과 함께 있는 모습을 그렸더니

약속을 어긴 사람이 누구십니까?
(약속을 고집하던 사람이 그 누구였습니까?)

새로 궁에 들어오는 불쌍하고 예쁜 궁녀들아
자유로운 속세는 어디 두고 이 궁전에 오느냐?
소는 곧 얼어 여흘이 더 좋은데…
(궁은 사랑이 식기 쉬워 자유로운 속세가 더 좋은데)

남산 따뜻한 곳에 자리를 잡아 옥산을 베고 누워
비단산 이불 안에 사향내 나는 각시를 안고 누워
남산에 자리 잡아 옥산을 베고 누워(남향 좋은 곳에 자리를 잡아)
비단 이불 안에 사향각시를 안고 누워(사랑하는 님과 함께 누워)
약든 가슴을 맞추고 싶습니다.(님과 함께면 상사병도 사라지리라.)

아 님이시여! 오랜 평생에 이별을 모르게 하소서.

② 이상곡

어머니를 잃고 계모에게 쫓겨난 고통과 방황을 아침 서리를 밟는
것으로 노래한 윤백기의 〈이상조(履霜操)〉란 중국악부가 『악학편고』
에 실린 것으로 보아 이런 노래의 영향으로 홀로된 여인의 방황과
고뇌를 서리 밟는 고통에 비유하여 노래한 작품이라 생각된다. 작품
에서 '년뫼'는 '다른 산'으로 곧 다른 남자와 재혼함을 상징한다. 재가
(再嫁)를 생각하다 벼락 맞아 지옥에 떨어질 것을 두려워하며 끝내는
남편과의 만남을 운명적으로 수용하여 수절하고자 하는 청상(靑孀)의
고뇌가 담겨 있다.[29]

---

29) 이임수, 「이상곡에 대한 문학적 접근」, 『어문학』 41집, 한국어문학회, 1981.

비오다가 개야아 눈 하 디신 나래
서린 석석사리 조본 곱도신 길헤
다롱디우셔 마득사리 마두너즈 세네우지
잠 짜간 내 니믈 너겨
깃돈 열명길헤 자라오리잇가
죵죵 霹靂 生陷墮無間
고대셔 싀어질 내 모니
죵 霹靂아 生陷墮無間
고대셔 싀어질 내 모니
내님 두읍고 년뫼를 거로리
이리쳐 뎌리쳐 이리쳐 뎌리쳐 期約이잇가
아소 님하 흔딕 녀졋 期約이이다.

(현대역)

비오다가 개어서 눈 많이 내린 날에
잡목 우거진(석석사리 뒤엉킨) 좁고 굽은 길에
잠을 앗아간 내 님을 생각하여
그런 무시무시한 길에 자라고 하십니까?
(외로워 못살겠습니다. 재혼생각)
아! 벼락 맞아 무간지옥에 떨어져
그 자리서 죽을 내 몸이
아 벼락이여, 이생이 무간지옥에 떨어져
그 자리서 죽을 내 몸이
내 님을 두고 다른 산을 찾아가겠습니까?
(다른 남자와 재혼하겠습니까?)
이리 저리 이리 저리 생각해봐도
아, 님이여! (죽어서도) 함께 할 인연인가 봅니다.

(4) 님 그리움(님의 不在: 긍정적 인식)

〈정과정곡〉은 정서가 지은 노래로 왕(의종)을 생각하며 자신의 결백함과 임금의 사랑을 그리워하는 충신연주지사(忠臣戀主之詞)의 대표적인 노래이다. 〈정읍사〉는 행상 간 남편을 기다리며 아내가 남편의 귀가 길을 걱정한 소박한 노래로 보기도 하고, 부인이 자신의 앞날이 험할까봐 두려워하는 신세한탄의 노래로 보기도 한다. 〈사모곡〉은 호미를 아버지에, 낫을 어머니에 비유하여 아버지의 사랑이 어머니만 못하기에 어머니를 그리워하는 노래로 『고려사악지』 삼국속악 중 신라편의 〈목주가(木州歌)〉와 유사하다. 또한 〈동동〉의 '2월연, 3월연, 4월연, 5월연, 6월연, 7월연, 8월연도 봄, 여름의 세시풍속과 함께 임에 대한' 그리움을 노래하고 있다.

① 정과정곡

『악학궤범』에는 음악의 빠르기에 따른 악곡명으로 〈삼진작(三眞勺)〉이라 기록되었는데, 고려 인종의 동서인 정서(鄭敍, 호: 瓜亭)가 인종의 아들인 의종이 등극하자 고향 동래로 유배되어 오랜 시간이 지나도 부르지 않자 그 원통함을 노래한 슬픈 가락의 음악이었다고 한다. 향가문학으로부터 고려문학으로 넘어오는 과도기의 노래로 형식은 삼엽(三葉)과 사엽(四葉)을 합하면 10행 향가에 가까우나, 개인적인 서정성이 짙어 려가의 효시작품이라 할 수 있다.

> (前腔)　내님믈 그리ᄉᆞ와 우니다니
> (中腔)　山 졉동새 난 이슷ᄒᆞ요이다
> (後腔)　아니시며 그츠르신둘 아으

(附葉) 殘月曉星이 아르시리이다
(大葉) 넉시라도 님은 흔듸 녀져라 아으
(附葉) 벼기더시니 뉘러시니잇가
(二葉) 過도 허믈도 千萬 업소이다
(三葉) 몰힛 마리신뎌
(四葉) 술읏븐뎌 아으
(附葉) 니미 나를 ᄒᆞ마 니즈시니잇가
(五葉) 아소 님하 도람 드르샤 괴오쇼셔

(현대역)

내 님을 그리워하여 울고 다니니
산에 사는 두견새와 비슷합니다.
아니며 거짓인 것을, 아아
남은 달과 새벽별들이 알 것입니다.
넋이라도 님과 한 곳에 있고 싶습니다, 아아
약속을 어긴 사람이 누구십니까?
잘못도 허물도 조금도 없습니다.
멀쩡한 말이신 것을! 죽고 싶습니다, 아아
님이 나를 하마(벌써) 잊으셨습니까?
아, 님이시여! 다시 들으시어 어여삐 여기소서.

② 정읍사

가사가 전하는 유일한 백제노래일 수 있으나 정읍에서 전하는 민
요풍의 노래가 고려에 들어와 궁중악으로 정착하였을 가능성도 많
다. 민요의 〈아롱곡(阿弄曲)〉30)과 유사하다.

前腔   돌하 노피곰 도두샤

어긔야 머리곰 비취오시라

어긔야 어강됴리

小葉   아으 다롱디리

後腔全   져재 녀러신고요

어긔야 즌딕를 드딕욜셰라

어긔야 어강됴리

過編   어느이다 노코시라

金善調   어긔야 내 가논 딕 졈그룰셰라

어긔야 어강됴리

小葉   아으 다롱디리

(현대역)

달님이시여! 높이높이 돋으시어

아, 멀리멀리 비추고 계십시오.

시장에 가 있으신가요?

아, 진 곳을 디딜까 두렵습니다.

어느 곳에다 놓고 계십시오.(어느 여인에게 빠져 있는지요)

아, 내 가는 데 날이 저물까 두렵습니다.

(내 인생길이 험할까봐 두렵습니다.)

---

30) 지헌영, 「정읍사의 연구」, 『아세아 연구4(1)』, 고려대학교 아세아문제연구소, 1961, 144
쪽(재인용)

〈阿弄曲〉月阿 高高的 上來些

遠遠的 照著時羅

漁磯 魚堪釣理 阿弄多弄日日尼(投壺雅歌譜)

③ 사모곡

    호미도 늘히언 마르는
    낟フ티 들리도 업스니이다
    아바님도 어이어신 마르는
    위 덩더둥셩
    어마님フ티 괴시리 업세라
    아소 님하 어마님フ티 괴시리 업세라

    (현대역)
    호미도 칼날이지마는
    낫같이 들 리가 없습니다.
    아버님도 어버이시지만
    위 덩더둥셩
    어머님 같이 사랑하실 사람이 없어라.
    아 님이여! 어머님 같이 사랑하실 이 없어라.

④ 동동

  〈동동〉은 세시풍속(歲時風俗)을 소재로 정월부터 12월까지, 님에 대한 사랑과 그리움, 생의 외로움을 각각 노래하고, 첫 장에 덕과 복이 깃들기를 송축하는 기원의 내용을 덧붙여 13장으로 구성된 우리나라 시가문학상 최초의 달거리 노래라 할 수 있다. 봄과 여름엔 임에 대한 그리움을, 가을 겨울엔 임 없는 외로움을 노래하고 있다.

    德으란 곰비예 받줍고
    福으란 림비예 받줍고
    德이여 福이라 호늘

나ᅀᆞ라 오소이다
아으 動動다리

正月ㅅ 나릿 므른
아으 어져 녹져 ᄒᆞ논ᄃᆡ
누릿 가온ᄃᆡ 나곤
몸하 ᄒᆞ올로 녈셔
아으 動動다리

二月ㅅ 보로매
아으 노피 현 燈ㅅ블 다호라
萬人 비취실
즈ᅀᅵ샷다
아으 動動다리

三月 나며 開ᄒᆞᆫ
아으 滿春 ᄃᆞᆯ욋고지여
ᄂᆞ믜 브롤 즈슬
디녀 나샷다
아으 動動다리

四月 아니 니저
아으 오실셔 곳고리새여
므슴다 錄事니ᄆᆞᆫ
녯나ᄅᆞᆯ 닛고신뎌
아으 動動다리

五月 五日애

아으 수릿날 아춤 藥은
즈믄 힐 長存ᄒ샬
藥이라 받줍노이다
아으 動動다리

六月ㅅ 보로매
아으 별해 ᄇ론 빗 다호라
도라보실 니믈
적곰 좃니노이다
아으 動動다리

七月ㅅ 보로매
아으 百種 排ᄒ야 두고
니믈 ᄒ듸 녀가져
願을 비숩노이다
아으 動動다리

八月ㅅ 보로믄
아으 嘉俳나리마른
니믈 뫼셔 녀곤
오늘낤 嘉俳샷다
아으 動動다리

九月 九日에
아으 藥이라 먹논
黃花고지 안해 드니
새셔 가만ᄒ얘라
아으 動動다리

十月애
져미연 ᄇ릇 다호라
것거 ᄇ리신 後에
디니실 ᄒᆞᆫ부니 업스샷다
아으 動動다리

十一月ㅅ 봉당자리예
아으 汗衫 두퍼 누워
슬홀ᄉ라온뎌
고우닐 스싀옴 녈셔
아으 動動다리

十二月ㅅ 분디남ᄀ로 갓곤
아으 나ᄉᆞᆯ 盤잇 져다호라
니믜 알ᄑᆡ 드러 얼이노니
소니 가재다 므르ᅌᅩ노이다
아으 動動다리

(현대역)

덕은 뒷배에 받잡고
복은 앞배에 받잡고[31]
덕이라 복이라 하는 것들이여
드리러 오십시오.

---

31) '곰ᄇᆡ' '님ᄇᆡ'는 다음과 같이 세 가지로 해석이 가능하다.
① 고물(배의 뒷머리)에 싣고 니물(배의 앞머리)에 싣고
② 뒷잔(盞)에 바치고 앞잔(盞)에 바치고
③ 등(背)에 지고 배(腹)에 안고

정월의 냇물은
아아, 얼고자 녹고자 하는데
세상 가운데 나서는
몸이여! 홀로 지내는구나.

이월 보름에
아아, 높이 켠 등불답구나
만(萬)사람 비추실
모습이도다.

삼월 나며 핀
늦봄의 진달래꽃이여!
남의 부러워할 모습을
지니고 나셨도다.

사월 아니 잊고
아으, 오시는구나 꾀꼬리새여
어찌하여 녹사님은
옛 나를 잊으셨는가?

오월 오일에
아으, 단오날 아침 약은
천 년을 오래 사실
약이라 바치옵니다.

유월 보름에
아으, 벼랑에 버린 빗답도다(같구나)
돌아보실 님을

조금이라도 따르고 싶습니다.

칠월 보름에
아으, 백 가지 음식 차려 놓고
님과 한 곳에 가고 싶어
소원을 비옵니다.

팔월 보름은
아으, 가배날이지만
(옛날에) 님을 모셔 지내곤
오늘날 (외로운) 한가위로다.

구월 구일에
아으, 약이라 먹는
국화꽃이 집안에 드니
띠집이 조용하구나.

시월에
아으, 저민 보리밥(열매) 같구나
꺾어 버리신 후엔
지니실 한 분이 없네.

십일월 봉당자리에
아으, 여름 적삼 덮고 누워
슬프게 살아가는구나
고운 사람 외따로(외롭게) 살아가네.

십이월 분디나무로 깎은

아으, 드릴(님에게 바칠) 상의 젓가락 같구나
님의 앞에 드려 가지런히 놓으니
손님이 가져다 무옵니다.

(5) 시대의 곤궁함

〈쌍화점〉은 고려시대의 타락상을 풍자한 노래인데, 만두집을 통해
회회아비, 곧 외국인들의 도덕적 횡포를, 귀족계급인 삼장사 승려들
의 타락을, 우물용을 빌어 왕실의 타락을, 술집주인을 빌어 부자들의
타락을 풍자하였고, 〈청산별곡〉은 전 8연을 통해 고려시대 시대상과
유랑민들의 떠도는 삶의 곤궁함을 노래하고 있다.

① 쌍화점

이러한 노래들이 궁중에서 연주되었음을 보면 고려시대 연회에서
의 분위기는 꽤나 자유로웠던 듯하다. 무신란 이후, 왕실이나 귀족들
의 권위 추락과 더불어 잔치에 흥을 돋우기 위한 음악의 가사이기
때문일 수도 있다. 외국인의 횡포에 대한 풍자로 회회아비를, 귀족들
의 대표로 승려를, 왕실을 비유하여 우물용을, 부자들의 대표로 술집
주인을 내세워 표면적으로는 그들과 함께하는 사치스러움과 쾌락의
즐거움을 부러워하는 한편 도덕적으로는 부끄러워하는 이중적인 모
습을 비추고 있다. '덦거츠니 업다'는 '더 황홀하고 좋은 곳 없다'는
찬양과 '지저분한 곳 없다'는 이중적인 의미로 해석할 수 있다.

雙花店에 雙花 사라 가고신딘
回回아비 내 손모글 주여이다

이 말ᄉ미 이 店 밧긔 나명들명
다로러거디러 죠고맛감 삿기광대 네 마리라 호리라
더러둥셩 다리러디러 다리러디러 다로러거디러 다로러
그 자리예 나도 자라 가리라
위위 다로러거디러 다로러
긔 잔ᄃᆡ ᄀᆞ티 덦거츠니 업다

삼장ᄉ애 브를혀라 가고신ᄃᆡᆫ
그 뎔 社主샤쥬 내 손모글 주여이다
이말ᄊᆞ미 이절밧긔 나명들명
다로러거디러 조고맛간 삿기 상좌 네 마리라 ᄒᆞ리라
더러둥셩 다리러디러 다리러디러 다로러거디러 다로러
위위 다로러거디러 다로러
긔 잔ᄃᆡ ᄀᆞ티 덦거츠니 업다

드레우므레 므를 길라 가고신ᄃᆡᆫ
우뭇 龍룡이 내손모글 주여이다
이말ᄊᆞ미 이 우믈밧긔 나명들명
다로러거디러 조고맛간 드레바가 네 마리라 ᄒᆞ리라
더러둥셩 다리러디러 다리러디러 다로러거디러 다로러
그 자리예 나도 자라 가리라
위위 다로러거디러 다로러
긔 잔ᄃᆡ ᄀᆞ티 덦거츠니 업다

술풀지븨 수를사라 가고신ᄃᆡᆫ
그 짓아비 내손모글 주여이다
이말ᄊᆞ미 이집밧긔 나명들명

다로러거디러 조고맛간 싀구바가 네 마리라 흐리라
더러둥셩 다리러디러 다리러디러 다로러거디러 다로러
긔 자리예 나도 자라 가리라
위위 다로러거디러 다로러
긔 잔듸 ᄀ티 덦거츠니 업다

(현대역)
만두집에 만두 사러 갔더니만
외국인(이방인)이 내 손목을 잡았습니다.
이 말이 이 가게 밖으로 나고들면
조그만 새끼 광대(어린 배우) 네 말이라 하리라.
그 자리에 나도 자러 가리라.
그 잔 곳 같이 황홀한 데 없다.(지저분한 것 없다)

삼장사에 불을 켜러 갔더니만
그 절 주지 내 손목을 잡았습니다.
이 말이 이 절 밖으로 나고들면
조그만 새끼 상좌 네 말이라 하리라.
그 자리에 나도 자러 가리라.
그 잔 곳 같이 황홀한 데 없다.(지저분한 것 없다)

드레우물에 물을 길러 갔더니만
우물용(임금)이 내 손목을 잡았습니다.
이 말이 이 우물 밖으로 나고들면
조그만 드레박아 네 말이라 하리라.
그 자리에 나도 자러 가리라
그 잔 곳 같이 황홀한 데 없다.(지저분한 것 없다)

술집에 술을 사러 갔더니만

그 집 아비가 내 손목을 잡았습니다.

이 말이 이집 밖으로 나고들면

조그만 술바가지(싀구박아) 네 말이라 하리라.

그 자리에 나도 자러 가리라

그 잔 곳 같이 황홀한 데 없다.(지저분한 것 없다)

② 청산별곡

시대의 불운과 민족의 고뇌 앞에 백성들의 고통이야 말할 나위가 없다. 산으로 바다로 유랑하는 지식인이나 민중이나 힘들기는 마찬가지다. 3연이나 7연에 대해 다양한 해석이 있지만 전체적으로 시대와 민족의 고뇌를 노래한 고려문학의 절창이라 할 만하다. 이 중 대표연은 미워할 사람도 사랑할 사람도 없이 맞아서 우는 '절대고독'이나 '존재론적 외로움'을 노래한 다섯째 연이다. 제5연과 제6연이 바뀌었다는 견해[32]가 있기도 하나 그런 문헌기록이 없을 뿐더러 1연에서 5연까지의 청산에서의 방황이 길기 때문에 바다로 떠날 수밖에 없는 필연성이 생기고 그런 고뇌의 집약된 표현이 5연으로 나타난 것이다.

살어리 살어리랏다

청산(靑山)애 살어리랏다

멀위랑 다래랑 먹고

청산(靑山)애 살어리랏다

얄리얄리 얄랑셩 얄라리 얄라

---

32) 정병욱, 『한국고전시가론』, 앞의 책, 109~110쪽.

우러라 우러라 새여
자고 니러 우러라 새여
널라와 시름 한 나도
자고니러 우니노라
얄리얄리 얄라셩 얄라리 얄라

가던 새 가던 새 본다
믈아래 가던 새 본다
잉무든 장글란 가지고
믈아래 가던 새 본다
얄리얄리 얄라셩 얄라리 얄라

이링공 뎌링공 ᄒᆞ야
나즈란 디내와손뎌
오리도 가리도 업슨
바므란 ᄯᅩ 엇디호리라
얄리얄리 얄라셩 얄라리 얄라

어듸라 더디던 돌코
누리라 마치던 돌코
믜리도 괴리도 업시
마자셔 우니노라
얄리얄리 얄라셩 얄라리 얄라

살어리 살어리랏다
바ᄅᆞ래 살어리랏다
ᄂᆞ믜자기 구조개랑 먹고
바ᄅᆞ래 살어리랏다

얄리얄리 얄라셩 얄라리 얄라

가다가 가다가 드로라
에졍지 가다가 드로라
사스미 짒대예 올아셔
히금(奚琴)을 혀거를 드로라
얄리얄리 얄라셩 얄라리 얄라

가다니 빈브른 도긔
설진 강수를 비조라
조롱곳 누로기 민와
잡스와니 내 엇디ᄒᆞ리잇고
얄리얄리 얄라셩 얄라리 얄라

(현대역)

살아야지 살아야지/ 청산에 가서 살아봐야지
머루랑 다래랑 먹고/ 청산에 한번 살아보리라.

울어라 울어라 새여/ 자고 일어나 울어라 새여
너보다 시름 많은 나도/ 자고 일어나 울고 다니노라.

날아가던 새를 보았는가?/ 물 아래 (비친) 날아가던 새를 보았는가?
이끼 묻은 연장을 가지고 가다가/ 물 아래 날아가던 새를 보았는가?

이렇게 저렇게 하며/ 낮에는 지내왔구나
올 사람도 갈 사람도 없는/ 밤에는 또 어찌 할꼬?

어디라 던지려던 돌인가/ 누구라고 마치려던 돌인가?

미워할 사람도 사랑할 사람도 없이/ 맞아서 우는구나.

살아야지 살아야지/ 차라리 바다로 가서 살아봐야지
나문재나 굴조개 먹으며/ 바다로 가서 살아보리라

가다가 가다가 듣는구나/ (정처없이) 가다가 듣는구나
사슴이 짐대에 올라서/ 해금을 켜는 것(세상의 부조리, 모순)을 듣
는구나.

가다보니 배부른 독에/ 강한 술을 빚는구나
조롱박꽃 모양의 누룩이 매와(독하여)/ 날 붙드니 아니 먹고 어이리.

(6) 무가적 노래

　『시용향악보』에 궁중무가 12편이 실려 있는데 이들의 작품 해석에
는 아직 어려움이 많다. 그러나 신라향가 〈처용가〉에 설화적 내용과
처용의 형상들이 보태어진 고려시대의 〈처용가〉는 려가 중 대표적인
무가적, 주술적 노래이다. 처용과 인간(또는 처용과 나후)이 서로 다투지
않으면 삼재팔난이 소멸할 것을 기원하고, 처용의 형상과 제작, 신라
향가 6행, 그리고 역신을 쫓아내는 모습 등이 가극적(歌劇的) 형태로
구성되어 있다.

① 처용가

　〈처용가〉의 구성은 음악적으로 2장이요, 문학적인 내용은 3단락
으로 나눌 수 있다. 음악적 1장(23행)은 전강 이하 8행, 후강 이하 6
행, 대엽 이하 9행으로 전체는 2장 46행이다. 대엽 아래 부엽과 중

엽의 행만이 차이가 나는데 음악적 구분과 행수를 기록해보면 다음
과 같다.

> 1장
> 전강 4행/ 부엽 1행/ 중엽 1행/ 부엽 1행/ 소엽 1행
> 후강 2행/ 부엽 1행/ 중엽 1행/ 부엽 1행/ 소엽 1행
> 대엽 4행/ ***부엽 1행/ 중엽 2행***/ 부엽 1행/ 소엽 1행
>
> 2장
> 전강 4행/ 부엽 1행/ 중엽 1행/ 부엽 1행/ 소엽 1행
> 후강 2행/ 부엽 1행/ 중엽 1행/ 부엽 1행/ 소엽 1행
> 대엽 4행/ ***부엽 2행/ 중엽 1행***/ 부엽 1행/ 소엽 1행

　내용적 단락을 기원(祈願)의 서사(序詞), 처용의 모습, 처용상(處容像)
제작, 축신(逐神)의 네 단락으로 보고[33] 있으나 처용의 모습과 처용상
제작은 하나의 단락으로 보아 세 단락의 의미요소로 구성되어 있다
고 봄이 더 타당하다. '계면 도ᄅ샤 넙거신 바래'로 단락을 마무리하
기가 어렵고 처용상 제작이 몇 행 되지 않기 때문이다.

> 서사(序詞): 新羅盛代 昭盛代 天下大平 …… 三災八難이 一時消滅ᄒ
> 　　　　샷다
> 처용의 모습과 제작: 어와 아븨 즈싀여 …… 아으 처용아비롤 마아
> 　　　　만ᄒ니여

---

33) 박병채, 『새로 고친 고려가요의 어석연구』, 국학자료원, 1994, 126쪽.
　처용의 모습: 어와 아븨 즈싀여 …… 계면 도ᄅ샤 넙거신 바래
　처용상 제작: 누고 지서 셰니오 …… 아으 처용아비롤 마아만ᄒ니여

축신(逐神): 머자 외자야 綠李야 ······ 아으 熱病大神의 發願이샷다.

　전체 내용 중 해석에 논란이 있는 곳은 서사부분인데, '新羅盛代
昭盛代 天下大平'은 한 행으로 보아 '신라의 화려하고 밝은 시대, 천
하태평한 시대'를 송축한 것이고, '라후덕 처용아바'를 한 행으로 보
아 '나후의 덕을 가진 처용아비'로, '以是人生애 相(常)不語하시란딕'
는 '처용아비와 우리 인간들이 서로(항상) 다투지 않는다면' 인간세상
의 삼재팔난이 한꺼번에 없어질 것이란 의미로 보고자 한다. 〈처용
가〉는 주로 역신(疫神)을 쫓는 나례의식에서 거행되었기 때문이다.

　〈처용가〉를 2장 46행, 음악적 단락으로 정리해보면 다음과 같다.

(전강)	新羅盛代 昭盛代 天下大平
	羅侯德 處容아바
	以是人生애 相(常)不語하시란딕
	以是人生애 相(常)不語하시란딕
(부엽)	三災八難이 一時消滅ᄒ샷다
(중엽)	어와 아븨 즈싀여 處容아븨 즈싀여
(부엽)	滿頭揷花 계우샤 기울어신 머리예
(소엽)	아으 壽命長願(遠)ᄒ샤 넙거신 니마해
(후강)	山象 이슷 깅(깅)어신 눈섭에
	愛人相見ᄒ샤 오슬(올)어신 누네
(부엽)	風入盈庭ᄒ샤 우글어신 귀예
(중엽)	紅桃花ᄀ티 붉거신 모야해
(부엽)	五香 마트샤 웅긔어신 고해
(소엽)	아으 千金 머그샤 어위어신 이베

(대엽) 白玉琉璃ㄱ티 히여신 닛바래
    人讚福盛ㅎ샤 미나거신 특애
    七寶 계우샤 숙거신 엇게예
    吉慶 계우샤 늘의어신 ᄉ맷길헤
(부엽) 셜믜 모도와 有德ㅎ신 가ᄉ매
(중엽) 福智俱足ㅎ샤 브르거신 빈예
    紅輕 계우샤 굽거신 허리예
(부엽) 同樂大平ㅎ샤 길어신 허튀에
(소엽) 아으 界面 도ᄅ샤 넙거신 바래

(전강) 누고 지ᅀᅥ 셰니오
    누고 지ᅀᅥ 셰니오
    바늘도 실도 어ᄢᅵ
    바늘도 실도 어ᄢᅵ
(부엽) 處容아비ᄅᆞᆯ 누고 지ᅀᅥ 셰니오
(중엽) 마아만 마아만ㅎ니여
(부엽) 十二諸國이 모다 지ᅀᅥ 셰온
(소엽) 아으 處容아비ᄅᆞᆯ 마아만ㅎ니여

(후강) 머자 외자야 綠李야
    ᄲᆯ리 나 내 신고흘 ᄆᆡ야라
(부엽) 아니옷 ᄆᆡ시면 나리어다 머즌말
(중엽) 東京 ᄇᆞᆯ근 ᄃᆞ래 새도록 노니다가
(부엽) 드러 내자리ᄅᆞᆯ 보니 가ᄅᆞ리 네히로ᅌᅢ라
(소엽) 아으 둘흔 내해어니와 둘흔 뉘해어니오

(대엽) 이런 저긔 處容아비옷 보시면
    熱病神이ᅀᅡ 膾ㅅ가시로다

千金을 주리여 處容아바

七寶를 주리여 處容아바

(부엽)　　千金 七寶도 말오

熱病神을 날 자바 주쇼셔

(중엽)　　山이여 미이여 千里外예

(부엽)　　處容아비를 어여려거져

(소엽)　　아으 熱病大神의 發願이샷다.

(현대역 : 문학적 의미단락으로 정리)

신라가 한창인, 밝고 번성한 시대에

나후의 덕을 가진 처용아비여(나후덕과 처용아비여)

우리 인생에서 인간과 (처용이) 서로(항상) 다투지 않으면

(나후와 처용이 서로 다투지 않으면)

삼재와 팔란이 한꺼번에 없어질 것이로다.[34]

아, 처용아비 모습이여 처용아비 모습이여

머리에 가득한 꽃을 못 이기어 기울어진 머리에

아, 수명이 길어 (길고 오래도록) 넓은 이마에

산의 모습 같은 짙은 눈썹에

애인을 서로 만난 듯 동그란 눈에

바람이 뜰에 가득하듯 우그러진 귀에

붉은 복숭아꽃같이 붉은 모양(얼굴)에

다섯 향내 맡아 우묵한 코에

---

34) '나후의 덕을 가진 처용아비가 인간들과 서로(항상) 다투지 않으면 삼재팔난이 일시에
소멸하리라'(양주동)는 해석과 '일식과 월식을 일으키는(재앙을 가져주는) 나후신과 인간
을 이롭게 하는 처용신(용의 아들)이 서로(항상) 다투지 않으면 삼재팔난이 한꺼번에 없어
지리라'(김사엽)는 두 가지 해석이 가장 타당성이 있다.

아 천금 먹으시어 넓은 입에
백옥과 유리 같이 하얀 이빨에
사람의 칭찬과 가득한 복으로 밀어 나온 턱에
일곱 보물이 무거워 숙여진 어깨에
좋은 일이 겨워 늘어진 소매에
지혜가 모이어 덕 많은 가슴에
복과 지혜로 가득한 배에
홍정(벼슬아치의 허리띠)이 무거워 굽은 허리에
태평성대를 함께 즐거워하시어 긴 다리에
아, 계면조에 맞추어 돌아 넓은 발에,
누가 만들어 세웠는가? 누가 만들어 세웠는가?
바늘도 실도 없이 바늘도 실도 없이
처용아비를 누가 만들어 세웠는가?
많고 많은 사람들이여.
열두 나라가 모두 만들어 세운
아 처용아비를! 많고 많은 사람들이여.

버찌야 오얏아 푸른 오얏아
빨리 나와서 내 신코를 매어라
아니 곧 매면 험한 말 나오리라.
「서라벌 밝은 달에 밤새도록 노니다가
들어와 자리를 보니 다리가 넷이구나
아아, 둘은 내해이지만 둘은 누구의 다리인고?」
이런 때 처용아비 곧 보시면
열병신이야 횟감이로다
천금을 줄까 처용아바
칠보를 줄까 처용아바

천금이나 칠보도 말고
열병신을 나에게 잡아 주소서
산이여 들이여 천리 밖으로
처용아비를 피하여 가고 싶습니다.
아, 열병대신의 소원이로다.

② 무가 12편/ 内堂

궁중 무가 12편 중 의미 있는 가사로 된 〈내당〉, 〈대왕반〉, 〈삼성대
왕〉, 〈대국 1, 2, 3〉 등의 작품들도 려가 연구의 대상으로 확대하여야
할 것이다. 가장 작품성이 있어 보이는 〈內堂〉 한 편만을 들어보면
다음과 같다. 산속의 맑은 물소리에 사방 두세 리가 무너지는 듯하
다. 한 남종, 두 남종, 열세 남종이 모두 속세의 번뇌나 옷을 빨아
바위에 널어놓는구나. 열 세 남종(남자)이 모두 이별하면 그때 임을
모시고 살겠습니다. 내당의 미륵불에게 이별 없는 삶을 기원하니 다
른 려가 작품들과 이미지가 흡사하다.

山水清涼 소릐와
清涼애사 두스리 믈어디새라
道場애사 오시ᄂ니
ᄒ 남종과 두 남종과
열 세 남종 주어쌧라
바회예 나ᄅ새라
다로럼 다리러
열 세 남종이 다 여위실더라면
니믈 뫼셔 술와지

聖人無上兩山大勒하

다로림 다리러

(현대역)

산속의 맑은 물소리에/ 사방 두세 리가 무너지는 듯하구나.

도량에 오시니/ 한 남종과 두 남종과

열세 남종이 모두/ (번뇌, 옷) 주워 빨아 바위에 널어놓네.

열 세 남종이 모두 이별하면

그때 임을 모시고 살아야지.(살겠습니다)

위 없는 성인 양산의 대 미륵님이여!

(7) 민요적 노래

『시용향악보』에만 실린 노래로 〈유구곡〉과 〈상저가〉가 있는데 이
들은 소박한 민요가 음악에 얹어져 궁중악으로 사용된 경우이다. 〈유
구곡〉은 〈비두로기노래〉라고도 하며 고려 예종이 지었다는 〈벌곡
조〉로 알려져 있고, 〈상저가〉는 〈방아노래, 대악(碓樂)〉인데 소박한
민요임을 알 수 있다.[35]

① 유구곡

비두로기 새ᄂᆞᆫ 비두로기 새ᄂᆞᆫ 우루믈 우루딕

버곡댱이ᅀᅡ 난 됴해 버곡댱이ᅀᅡ 난 됴해

---

35) 필자는 이들 두 노래를 민요로 보아 려가의 장르 속에 포함시키고 싶지 않다. 민요가
궁중음악에 얹혀 불렸으나 이들은 민요의 어휘와 리듬을 그대로 지니고 있어 다른 려가들
과의 이질성이 선명하며 문학성에 있어서도 다른 작품들과의 동질성을 갖고 있지 못하기
때문이다.

(현대역)

비둘기 새는/ 비둘기 새는/ 울음을 울지만

뻐꾹새가/ 나는 좋아/ 뻐꾹새가/ 나는 좋아

② 상저가

듥긔동 방해나 디히 히얘

게우즌 바비나 지서 히얘

아바님 어머님씌 받줍고 히야해

남거시든 내 머고리 히야해 히야해

(현대역)

들커등 방아 찧어/ 게궂은 밥이나 지어

어머님 아버님께 드리고/ 남으면 내 먹어야지

3) 작가와 향유층 및 시대

『악학궤범』, 『시용향악보』, 『악장가사』 등의 문헌은 모두 궁중에서 연주된 악보나 가사를 근거로 한 것으로 보인다. 이렇게 볼 때 궁중 연희음악의 가사로 사용된 려가는 적어도 고려 때 음악기관인 팔방상(八坊廂), 전악서(典樂署), 대악서(大樂署) 등과 같은 전문집단의 예술인, 또는 왕실의 측근에 있는 권문세족이나 식자(識者)들에 의해 민요나 개인 창작곡을 수정하여 음악에 얹어 사용하였으리라 생각된다. 작품의 내용으로 창작자의 계층을 추정해보면 다음과 같다.

관료, 지식인 : 〈정과정곡〉, 〈쌍화점〉, 〈정석가〉, 〈청산별곡〉

지식인층의 부인, 궁녀 : 〈이상곡〉, 〈만전춘〉, 〈서경별곡〉

전문음악집단 : 〈사모곡〉, 〈정읍사〉, 〈동동〉, 〈가시리〉, 〈처용가〉

물론 작품의 내용상 추정되는 작가와 실제 작가가 꼭 일치하는 것은 아니다. 그러나 1차적으로는 작품의 내용과 작가가 일치하는 것으로 보고, 2차적으로는 그러한 대상을 소재로 하여 우수한 시인에 의해 창작되었다고 보는 수밖에 없다. 려가는 궁중의 전유물이었으며 음악이나 예술 전문집단 또는 뛰어난 개인에 의한 창작이라고 보아야 한다. 려가의 작가를 모른다고 하여 민요처럼 다수에 의하여 저절로 지어졌다고 볼 수는 없다. 다만 〈사모곡〉, 〈정읍사〉, 〈동동〉, 〈가시리〉 등에서 민요적인 일면이 엿보이는 것은 어느 장르나 마찬가지로 려가도 민요적인 소재나 형식의 영향을 받은 것일 뿐이다.

려가의 향유층에 대해서는 최동원의 '고려속요의 향유계층과 그 성격'이란 논문에 자세히 언급된 바 있다.[36] 최동원은 려가를 민요적인 성격의 노래가 궁중가악으로 상승한 것으로 보아 필자와 견해를 달리했으나 향유층만은 고려후기 원나라 지배시절의 부패한 왕실과 권문세족으로 보아 필자와 같은 견해를 보이고 있다. 려가가 궁중 잔치음악(演戲樂)이었기 때문에 향유층이 궁중을 중심으로 생활할 수 있었던 왕실이나 귀족들이었음은 쉽게 짐작할 수 있다. 실제로 고종 이후 몽고와의 전쟁으로 왕실이나 상층사회가 아니면 그러한 낭만적인 여유를 가질 수 없었음은 물론이다.

려가는 조선 초에 정착된 것이므로 고려시대의 시가라는 것에 의문을 가질 수도 있으나 려가가 조선시대에 와서 개작(改作)되었다는

---

36) 최동원, 「고려속요의 향유계층과 그 성격」, 『고려시대의 가요문학Ⅱ』, 1982, 95~109쪽.

확증은 찾을 수 없다. 려가를 문제로 삼은 것은 모두 조선시대 도덕적인 문학관에서 비롯된 것으로 작품의 내용이 주로 논란의 대상이었다. 조선 세종 때 〈후전진작(後殿眞勺)〉과 〈무애(无㝵)〉가 음사(淫辭)나 망탄(妄誕)으로 문제가 되었고,37) 성종 때 〈서경별곡〉이 남녀상열지사(男女相悅之詞)로, 〈후정화(後庭花)〉와 〈만전춘〉이 비리지사(鄙俚之詞)로, 〈쌍화점〉과 〈이상곡〉이 음설지사(淫褻之詞)로 문제가 되었으며,38) 중종 때에는 작품 내용 때문에 〈동동〉을 〈신도가〉로, 〈정읍사〉를 〈오관산〉으로, 〈처용무〉와 〈영산회상〉을 〈수만년사(壽萬年詞)〉로 가사를 바꾸어 사용하였다39)는 기록이 있다.

그러나 문제가 되었던 어느 작품도 부분적으로 개작되었다는 증거를 보여주지는 않는다. 〈쌍화점〉가사를 한자가사로 바꾸고 〈청산별곡〉, 〈서경별곡〉 등을 〈납씨가〉, 〈정동방곡〉으로 가사를 전면 대치한 경우는 있어도 부분적으로 문제가 된 부분을 개작한 흔적은 아직 발견되지 않는다. 성종 시에 문제가 되었던 〈서경별곡〉, 〈쌍화점〉, 〈만전춘〉, 〈이상곡〉 등의 어느 부분도 후대에 개작된 것으로 보이지 않고, 성종 때의 편찬인 『악학궤범』에 실린 〈동동〉과 〈처용가〉, 〈정읍사〉의 내용이 중종 때 문제가 되었으나 중종 이후의 편찬인 『악장가사』나 『악학편고』의 어느 기록에도 이들 작품이 개작된 흔적은 보이지 않는다.

려가의 작품별 창작시기는 〈정과정곡(의종 때)〉과 〈쌍화점(충렬왕 때)〉 정도를 제외하고는 정확한 연대를 추정하기 어려운 형편이다. 그러

---

37) 세종 元年 1월 丙午, 16년 8월 己酉
38) 성종 19년 4월 丁酉, 19년 8월 甲辰, 21년 5月 壬申
39) 『중종실록』 권32, 13년 4월 己巳

나 대체로 12세기 중엽부터 형성되기 시작하여 13세기와 14세기에
주로 창작된 장르로 보이며, 가장 융성했던 기간은 1300년(충렬왕대)
전후로 짐작된다. 그리고 작가층은 관료나 지식인, 궁녀, 지식인의
부인, 예술전문집단 등이고, 향유층은 왕실과 연희에 참여할 수 있었
던 귀족 내지는 권문세족들로 추정된다.

4) 려가의 장르적 특성과 정서

(1) 려가의 장르특성

려가의 장르적 특성은 향가와의 차별성을 통하여 더욱 선명히 알
수 있다. 문학은 그 시대와 그 시대를 산 사람들에 대한 기록이요 체
험이기에 문학적 성격을 통하여 그 시대의 성격을 조명해볼 수 있
고, 역으로 그 시대의 특성으로 문학적 성격을 유추할 수도 있다. 또
한 그 시대와 사회의 성격을 토양으로 하여 형성된 문학은 그 효용
이나 필요성에 의해 문학의 양식이 결정되기도 한다. 향가문학과 다
음 시대인 려가문학의 성격을 대비하여 도표로 정리해 보면 다음과
같다.[40]

---

40) 이임수, 「향가문학과 신라인의 의식」, 『문학과 언어』 제23집, 문학과언어학회, 2001,
　46쪽.
　*서정표현의 특성으로 언급한 '이성적 평담성'과 '감성적 격정성'은 박노준의 견해임.
　(박노준, '향가와의 대비로 본 속요의 정서' 『향가 여요의 정서와 변용』, 태학사, 2001)

〈표 5〉 향가와 려가의 성격 비교

항목 \ 시가	신라시가(향가, 歌詞不傳 작품 참조)	고려시가(려가)
신관(神觀), 세계관	풍류도(風流道) 또는 불교적 세계관 신본주의(神本主義) 세계관	신=자연=님, 범신론적 세계관 인본주의(人本主義) 세계관
시대상	삼국통일 의지, 평화시대	외환(外患), 전쟁, 난세(亂世)
가치관	국가, 집단적 가치 존중	개인적 자유, 평화 갈구
이상향	불교적 구원 국가적 인물(화랑) 필요	인간 자각(自覺), 임과 함께 있는 영원한 평화를 동경
작품의 성격	치리성(治理性), 기원성(祈願性), 주술성(呪術性)	낭만성, 순수 서정성
효용, 기능	신악적(神樂的) 의식(儀式)에 사용	연악적(宴樂的) 유흥에 사용
형식	정제된 정형, 단형(短型), 삼구육명(三句六名)	연장체, 장형(長型), 반복, 여음(간주곡)
음악	단순한 고정음악(동일음악), 현장성	다양한 개별음악, 궁중악
서정표현특성	이성적 평담성(平淡性)*	감성적 격정성(激情性)*

(2) 려가의 정서

신라의 향가가 평화로운 시대의 국가적 힘을 바탕으로 한 의지적
인 노래임에 비해 고려의 노래는 내우외환(內憂外患)의 어려운 시대 환
경에서 인간존재의 자각을 통해 섬세한 개인 서정을 노래하고 있다.
이들 문학의 서정을 현실적인 바탕이 된 정서와 작가의 내면세계, 작
품의 지향점으로 나누어 정리해보면 다음과 같다.

첫째, 려가의 바탕이 된 정서는 현실, 곧 삶의 고통과 비애이다.

고려 고종 때 몽고의 침입으로부터 원의 피지배 시절까지 100여 년의
기간 동안, 사회적인 혼란과 백성들의 고통은 이루 말로 표현할 수
없는 형편이었다. 그러므로 현실적으로 높은 지위에 있으며 향락을
즐기는 사람이나, 조정에서 멀어진 사람이나, 일반 백성이나 다같이
현실적인 불안감 속에 놓여 있었음은 분명한 사실이다.

둘째, 작가의 내면적 정서는 영원한 것에의 그리움이다. 이러한 현
재의 부정적 시각은 지나간 과거에 대한 향수와 평화로운 미래에 대
한 막연한 동경으로 이어졌다. 곧 선왕성대(先王盛代)와 과거의 태평성
대를 그리워하고(先王聖代에 노니ᄋ와지이다 〈정석가〉) 이별 없고 고통 없는
영원한 미래를 염원[41]하는 작가의 내면정서로 이어졌다.

셋째, 작품의 지향점, 곧 작가가 이르고자 하는 세계는 신, 인간,
자연의 영원한 조화이다. 현실의 고통과 영원한 것에의 그리움은 작
품의 지향점으로 님과 신, 자연을 동일시한 조화를 통해 영원한 화합
에 이르고자 한다. 〈정읍사〉에서 달은 곧 자연물이면서 신이요, 님에
대한 기원이며, 〈정과정곡〉에서 접동새는 곧 나이고, 하늘의 잔월효
성(殘月曉星)은 자연물이면서 진실을 아는 신이요, 임금이요 님이다.
〈동동〉에서 님은 곧 신이요 자연이며, 〈처용가〉에서는 신들과의 조
화를 통한 평화를 기원하고, 〈만전춘〉에서는 자연과 님과 내가 하나
되는 이상향을 노래하고 있다. 신라시대는 샤머니즘이나 불교가 자
연과 인간보다 우위에 있었으나 고려시대에는 인간존재에 대한 자각
으로 신, 자연, 인간이 동등한 위치에서 염원의 대상이 되었다. 조선

---

41) 아소 님하 遠代平生에 여흴술 모ᄅᆞᆸ세 〈만전춘〉
　　아소 님하 흔듸 녀젓 期約이이다 〈이상곡〉
　　아소 님하 도람 드르샤 괴오쇼셔 〈정과정곡〉

시대에는 성리학의 영향으로 신의 영역이 떨어져 나가고 인간과 자연만이 문학의 장(場)에 남게 된다.

3. 경기체가 – 정형시가로 장르독립

1) 장르형성 및 기본형

경기체가 장르에 대한 명칭은 景幾體(안확), 景幾體歌(조윤제), 景幾何如歌(이명선, 구자균), 景幾何如歌體(우리어문학회 국문학개론), 別曲(김태준), 別曲體(이병기, 양주동), 別曲體歌(김기동, 김창규), 翰林別曲體(김사엽, 정병욱), 景幾體別曲(박성의), 翰林詩(김창규) 등 실로 다양하게 불리기도 하는데 지금까지 학계에서 가장 많이 쓰여진 '景幾體歌'란 이름을 사용하기로 한다. 경기체가란 명칭도 작품 속에 '-景 긔 엇더 ᄒ니잇고'나 '景幾何如' 등의 구절이 있기에 붙여진 이름이다.[42]

장르명칭에 대한 견해들을 보면, 정병욱은 속요(여요, 고려가요, 려가)를 '청산별곡류'로, 경기체가를 '한림별곡류'라 하고 전체를 '別曲'이란 이름으로 불렀으며, 조윤제님은 청산별곡류를 '長歌', 한림별곡류를 '경기체가'라 이름했고, 이병기님은 청산별곡류만을 '별곡'으로, 한림별곡류를 '별곡체'라 했으며, 이명구님은 청산별곡류를 '속요'로, 한림별곡류를 '경기체가'로, 전체를 '고려가요'라 이름했다. 그러므로 학자들의 논문을 읽을 때 그 명칭이 지칭하는 장르가 무엇인가를 정확히 알아야만 올바른 이해가 가능하다.

---

42) 특수한 句節이나 字句의 사용으로 장르이름을 붙이거나, 특수한 자구를 '-體'라고 부르는 것에 문제가 없는 것은 아니지만 학계에서 통용되어온 명칭을 일단 사용하기로 한다.

경기체가의 성격을 조윤제는 단가(短歌)에서 장가(長歌)로 변천하는 과도기의 소산으로 사(詞)와 사륙문(四六文)을 모방한 특권계급의 기형적이고 퇴폐적인 문학이라 하였고, 정병욱은 청산별곡류와의 동질성을 들어 별곡이라 이름하고 전통적 시가형식을 계승한 문학으로, 이명구는 송사(宋詞)와 당악의 영향을 받은 신흥사대부의 발랄하고 활기찬 문학으로 보았다.

경기체가의 장르에 대하여 서정문학(抒情詩歌), 서경문학(敍景詩歌), 교술문학(敎述詩歌), 서정과 교술의 혼합 등 여러 가지로 성격을 규명하고 있다. 그러나 경기체가는 서구적인 3분법이나 조동일의 4분법에 합당한 단순한 장르로 보이지는 않는다. 김흥규의 '교술과 서정이 대조적인 범주로 준별될 수 없는 사고방식과 지향을 가진 문화의 소산'이며, '조동일의 개념을 빌어서 말한다면 그것은 서정과 교술의 중간에 있는 장르이며, 전통적 3분법의 틀을 참조한다면 서정의 가장자리에 있는 주변 장르이다'라고 한 견해43)는 타당한 설명이라 생각된다.

문헌자료에 대한 연구로는 최정여, 김창규, 이상보, 김문기, 장르론으로는 조동일, 김학성, 김흥규, 일반론으로는 이명구, 김창규, 김준영, 김택규, 김문기, 성호경 등 여러 학자들의 연구업적이 있다.

경기체가의 첫 작품으로는 고려 고종 때의 〈한림별곡〉을 들 수 있다. 그러나 근자에 〈한림별곡〉의 창작시기를 안축의 〈관동별곡〉 및 〈죽계별곡〉과 비슷한 14세기로 보려는 견해44)도 있으나 '高宗時翰林

---

43) 김흥규, 「장르론의 전망과 경기체가」, 『한국시가문학연구』(백영 정병욱선생 환갑기념 논총2), 신구문화사, 1984, 244~245쪽.
44) 성호주, 『경기체가의 형성연구』, 제일문화사, 1988, 101~104쪽.

諸儒所作'이란 기록이나 '琴學士의 玉笋門生 위 날조차 몃부니잇고'라고 한 내용으로 보아 최소한 금의(琴儀)의 문하생들에 의한 창작으로 생각된다. 문하생들이 선생에 대한 추앙과 자신들의 당당함을 노래했기에 '나'라는 대명사를 직접 사용한 것으로 보인다. 금의는 1230년 고종 17년에 타계했으므로 그의 문하생들이 살아서 추앙하던 시기는 적어도 13세기 중엽, 고종대(1214~1259)를 넘지는 않을 것으로 짐작된다.

이러한 새로운 양식의 작품은 완전히 새로운 독창적 창조물은 아니다. 어디에서 주된 영향을 받아 양식의 형태가 완성되었느냐의 문제는 있겠지만 한 장르에서 그대로 답습한 것이라고 할 수는 없다. 경기체가의 양식 또한 전래의 향가문학이나, 〈정과정곡〉 등 초기 려가작품과 민요 등에 외래적인 한시(漢詩)나 사륙문(四六文), 송사(宋詞), 악부(樂府) 등의 영향과, 음악적으로는 당악의 향악화의 한 과정으로 한자가사의 사용 등 다양한 영향들로 이루어진 특이한 양식이라 할 수 있다.

장르의 변화나 발달은 동질성에서부터 이질성으로, 하나에서 여럿으로 다양한 변화를 추구하는 것이기에 경기체가 또한 하나의 개별 속악곡(俗樂曲)에서 출발하였으나 〈관동별곡〉과 〈죽계별곡〉 등의 유사한 모형이 만들어지고, 조선 초에 이르러 조정의 필요에 의하여 여러 작품들이 창작되어 악장으로 사용됨으로써 비로소 하나의 장르를 형성하게 된 것이다.

〈한림별곡〉은 속악(俗樂/鄕樂)의 개별 악곡인 려가의 한 작품으로 창

성호경, 『한국시가의 유형과 양식연구』, 영남대출판부, 1995, 121~136쪽.

작되었다. 그러므로 운율이나 리듬에 있어 다른 려가작품들과 크게 다르지 않다. 한 예로 〈쌍화점〉과 〈정석가〉의 한 장씩만을 보면 경기 체가와 결코 다른 리듬이라고 할 수 없으며[45] 〈한림별곡〉과 〈관동별 곡〉, 〈죽계별곡〉의 우리말이나 이두를 보면 려가의 운율들과 크게 다르지 않다.[46] 이러한 유사성 때문에 정병욱은 같은 별곡의 범주에 포함시킨 것이다. 려가와의 공통점을 찾아보면, 각 장(연)이 연장체(첩 연)이고, 각 장이 전절(前節)과 후절(後節)로 구분되며, 한 장(연)이 6행 인 경우가 많고, 음보와 음수율이 서로 비슷하다. 그러나 조선 초기 동일한 형태의 악장이 〈한림별곡〉의 형식을 취하여 창작됨으로써 경 기체가는 려가와 차별적인 정형성을 획득하게 되었다.

---

45) 쌍화점에 쌍화사러 가고신딘
　　회회아비 내손모글 쥐여이다
　　이말쓰미 이졈밧긔 나명들명
　　(다로러거디러)죠고맛감 삿기광대 네마리라 호리라
　　(더러둥셩 다리러디러 다리러디러 다로러거디러 다로러)
　　긔자리예 나도자라 가리라
　　(위위 다로러거디러다러리)
　　긔 잔듸가티 덤거츠니 업다 　(쌍화점 1장)

　　삭삭기 셰몰애 별혜나는
　　삭삭기 셰몰애 별혜나는
　　구은밤 닷되를 심고이다
　　그바미 우미도다 삭나거시아
　　그바미 우미도다 삭나거시아
　　有德ᄒ신 님믈 여희ᄋ와지이다　(정석가 1장)

46) 위 내 가논딕 눔 갈셰라 　(8장 4행) 〈한림별곡〉

　　爲 古溫貌 我隱 伊西爲乎伊多 (4장 4행)
　　爲 鷗伊鳥 藩甲豆斜羅 　　　(7장 6행) 〈관동별곡〉

　　爲 千里相思 又奈何 (4장 6행)
　　爲 四節 游是沙伊多 (5장 6행) 〈죽계별곡〉

고려시대의 이들 경기체가는 엄격한 형태의 정형문학은 아니다.
〈한림별곡〉에서조차 일정하지 않던 장르양식이 조선 초기에 이르러
그 정형성을 의식하였음을 알 수 있다. 〈화산별곡〉, 〈연형제곡〉, 〈오
륜가〉, 〈성덕가〉, 〈구월산별곡〉 이 다섯 작품의 음수율은 다음과 같
은 동일한 정형을 지니고 있다. 〈구월산별곡〉은 개인의 창작이나, 작
가 유영(柳潁)이 태조에서 세종 때까지 중앙에서 벼슬(대사헌, 예조참판)
을 한 관료로 당대의 경기체가에 정통하였던 것으로 생각된다.

> 元淳文 仁老詩 公老四六
> 李正言 陳翰林 雙韻走筆
> 冲基對策 光鈞經義 良鏡詩賦
> 위 試場ㅅ景 긔 엇더 ᄒ니잇고
> 琴學士의 玉笋門生 琴學士의 玉笋門生
> 위 날조차 몃부니잇고 (한림별곡 제1장)

> (현대역)
> 유원순의 문장, 이인로의 시, 이공로의 사륙병려문
> 이규보와 진화의 쌍운으로 빨리 짓기
> 유충기의 대책문, 민광균의 경서풀이, 김양경의 시와 부
> 아! 이들이 과거보는 모습 그 어떠합니까?
> 금의의 옥순과 같이 빼어난 제자들
> 아! 나와 더불어 몇 분입니까?

> 華山南 漢水北 朝鮮勝地
> 白玉京 黃金闕 平夷通達
> 鳳峙龍翔 天作形勢 經緯陰陽

위 都邑ㅅ景 긔 엇더 ᄒᆞ니잇고
太祖太宗 創業貽謨 太祖太宗 創業貽謨
위 持守ㅅ景 긔 엇더 ᄒᆞ니잇고　(화산별곡 제1장)

(현대역)

화산의 남쪽 한강의 북쪽, 조선의 명승지
백옥 같은 서울, 황금 궁궐에 사방이 넓게 평온한 곳
하늘이 만든 봉황과 용 같은 형세에 경위와 음양을 갖춘 곳
아! 이곳에 도읍한 모습 그 어떠합니까?
태조와 태종께서 도모한 나라를 세운 지혜
아! 선조의 왕업을 지키는 모습 그 어떻습니까?

3, 3, 4 /
3, 3, 4 /
4, 4, 4 /
위 -景 긔엇더 ᄒᆞ니잇고　(전절)

4, 4, 4, 4 /
위 -景 긔엇더 ᄒᆞ니잇고　(후절)

　형식의 변화에 따른 종류로 기본형, 변격형, 파격형으로 나누기도
하는데, 기본형을 어떻게 설정하고 무엇을 변형(變形)이나 파형(破形)
으로 보느냐의 문제는 그 관점에 따라 달라질 수 있다. 위의 형식을
경기체가 장르의 기본형[47]으로 하고 경기체가 문학이 갖는 공통적인

---

47) 기본형의 설정에는 제4행과 제6행의 '위'와 '--景 긔 엇더 ᄒᆞ니잇고'를 어떠한 음수율로
　　계산하느냐에 따라 학자들마다 다양한 음수율로 제시하고 있다.

형식을 정리해 보면 다음과 같다.

① 모두가 연장체(聯章體/疊聯)로 이루어졌다.

② 한 장이 6행으로 전절 4행, 후절 2행으로 구성되어 있으며,

③ 제1, 2, 3행은 3음보이고 주로 '3, 3, 4 / 3, 3, 4 / 4, 4, 4'의 음수가 많으며,

④ 제5행은 '4, 4, 4, 4' 또는 '4, 4'의 음보(4음보 또는 2음보)와 음수로 구성되었고,

⑤ 제4행과 제6행은 '-景 긔엇더 ᄒ니잇고'의 형태이나 우리말로의 변형도 있다.

2) 고려시대의 작품들

(1) 〈한림별곡〉

〈한림별곡〉은 1장에서 문인들의 과거보는 풍류를, 2장은 서책을 읽는 풍류를, 3장은 붓글씨(서예)의 풍류를, 4장은 좋은 술(명주, 名酒)을 마시는 풍류를, 5장은 아름다운 꽃들이 피어 있는 모습을, 6장은 아름다운 음악의 연주 모습을, 7장은 명산(名山)과 호반(湖畔)의 정자에 꾀꼬리가 우는 정경을, 8장은 미인과 함께 그네를 타는 황홀한 정경을 노래한 서경과 서정이 어우러진 문학이다. 그러므로 문학을 통하여 어떤 관념이나 목적을 보급하거나 설득하려는 교술문학의 내용과는 거리가 있다.

서정문학이냐 서사문학이냐 하는 갈래는 작품자체가 인간의 정서를 어떤 양식에 담아 자신을 표현하고자 하는가, 아니면 자신의 생각을 객관적 이야기를 통하여 효과 있게 전달하고자 하는가 하는 문학

의 표현방식과 효용사이에서 결정되어야 한다. 그러므로 교술문학의 개념도 어떤 관념, 곧 도덕이나 종교 등 특정한 목적을 실현하기 위한 일종의 문학양식이라고 해야만 그 존재의의가 있다.

〈한림별곡〉의 작품은 훌륭한 문장가들, 좋은 서책, 멋있는 글씨, 좋은 술, 아름다운 꽃들, 아름다운 음악, 아름다운 자연의 정경에서 아름다운 미인과 함께 즐기려는 이상향의 서정을 노래한 것이다. 이러한 서정은 려가의 보편적인 서정과 일치한다. 현실에의 고통과 비애를 덮어두고 모든 것이 조화된 영원한 이상향을 추구하려는 고려인들의 염원이 나타나 있다.

이와 같이 고려속악의 한 개별악곡으로 창작된 〈한림별곡〉 형식은 다른 려가들이 우리말가사로 노래할 뿐 기록할 수 없었음에 비해 기록을 통하여 읽을 수 있다는 장점과, 한자를 가사로 사용한 점, 사물의 나열이라는 손쉬운 구성양식 등으로 인하여 신흥사대부들의 흥미를 끌어 안축에 의해 〈관동별곡〉과 〈죽계별곡〉이라는 개인 창작이 이루어진다.

(2) 〈관동별곡〉, 〈죽계별곡〉

이 두 작품은 모두 안축의 작으로 관동지방과 죽계지방의 자연 풍치를 노래한 유람 기행문학이며 풍류문학인 셈이다. 〈관동별곡〉은 고려 충숙왕 17년(1330) 안축이 강원도 존무사(存撫使)로 있다가 돌아오는 길에 관동지방의 절경을 보고 읊은 것이고, 〈죽계별곡〉은 그의 고향인 순흥 죽계에 돌아와 죽계의 좋은 경치와 아름다운 풍속(勝景과 美風)을 노래한 것이다. 근재집(謹齋集)과 죽계지(竹溪志)에 실려 있다.

海千重 山萬疊 關東別境

碧油幢 紅蓮幕 兵馬營主

玉帶傾蓋 黑槊紅旗 鳴沙路

爲 巡察景 幾何如

朔方民物 慕義起風

特 王化中興景 幾何如　（관동별곡 제1장）

(현대역)

바다는 천겹이요 산은 만첩인 관동의 특별한 경계

푸른 깃발과 붉은 연꽃 휘장 속 병마의 영주가 되어

옥띠 두르고 가마 타고 검은 창과 붉은 깃발에 명사길로

아! 순찰하는 그 모습 어떻습니까?

삭방의 백성과 재물을 보살펴 의로움을 사모하는 기풍을 일으켜

특별히 왕의 교화로 중흥하는 모습 그 어떻습니까?

　이들 고려시대의 경기체가 작품들에서 교술적 성격이 짙어 보이지
는 않으나, '날조차 몃부니잇고'나 '景긔 엇더ᄒ니잇고'의 상투적인
어투들이 조선의 악장에서 자랑풍의 호기를 노래하는 문학으로 발전
할 가능성을 잠재하고 있었다고 할 수 있다.

4. 성리학의 발달과 새로운 문학의 태동

1) 시조문학의 발생

　고려시대 려가가 잔치의 유흥에 사용된 낭만적인 서정성의 장르임
에 비해, 신흥사대부들에 의해 시작된 시조문학[48]은 초장, 중장, 종

장 3행 형식의 단형화(短形化)와 정형화(定形化)를 통하여 유학자들의 즉물적인 서정표현에 적합한 장르로 발달되었다.

　형성기의 가장 신빙성 있는 작품으로 우탁과 이조년의 시조를 들 수 있다. 두 사람은 서로 비슷한 시대에 생존하였는데, 여말 유학의 선구자인 우탁을 비롯하여 이조년도 과거출신의 신흥사대부다. 성리학을 공부한 신흥사대부들은 부패한 왕실이나 권문세족들과 달리 도덕적 순수성과 유학사상을 뿌리로 새로운 문학장르인 시조형식을 창안해 내었다.

> 春山에 눈 노긴 바람 건듯 불고 간 듸 업다
> 져근듯 비러다가 마리 우희 불니고져
> 귀 밋틱 힌 무근 셔리를 녹여볼가 ᄒ노라. (우탁)

> 혼 손에 막듸 잡고 혼 손에 가싀 쥐고
> 늙는 길 가싀로 막고 오는 白髮 막듸로 치려터니
> 白髮이 제 몬져 알고 즈럼길노 오더라. (우탁)

> 늙지 말려이고 다시 져머 보려튼니
> 靑春이 날 소기니 白髮이 거위로다
> 잇다감 곳밧출 지날졔면 罪지은듯 ᄒ여라. (우탁)

> 梨花에 月白하고 銀漢이 三更인졔
> 一枝 春心을 子規야 알랴마는
> 多情도 病인 양ᄒ야 잠 못드러 ᄒ노라. (이조년)

---

48) 최동원, 「시조의 형성계층과 그 형성기」, 부산대학교 문리대논문집 16집, 1977. (고시조론, 35~54쪽)

이들이 생존한 시대는 유학적 개혁의지가 시조작품에 형상화되지
는 못하고, 개인적인 정서로 늙음을 한탄하거나 연약한 인간의 심사
를 서정 자체로만 노래하고 있다. 우탁의 시조는 늙음 자체를 노래하
고 있는 반면, 이조년의 시조는 왕정(王政)이나 시대상을 배경으로 하
고 있는 듯도 하나 표면에 나타나지 않고 서정 속에 숨어 있다.

이 시대는 원의 지배도 어느 정도 관습화되어 시대의 고뇌보다는
개인의 서정을 노래한 시조가 꽤나 창작되었을 것으로 추정되나 백
여 년 이상 구전된 관계로 남아 전하는 작품이 많지 않은 형편이다.
이밖에 고려 말에 지어진 작품으로 고려의 멸망이나 조선건국과 무
관한 것으로는 최영과 이존오의 시조가 있다.

> 綠駬霜蹄은 櫪上에서 늙고 龍泉雪鍔은 匣裏에 운다
> 丈夫의 혜온 뜻을 쇽절업시 못이로고
> 귀밋테 흰털이 늘리니 글을 셜워 ᄒ노라. (최영)

최영장군의 시조는 만년(晩年) 어수선한 시대에 포부를 이루지 못하
고 스스로 늙었음을 한탄하는 서정시조이다. 이 시조는 시대적인 근
심(憂國)이 바탕이 되었을 수도 있으나 아직 풍자나 도덕 자체가 주된
효용으로 창작되어진 것으로 보이지는 않는다. 그러나 이존오의 시
조에서는 최영의 작품보다 풍자성이 두드러진다.

> 구름이 無心탄 말이 아마도 虛浪ᄒ다
> 中天에 써 이셔 任意로 ᄃ니면서
> 구틱야 光明ᄒᆫ 날빗츨 싸라가며 덥ᄂᆞ니. (이존오)

공민왕의 실정과 신돈 등 간신배들을 풍자한 시조이다. 그밖에 기록에 남아 있는 을파소, 성충, 설총, 강감찬, 최충, 곽여, 정지상, 이규보, 정몽주 모친 등의 시조작품은 본인들의 창작에 의문이 많다. 그러므로 조선 건국 전에 타계한 사람들의 작품으로 신빙성이 높은 것은 이 네 사람의 작품뿐인 셈이다. 이들로 보아 고려조의 시조 형성기에 이미 순수 서정시조와 풍자류의 서정시조가 소수나마 편린(片鱗)을 보이고 있음을 알 수 있다.

2) 가사문학의 발생

(1) 가사문학의 형성과 효시작품

가사문학은 경기체가의 교술적 성격에다 시조 4음보의 반복을 통한 형식의 장형화로 만들어진 장르로 보인다. 고려시대 경기체가인 〈한림별곡〉, 〈죽계별곡〉, 〈관동별곡〉 등의 나열이나 서술적인 표현에 1행 4음보의 시조형식을 계속 반복함으로써 자신의 곡진한 마음을 충분히 표현할 수 있는, 시가와 산문의 중간 장르로 발달하였다.

가사문학의 형성기와 작품에 대한 학계의 일치된 견해는 아직 없고, 고려 말 공민왕 때(1370년 전후) 승려인 나옹의 〈서왕가〉를 효시(嚆矢) 작품으로 보거나 조선 초 성종 시(1470년경) 정극인이 지었다고 전하는 〈상춘곡〉을 효시 작품으로 보는 두 견해가 있다. 초기 학자들은 조선 초의 〈상춘곡〉을 첫 출발로 보았으나 고려 말에 지었다고 전하는 신득청의 〈역대전리가〉나 나옹의 작이라 전하는 〈승원가〉 등이 이두형태의 기록으로 발견됨으로써 고려 말 발생설에 더 많은 학자들이 동조하고 있는 형편이다.

조선 초에 지었다는 〈상춘곡〉에 대해 이상보[49], 전일환[50]이 정극
인의 작품이라는 긍정적인 의견을 발표한 데 비하여, 권영철[51], 강전
섭[52], 최강현[53] 등은 정극인의 작품이 아니라는 부정적인 견해의 논
문들을 발표하였다.

권영철은 〈상춘곡〉이 정극인의 작품일 가능성에 대해 긍정적 입장
과 부정적 입장을 비교한 후 후세인(後世人)의 작일 가능성이 더 많은
것으로 판단하였고, 강전섭도 '〈상춘곡〉은 傳丁克仁作이라 할 작자
미상의 작품'이라 하였다. 최강현은 『가사문학론』에서 〈상춘곡〉의
내용, 수사, 형식, 판본, 관련 기록문헌, 『불우헌집(不憂軒集)』의 시문
(詩文) 내용과 비교, 어휘, 사상 등에 대한 종합적인 검토결과 〈상춘
곡〉이 『불우헌집』에 실려 있더라도 정극인의 작품이 아니라는 결론
을 내리고 있다.[54]

또한 정재호[55]·전일환[56]은 고려말 나옹과 신득청의 가사도 조선
후기의 위작으로 보았다. 그러나 훈민정음 창제 이전에 가사작품이
창작되었다면 향찰이나 이두형태의 기록이었을 것이므로 〈승원가〉
와 〈역대전리가〉를 주목하지 않을 수 없다.

---

49) 이상보, 「정극인의 상춘곡 연구」, 『명지어문학』 6집, 명지대, 1974.
   이상보, 『한국가사문학의 연구』, 형설출판사, 1993(재판), 50~67쪽.
50) 전일환, 『우리 옛 가사문학의 이해』, 전주대학교 출판부, 2002, 130~142쪽.
51) 권영철, 「불우헌가곡 연구」, 『국문학연구』 2집, 효성여대, 1969.
52) 강전섭, 「한국가사문학사상의 낙은별곡의 위치」, 대전농업고등전문학교 논문집 1호, 1970.
53) 최강현, 「가사의 발생사적 연구」, 『새국어교육』 18~20합호, 1974.
54) 최강현, 『가사문학론』, 새문사, 1986, 162~212쪽.
55) 정재호, 『한국가사문학의 이해』, 고려대학교 출판부, 1998, 47~135쪽.
56) 전일환, 『우리 옛 가사문학의 이해』, 전주대학교 출판부, 2002, 108~130쪽.

(2) 〈승원가〉와 〈역대전리가〉

① 나옹화상의 〈승원가〉

나옹은 1320년 경북 영해에서 태어났는데 20세가 되어 이웃의 벗이 갑자기 죽는 것을 보고 문경 공덕산 묘적암의 요연(了研)선사에게 출가하였다. 1347년에 원나라 연경으로 가서 지공화상(指空和尙)에게 배우고, 평산처림(平山處林)선사, 무상(無相)화상, 고목영(古木榮)화상, 천암장(千巖長)화상 등을 만나 견문을 넓혀 중국황제와 태자로부터 금란가사와 보물들을 받기도 하였다. 귀국하여 1360년에 오대산 상두암에 머물다 공민왕의 부름으로 출사와 사퇴를 반복하였다. 1365년 3월 병으로 사퇴하여 용문사 원적암, 금강산 정양암 등 여러 산문을 다니다 1369년에 회암사 주지가 되었다.[57]

나옹이 주로 포교에 힘쓴 것은 이때(1369년)부터 입적한 1376년 사이로 생각된다. 1360년에 원나라에서 귀국하였으니 나옹의 가사 〈승원가〉나 〈서왕가〉의 창작 연대는 1360년을 앞서지 않고, 왕명으로부터 자유로워진 1365년 이후이거나 회암사 주지를 맡은 1369년에서 열반한 1376년 사이일 가능성이 높다. 〈승원가〉는 1971년 김종우가 부산 동래에 거주하는 조혁제의 집에서 가보로 전해지는 이두체 필사본을 발견하여 학계에 발표한 가사작품이다.[58]

• 僧元歌(懶翁和尙)

主人公 主人公我	世事貪着 其萬何古
慙愧心乙 而臥多西	一層念佛 何等何堯

---

57) 최강현, 「서왕가의 종합적 연구」, 『가사문학론』, 새문사, 1986, 140~142쪽.
58) 김종우, 「나옹화상과 그의 가사」, 『향가문학연구』, 삼우사, 1975, 323쪽.

昨日 少年乙奴	今日白髮 惶恐何多
朝積那殘 無病拖可	夕力羅皁 未多去西
手足接古 死難人生	目前厓　 頗多何多

주인공 주인공아	세사탐착 그만하고
참괴심을 이받아서	일층 염불 어떠하뇨
어제 소년으로	오늘 백발 황공하다
아적나잔 무병타가	저녁나잘 못다가서
손발접고 죽는 인생	목전에 파다하다.

② 신득청의 〈역대전리가〉

〈역대전리가〉의 작가인 신득청(申得淸)은 이름(諱)이 중청(仲淸)인데 개명하여 득청(得淸)이라 했고, 자(字)가 징수(澄叟), 호(號)가 이유헌(理 猷軒), 봉정재(鳳停齋)이고 지순(至順) 임신년(壬申年, 1332)에 태어나서 고 려가 망한 홍무(洪武) 25년 임신년(壬申年, 1392)에 동해(東海)에 투신하 여 순국하였다고 한다.

『화해사전(華海師全)』에는 〈歷代轉理歌〉라 하고 『예주세록(禮州世錄)』 에는 〈歷代典理歌〉라 기록되어 있다. 〈歷代轉理歌〉는 '역대 제왕들 의 치적에 따른 국가 흥망의 변화하는 이치의 노래'라는 뜻인데 비해 〈歷代典理歌〉는 '역대 국가들의 모범이 되는 이치를 노래'한다는 뜻 이다. 작품을 보면 역대 중국 왕조들이 정치의 잘못으로 나라가 망하 였음을 경계하는 내용이니 〈歷代轉理歌〉란 제목이 더 합당해 보인 다. 국문학계에서도 『화해사전』의 기록을 근거로 〈歷代轉理歌〉라 명 명하고 있다.59)

필자는 〈역대전리가〉의 작품 내용을 네 단락으로 나누고자 한다.

첫째 단락은 하나라 걸왕, 은나라 주왕, 주나라 유왕, 진나라 시왕의 실정(失政)을 들어 선정(善政)을 해야 함을 말하였고, 둘째 단락에서는 왕실이 선,불,무(仙,佛,巫)에 빠졌음을 나무라고 공자의 가르침을 따를 것을 노래했으며, 셋째 단락에서는 도연명의 〈귀거래사〉를 빌려와 작자의 귀향을 정당화하고 역사적 사실을 통해 성군(聖君)과 충신을 논하였으며, 마지막 단락에서는 글의 마무리로 이 노래를 귀감으로 삼아 좋은 통치자와 충신이 나오기를 기원하고 있다.[60]

신득청의 〈역대전리가〉 창작 년대는 1371년이라 기록[61]되어 있음

---

59) 국문학계에서는 초기에 〈역대전리가〉의 존재를 부정적으로 보았으나, 나옹의 이두체 필사본 〈승원가〉가 발견된 이후 긍정적으로 보는 학자(이상보, 정병욱, 이동영, 최강현, 조동일, 박을수, 류연석, 필자 등)들이 더 많아지는 추세이다.

60) 이임수, 「〈역대전리가〉와 형성기의 가사문학 고」, 『우리말글』 47집, 우리말글학회, 2009, 6~20쪽.

   * 첫째 단락 : '貪虐無道 夏桀이난' – '切齒報讐 그 아닌가'

   역대 중국왕들의 실정을 노래함 : 하(夏)나라 걸(桀)왕이 토벌지에서 얻은 말희의 미색에 빠져 충신 관용봉(關龍逢)을 죽이고, 은나라 주왕(紂王, 帝辛)이 달기에게 혹하여 방탕하다 나라를 망하게 하였고, 주나라 무왕이 강태공을 만나 은의 주왕(紂王)을 죽이고 주(周)나라를 세웠으며, 주나라 유왕(幽王)이 포사에게 빠져 나라를 망하게 하였음과 진(秦)나라 시왕(始王)의 실정 등을 열거함.

   * 둘째 단락 : '漢武帝 求仙할제' – '朝得暮失 다 우습다'

   선(仙), 불(佛), 무(巫) 등의 옳지 않음과 유학의 정당성 주장 : 한나라 무제(武帝)는 신선을 찾다가 그쳤으나 명제(明帝)가 불교에 빠졌음과, 한나라 황실의 아들 초왕영(楚王英)과 촉한의 유선(劉禪, 유비의 아들), 진나라의 대신들이 불교와 무당에게 혹해 나라를 망쳤음을 말하고 공자의 가르침을 따를 것을 주장함.

   * 셋째 단락 : '羲皇上人 陶元亮이' – '止則止도 聖人일세'

   임금과 신하의 본분과 경계를 노래함 : 도연명의 〈귀거래사(歸去來辭)〉를 빌려와 신득청 자신의 귀향을 정당화 하고, 남북조시대, 춘추전국시대, 당나라, 송나라의 역사를 통해 임금과 신하의 처세에 따라 나라가 흥하고 망함을 논하여 성군과 충신이 나오기를 기대함

   * 넷째 단락 : '一章歌言 荒澁하나' – '語噫乎 世世上 爲君臣이야헤'

   결사(結詞), 글의 목적 : 이 노래가 거칠고 성글지만 임금이 거울로 삼고 신하가 교훈으로 삼는다면 후대에 세세로 무궁하리라고 하여 좋은 임금과 신하가 되기를 염원함.

61) 恭愍朝辛亥冬理猷軒做歌諷獻(역대전리가의 제목 아래에 이렇게 기록되어 있음, 華海

으로 보아 〈승원가〉, 〈서왕가〉와 거의 같은 시기에 이들 작품이 창작되었음을 알 수 있다. 비록 불교와 유학이라는 상반된 사상을 바탕으로 하고 있지만, 같은 영해출신의 사람들이고 공민왕과 우왕에게 서로 사랑을 받았던 신하들로 궁중에서의 교분이 있었을 것이고, 서로의 작품들을 보았을 가능성이 많다.

나옹의 작품을 보고 신득청이 〈역대전리가〉를 지었을 수도 있고, 신득청의 작품을 보고 만년의 나옹이 포교를 위해 〈승원가〉나 〈서왕가〉를 지었을 수도 있다. 아니면 이 시대에 벌써 이러한 문학양식이 몇 편 창작되어 유행하였을 가능성도 배제할 수 없다. 〈승원가〉나 〈역대전리가〉가 이두식으로 기록되고, 나옹이 불교를 포교하거나 신득청이 유학을 숭상하여 정치를 순화하려는 등 자신들의 뚜렷한 목적을 문학작품으로 표현하려 한 공통점에서 이들을 함께 가사문학의 효시작품들로 취급할 수밖에 없다.

이두로 기록되어 전하는 〈승원가〉와 〈역대전리가〉에 후대의 이두 표기가 첨가되었다고 하더라도 18세기 '염불보권문' 등의 문헌에 훈민정음으로 정착된 〈서왕가〉보다는 이들이 더 원형에 가까울 것이다.

5. 조선의 건국과 경기체가 – 전(前)시대적 장르

1) 신흥 사대부의 등장과 조선의 건국

조선의 음악정신은 예악(禮樂)사상이다. 모든 음악을 통하여 통치

師傳)

이념을 구현하고 백성을 교화하여 치자(治者)로서의 왕도(王道)를 실현하고자 하였다. 조선을 건국한 뒤 나타난 음악의 경향을 보면 예악정신을 이루기 위한 몇 가지의 방법이 엿보인다. 그들은 새로운 유교이념에 입각하여 조선을 건국하고 건국이념에 합당한 새로운 음악을 통해 조선의 기반을 굳건히 하고 싶었다. 그러나 새로운 음악의 창작이 여의치 않았다.

우선 가장 손쉬운 방법이 고려음악을 답습하되 그 가사만을 조선적인 것으로 바꾸는 방법이다. 첫째는 려가의 음악을 그대로 사용하며 가사만을 바꾸어(한자가사) 사용한 〈납씨가(納氏歌)〉, 〈정동방곡(靖東方曲)〉, 〈횡살문(橫殺門)〉[62] 등이 있고, 둘째는 려가의 형태를 빌려 새로운 우리말 가사를 짓고 음악을 창작한 〈유림가(儒林歌)〉, 〈신도가(新都歌)〉, 〈감군은(感君恩)〉 등이며, 셋째는 려가 중에서 특별히 〈한림별곡〉의 형식을 빌려 악장으로 사용한 작품(〈한림별곡〉의 음악을 그대로 사용하고 〈한림별곡〉의 문학양식에 맞추어 가사만 변경)이 여러 편 창작되었는데 여기에는 〈상대별곡〉, 〈화산별곡〉, 〈연형제곡〉, 〈오륜가〉 등이 있다.

이들 중에서 유학자들의 성정(性情)에 가장 합당하고 손쉬운 방법이 〈한림별곡〉의 형식을 빌리는 것이었다. 그 까닭은 〈한림별곡〉의 형식이 한자로 가사를 만들었기에 유학자들이 쉽게 지을 수 있었으며, 장형(長型)의 연장체(첩연)이기에 그들의 의도를 충분히 표현하여 전달하기에 용이했으며, 정제된 형식이 그들의 취향에 맞았기 때문이다.

경기체가는 한글 중심의 장르가 아니기에 훈민정음 창제 이전 국가적인 충(忠)이나 도덕을 노래한 악장으로 사용되거나 불교적인 노

---

[62] 장사훈은 〈청산별곡〉의 곡에 〈납씨가〉를, 〈서경별곡〉의 곡에 〈정동방곡〉을, 〈자하동〉 곡에 〈횡살문〉의 가사를 사용하였다고 함(장사훈, 국악논고, 69~72쪽)

래가 주축을 이루다가 훈민정음 창제 이후에는 형식의 파괴와 더불어 서정적인 몇 작품이 발견되기도 한다. 그러므로 경기체가는 훈민정음 시대 이전인 속악가사 시대의 장르라 보아야 하겠다.

경기체가 작품들을 내용별로 분류하면, 국가적(忠)인 노래로 〈화산별곡〉, 〈상대별곡〉, 〈성덕가〉, 〈축성수〉, 도덕을 노래한 작품으로는 〈연형제곡〉, 〈오륜가〉, 가문을 자랑한 〈구월산별곡〉, 불교를 찬양한 노래로는 〈미타경찬〉, 〈미타찬〉, 〈안양찬〉, 〈서방가〉, 〈기우목동가〉, 서정을 노래한 작품으로 〈불우헌곡〉, 〈금성별곡〉, 〈화전별곡〉, 〈독락팔곡〉 등이 있다.

2) 조선초기의 경기체가 작품들

신흥사대부들에 의하여 조선의 역성(易姓)혁명이 성공하자 조정에서는 음악을 통하여 새로운 조선 창업의 당위성을 홍보할 필요가 절실했다. 여기에 〈한림별곡〉의 형식이 가사를 만들거나 의미를 전달하기에 다른 려가작품들보다 훨씬 손쉬웠음에 틀림없다. 단순한 형식에다 한자가사의 구성이 쉽고, 조선건국에 대한 자랑과 당위성을 노래하고, 권력을 장악한 호기를 구가하기에 가장 적합한 양식이었던 것이다. 더불어 예악사상을 실현하기 위해 국가적인 충(忠)이나 유교적 도덕을 노래함으로써 교술적인 장르의 특색을 띠게 되었다.

(1) 국가나 도덕을 노래한 작품 〈국가적 忠: 4편, 도덕: 2편〉

① **화산별곡**(華山別曲) : 세종 7년(1425) 변계량(卞季良)이 지음, 조선의 창업과 수도 한양의 문물제도 등을 찬양

② **상대별곡**(霜臺別曲) : 태종조에 권근(權近)이 지은 작품으로 신흥관료들의 호기스런 기상을 노래

③ **성덕가**(聖德歌) : 예조에서 지은 악장으로 중국과 조선 왕조의 번영을 기원한 모화주의적 악장

④ **축성수**(祝聖壽) : 예조에서 지은 〈성덕가〉와 비슷한 악장이나 각장이 2행의 파격적인 형식

⑤ **연형제곡**(宴兄弟曲) : 작자는 모르나 세종 14년(1432)에 지어진 형제간의 우애(友愛)를 노래

⑥ **오륜가**(五倫歌) : 작자 미상(未詳), 삼강오륜(三綱五倫) 즉 도덕을 노래함

> 父生我 母育我 同氣連枝
> 免襁褓 著斑爛 竹馬嬉戲
> 食必同案 遊必共方 無日不偕
> 위 相愛ㅅ景 긔 엇더 ᄒ니잇고
> 良智良能 天賦使然 良智良能 天賦使然
> 위 率性ㅅ景 긔 엇더 ᄒ니잇고 (연형제곡 제1장)

이 시대(조선 개국에서부터 세조 때까지)의 다른 작품으로는 포교를 위한 불교적 경기체가와 개인의 가문을 자랑한 〈구월산별곡〉이 있다.

(2) 불교를 선양한 작품 〈5편〉

⑦ **미타경찬**(彌陀經讚), **미타찬**(彌陀讚), **안양찬**(安養讚): 기화(己和)스님에 의해 지어진 불교적 경기체가

⑧ **서방가**(西方歌): 의상화상(義相和尙)이 지은 불교에 귀의할 것을 노래한 작품

⑨ **기우목동가**(騎牛牧童歌): 지은(智訔)스님의 작으로 불도에 정진할 것을 권유한 노래

(3) 가문을 자랑한 작품 〈1편〉

⑩ **구월산별곡**(九月山別曲): 세종 5년(1423), 문화유씨 족보를 만들면서 구월산에서 가문이 일어난 것을 자랑하고 대대로 가문의 복록이 끊이지 않기를 기원한 유영(柳穎)의 노래

　　　九月山 三支江 儒州勝地
　　　後梁末 前期初 柳氏起家
　　　文簡文正 眞愼章敬 代代封公
　　　爲 積善流芳景 幾何如爲尼是叱古
　　　繼志述事 無忝祖風 繼志述事 無忝祖風
　　　爲 我從良 幾叱分是古　(구월산별곡 제1장)

작품 ①에서 ⑥은 조선 개국에 따른 충(忠)과 예(禮)를 노래하였는데 이러한 교술적 기능은 승려들로 하여금 작품 ⑦, ⑧, ⑨ 등의 불교적인 작품을 창작하게 하였다. 세종 때에 기화스님의 〈미타경찬〉, 〈미타찬〉, 〈안양찬〉, 의상화상에 의해 〈서방가〉, 세조 때에 지은스님의 〈기우목동가〉 등이 불교의 포교를 목적으로 지어졌다. 그리고 악장으로 사용되지는 않았으나 개인 창작으로 세종 때 유영이 지은 〈구월산별곡〉이 있는데 유씨문중이 일어난 구월산과 문중의 기풍을 찬양

하는 내용이다. 이 시대의 작품들은 대부분 특정한 관념이나 목적을 실현하고자 하는 교술적 문학으로 창작되었다고 말할 수 있다.

3) 후기의 경기체가 작품들

훈민정음 창제 이후에 10여 편의 경기체가 작품들이 지어졌으나 이미 경기체가 양식이 파괴되어 장르의 쇠퇴를 보여주고 있다. 성종 대 이후의 경기체가 작품은 예조에서 지은 〈배천곡〉을 제외하면 모두 개인의 창작인데 이들을 내용별로 정리해보면 다음과 같다.

(1) 개인의 서정을 노래한 작품 〈4편〉

① **불우헌곡**(不優軒曲): 정극인(丁克仁)이 벼슬을 그만두고 고향에 머물던 성종 3년(1472) 왕으로부터 벼슬(特加三品 散官)을 받자 임금에 대한 감사와 향리생활에의 자족(自足)함을 노래한 전 7장의 작품

② **금성별곡**(錦城別曲): 박성건(朴成乾)이 나주고을 교수로 재임하던 성종 11년(1480) 제자 10명이 소과에 급제하자 그 감격을 자랑하고 금성포 나주를 찬양한 노래

③ **화전별곡**(花田別曲): 김구(金絿)가 기묘사화(己卯士禍)로 남해에서 유배생활을 하던 중종 14~15년(1530~1531)경에 지어졌다. 유배지인 해남의 풍경과 풍류를 노래한 전 6연의 작품으로 『자암집(自菴集)』에 실려 있다.

④ **독락팔곡**(獨樂八曲, 1561~1587): 자연 속에 묻혀 사는 즐거움을 노래한 풍류문학으로 권호문(權好文)의 작품인데 8곡이라 하였으나 실제로는 7곡만 『송암집(松巖集)』에 실려 있다.

太平聖代 田野逸民 太平聖代 田野逸民
耕雲麓 釣煙江이 이 밧긔 일이 업다
窮通이 在天ᄒ니 貧賤을 시름ᄒ랴
玉堂金馬ᄂ 내의 願이 아니로다
泉石이 壽城이오 草屋이 春臺라
於斯臥 於斯臥 俯仰宇宙 流觀品物ᄒ야
居居然 浩浩然 開襟獨酌
岸帳長嘯景 긔 엇더 ᄒ니잇고   (독락팔곡 제1장)

(2) 도덕을 노래한 작품 〈6편〉

① **배천곡**(配天曲) : 성종 23년(1492) 왕이 성균관에 거동하자 성종의
덕을 기리고 공자의 제사에 사용할 악장으로 예조에서 지은 곡이다.

② **도동곡**(道東曲), ③ **육현곡**(六賢曲), ④ **엄연곡**(儼然曲), ⑤ **태평곡**(太平
曲) : 중종 36년(1541) 주세붕이 풍기군수로 있으면서 지은 4편의 도덕
가이다. 〈도동곡〉은 우리나라 유학의 근원인 안향을 기렸으며, 〈육
현곡〉은 정이천, 장횡거, 소요부, 사마공, 한위공, 범문정 등 송나라
의 도학자 여섯 사람의 육현을 칭송하였고, 〈엄연곡〉은 군자(君子)에
대한 칭송과 도덕의 중요함을, 〈태평곡〉은 공자의 덕과 유자(儒者)의
몸가짐에 대한 칭송을 노래한 작품들이다.

⑥ **충효가**(忠孝歌) : 1860년 민규(閔圭)에 의해 충효(忠孝)를 주제로 지
어졌으나 파격적인 형식과 다른 작품들과의 엄청난 시간적 간격으로
볼 때 경기체가의 후대 모작(模作)으로 보인다.

伏羲神農 皇帝堯舜 伏羲神農 皇帝堯舜
위 繼天位極 긔 엇더 ᄒ니잇고

人心惟危 道心惟微 惟精惟一 允執闕中
위 주거니 받거니 聖人의 心法이 다믄 잇분니이다 (도동곡 제1, 2장)

도덕이나 관념의 서술을 목적으로 한 작품들은 교술문학으로 보아도 좋으나 개인의 서정을 노래한 작품은 서정문학으로 봄이 더 좋을 듯하다. 개인의 독자적인 체험을 노래(금성별곡, 독락팔곡)하였거나, 지명이나 인명, 또는 사실들을 나열(금성별곡, 화전별곡)했지만 관념의 전달보다는 자신의 감정 표현을 일차적인 목적으로 하였다면, 비록 서정성이 빈약할지라도 서정문학으로 보아야 하겠다. 기행문학의 경우 단순히 기행한 사실들의 전달이나 교육에 목적이 있다면 교술문학이라 할 수 있지만 짧은 시문학의 형태 속에 자신의 감정을 표출하였다면 그를 교술문학이라 하기는 어렵다.

경기체가의 성격에 대해 교술문학이라는 용어를 많이 사용하고 있다. 그러나 고려시대에 지어진 〈한림별곡〉은 문학양식이 한자가사를 사용한 특이성이 있긴 하나 다른 려가작품들과 마찬가지로 궁중의 잔치음악으로 사용되었으며, 집단에 의한 공동창작일 가능성이 많고, 연주형식에 따른 전후절의 구성이며, 현실의 고통과 비애를 덮어두고 모든 것이 조화된 영원한 이상향을 추구하려는 려가작품들과 공통된 서정을 가진 것으로 보아 서정문학으로 보아야 하겠다.

경기체가 장르가 교술문학으로 비치게 된 까닭은 조선 초기에 지어진 많은 작품들이 유교적 관념이나 도덕, 종교 등 특정한 목적을 실현하기 위한 교술의 문학으로 창작되었기 때문이다. 그러나 조선 성종 이후에 와서는 도덕을 선양한 교술문학적 작품과 풍류를 노래한 서정문학적 작품이 공존하고 있다. 조선 세종 때 한글이 창제되고 중기에 이르러 한글시가가 꽃피자 한글이 없던 시대에 기록할 수 있다는 장점조차 없어지고, 경기체가의 음악적인 매력마저 소실되어 더 이상 장르로서 지속되기가 어려워졌다.

예를 든 권호문의 〈독락팔곡〉이나 주세붕의 〈도동곡〉을 보면 후대의 작품들은 음악의 소실로 정형의식이 약해지고 각 장의 행수와 각 행의 리듬이 파괴되어 멀지 않아 소멸의 길을 걷게 될 것임을 짐작할 수 있다. 주세붕의 다른 작품들도 각 장이 2, 3행으로 구성되어 '-景 긔 엇더ᄒ니잇고'만 남아 겨우 그 명맥을 유지하고 있는 모습이다.

곧 고려속악의 하나로 출발하여 여말선초(麗末鮮初, 14세기~15세기)의 신흥사대부들에 의해 고려의 잔치음악이나 조선의 예악(악장)으로 사용되던 경기체가의 기능은 조선 중기(16세기)를 맞으면서 시대의 변화에 따라 그 필요성이 약화되어 경기체가의 서정 문학적 기능은 시조문학에 흡수되고, 교술 문학적 기능은 주로 가사문학이 담당하게 된다.

〈표 6〉 경기체가 작품현황

작품 이름	작자	연도	장(聯)수	내용
1. 翰林別曲	한림학사	고려 고종조	전8장	신흥사대부들의 모습
2. 關東別曲	安軸	고려 충숙왕 17 (1330)	전9장, 서사(1장)+관동8경	관동8경의 모습
3. 竹溪別曲	〃	〃	전5장	고향 順興 죽계의 勝景과 美風을 노래
4. 霜臺別曲	權近	조선 정종-태종 (1400년 전후)	전5장, (5장만 4행)	조선 신흥국가 관원들의 호기스런 기상

5. 華山別曲	卞季良	세종 7년(1425)	전8장	조선의 창업과 수도 한양, 문물제도 등을 찬양
6. 宴兄弟曲	未詳	세종 14년(1432)	전5장	형제간의 友愛
7. 九月山別曲	柳潁	세종 5년(1423)	전4장	柳氏문중이 일어난 구월산과 문중의 기풍을 찬양
8. 五倫歌	미상	세종조	전6장	五倫과 도덕을 노래
9. 聖德歌	禮曹	세종 11년(1429)	전6장	중국황제와 우리 왕조의 번영을 기림(모화주의적 작품)
10. 祝聖壽 (聖壽歌)	예조	〃	전10장, 각장2행, 파격형	
11. 彌陀經讚 12. 彌陀讚 13. 安養讚	己和	세종조	전10장	불교에 귀의할 것을 노래
14. 西方歌	義相和尙	〃	전10장	〃
15. 騎牛牧童歌	釋智훤	세조조	전12장	불교에 정진할 것을 노래
16. 不憂軒曲	丁克仁	성종 3년(1472)	전7장, (7장만 3행)	임금에 대한 감사와 향리생활에 自足함을 노래
17. 錦城別曲	朴成乾	성종 11년(1480)	전6장, 각장이 5~9행으로 다양	金城山 금성포 羅州人들의 과거급제를 찬양
18. 配天曲	예조	성종 23년(1492)	전3장	성종의 덕을 칭송한 공자의 제사에 사용한 악장
19. 花田別曲	金絿	중종 14~25년 (1519~1531)	전6장	유배지 해남의 풍경과 풍류
20. 道東曲	周世鵬	중종조(1541)?	전9장, 각장 2행~5행, 파격형	우리나라의 유학을 칭송
21. 六賢曲			전6장, 각장2행, 파격형	程伊川 등 중국 六賢을 칭송
22. 儼然曲			전7장, 각장2,3행, 파격형	賢者에 대한 칭송
23. 太平曲			전5장, 각장2,3행, 파격형	儒者가 본받아야 할 몸가짐
24. 獨樂八曲	權好文	명종 16~선조 20 (1561~1587)	전7장만 전함, 행수가 길어짐	자연 속에 묻혀 사는 풍류를 노래
25. 忠孝歌	閔圭	철종 11년(1860)	전6장	충효의 도덕을 선양함

제6장

훈민정음시대

(제4기 : 15세기 중엽~19세기 말엽)

1. 훈민정음 창제

1) 한민족의 르네상스

우리 민족이 동질성을 인식하고 이 땅에 거주한 것은 1만 년 내지 5천 년 전으로 거슬러 올라가야 할지 모른다. 그러나 정작 오늘의 한국인을 만든 초석은 15세기 훈민정음 창제부터로 보아도 좋을 만큼 한글 창제는 우리에게 더 없이 값진 문화사적 가치를 지니고 있다. 한글이 없는 오늘의 한국을 상상해 본다면 누구나 쉽게 동의할 수 있을 것이다. 오늘날 우리의 번영은 한글이란 문자와 그를 바탕으로 한 교육의 힘으로 이루어졌다고 해도 지나친 말이 아니기 때문이다.

이러한 한글은 조선 세종 25년(1443)에 창제되어 세종 28년(1446)에 훈민정음(訓民正音)이란 이름으로 반포되었다. 세종대왕의 훈민정음 창제는 15세기 중엽의 세계사 속에서 문화와 문명에 대한 새로운 인식이며 국가와 민족의 주체성에 대한 각성이었다. 문자의 중요성과 교육의 필요성을 깨닫고 국민(백성)의 주인의식을 일깨우기 위한 작업

이었다. 문학사에 있어서도 우리의 말과 글이 하나로 통일된 언문일
치(言文一致) 시대가 시작되어 비로소 한국인의 정체성(正體性)이 확립
된 순간이기도 하다. 이 시기는 문자의 창제뿐만 아니라 측우기, 천
체 관측술, 인쇄술 등 과학의 발달과 정간악보의 발명, 음악의 정비
등으로 한민족의 르네상스 시대라고 하여도 좋다.

고려 말 성리학자(신흥사대부)들의 등장은 새로운 명분을 찾아 이성
계의 역성혁명을 성공하게 한다. 조선은 불교를 버리고 유학을 근본
으로 삼고 충효(忠孝)의 도덕을 명분으로 왕도정치(王道政治)를 편다.
이 시대 문학작품에는 무불(巫佛) 등의 종교적 신(神)이 떨어져 나가고
오직 인간만이 자연을 통하여 도덕적 선(善)을 추구한다.

조선 초의 성리학자들은 고려에 절개를 지키고자 하던 집단과 조
선건국에 동참한 사람들로 나누어진다. 그런데 남아 전하는 시조들
을 보면 대부분 조선의 건국을 부정하던 사람들, 곧 고려조 충신들의
작품임을 볼 때 초기 시조가 부정적인 장르로 인식되었음을 알 수
있다. 이렇게 금기시되던 장르이기에 세종 때 좌의정이던 맹사성조
차 〈강호사시가〉에서 '-亦君恩이샷다'라는 구절로 자신을 보호할 수
밖에 없었을 것이다.[1]

이후 단종을 몰아내고 왕위에 오른 세조를 반대한 사육신과 생육
신들의 시조작품이 다수 전해짐으로써 다시 한 번 금기의 장르가 되
었다가 성종 대에 이르러 왕이 직접 시조를 짓고 적극적인 문예활동
을 권장함으로써 긍정적인 장르로 인식된 듯하다. 가사문학 또한 예
외가 아니다. 이념이 다른 불교적인 노래 〈승원가〉나 〈서왕가〉, 왕의

---

1) 이임수, 「시조문학사에 있어 초기시조의 위상」(『백민 전재호박사 화갑기념 국어학논
총』, 형설출판사, 1985, 801~825쪽) 참조.

실정을 비판한 〈역대전리가〉 등의 가사장르가 조선의 건국 초기에 지어지기는 어려웠을 것이다.

고려 시대 향찰의 쇠퇴로 조선 초기에 이르러 우리말을 적을 방법이 없는 불편함을 해소하고, 조선 건국에 따른 왕권의 강화와 교육을 통한 백성들의 민심을 얻기 위한 목적으로 세종에 의해 훈민정음이 창제된다. 15세기에 창제된 훈민정음은 우리나라 역사상 최고의 창작물이요, 가장 빛나는 민족문화유산이다. 이는 곧 서민 대중의 교화(敎化, 훈민:訓民)를 목적으로 한 애민정신(愛民精神)의 발로요, 빛나는 근대적 업적이다.

훈민정음의 창제와 더불어 조선적인 새로운 양식으로 시험해본 문학작품이 우리말 서사시의 기원인 〈용비어천가〉와 〈월인천강지곡〉이다. 이러한 독특한 서사시는 더 이상 창작되지 않아 하나의 장르로 정착하지는 못했지만 우리글의 가능성을 시험하기에는 충분한 역할을 하였다.

지금까지 속악의 노래가사로 전해오던 시가작품들이 비로소 글로 기록되어 문헌에 정착될 수 있었다. 성종 대의『악학궤범』, 그 후『시용향악보』,『악장가사』,『대악후보』,『악학편고』등에 려가작품들이 기록되고, 조선 후대로 오면서 여러 문집과 가집편찬으로 경기체가와 시조, 가사의 많은 작품들이 기록되었다.

이러한 시대적 배경에서 볼 때, 앞 시대의 작품도 없이 성종 대에 정극인의 〈상춘곡〉과 같은 자연의 아름다움을 노래한 완벽한 서정시인 장형의 가사작품이 창작될 수 있었는지는 의문이다. 오히려 다음 연산군 시대 무오사화(戊午士禍)로 전라도 순천으로 유배 간 조위의 〈만분가〉가 더 확실한 당대의 작품으로 보인다. 조선 중기에는 사림학자들에 의해 많은 국문학 작품들이 창작되었고, 장형시조, 규방가사, 서민가사 등이 발생하고, 십이가사, 판소리, 탈춤, 잡가 등 서민예술이 발달하면서 예술의 전문화, 상업화, 유희화(遊戲化)로 문학과 예술의 생산자와 수용자가 중인과 서민으로 확대되어 갔다.

2) 조선 악장문학의 탄생 – 예악(禮樂: 인간을 다스리는 문학)

태조 이성계가 조선왕조를 개국하자 조선 궁중에서는 고려의 음악들을 그대로 사용하며 새로운 조선의 음악을 모색하였다. 한문악장의 경우 한문으로 가사만 창작하여 사용하였으나 한글악장의 경우 독창적인 창작이 여의치 않으므로 가장 손쉬운 방법이 고려의 속악가사 중 려가와 경기체가 형식을 본받아 내용만을 조선적인 예악(禮樂)으로 바꾸는 것이었다. 창작 방법으로는 려가의 개별음악에 한문이나 우리말로 가사를 바꾸어 이름을 고친 경우, 경기체가(한림별곡) 음악에 동일 형식의 가사만 바꾼 경우, 려가음악의 형식으로 새로운 노래를 창작한 경우, 조선의 독창적인 노래를 창작한 경우로 나눌 수 있다.

려가의 음악에 한문가사로 내용을 바꾼 경우는 다음과 같다. 〈처용가〉 음악에 조선왕실을 찬양하고 태평성대를 기원하는 한문가사로 〈봉황음〉을 지었으며, 〈청산별곡〉 음악에 태조(이성계)가 원나라 장수 납합출(納哈出)을 물리친 무덕(武德)을 찬양한 내용으로 〈납씨가(納氏歌)〉를 지었고, 〈서경별곡〉 음악에 태조의 위화도 회군을 찬양한 가사로 〈정동방곡(征東方曲)〉을 지었다. 또한 〈쌍화점〉 가사를 한문으로, 〈정읍사〉 가사를 〈오관산〉으로, 〈처용무〉와 〈영산회상〉곡에 〈수

만년사(壽萬年詞)〉로 가사를 바꾸어 사용하였다.

조선시대 악장으로 사용된 이들 작품은 조선의 예악(禮樂)사상에 근거하여 인간을 교화하기 위한 수단으로 제작되었다. 〈납씨가〉, 〈정동방곡〉, 〈봉황음〉 등 한문악장뿐 아니라 〈한림별곡〉을 모방한 〈화산별곡〉, 〈상대별곡〉, 〈연형제곡〉 등의 경기체가, 려가의 형식으로 창작된 〈신도가〉, 〈감군은〉, 〈유림가〉 등이 모두 군왕이나 국가를 찬양하거나 도덕을 선양하기 위한 노래들이다.

(1) 경기체가 형식의 악장 – 화산별곡 등 6편

조선 초 국가나 도덕을 노래한 6편의 경기체가 작품은 악장으로 연주되어 악장가사에 실려 전해온다. 국가적인 충(忠)을 노래한 작품으로는 세종 7년(1425) 조선의 창업과 수도 한양을 찬양한 변계량(卞季良)의 〈화산별곡〉, 권근(權近)이 태종 때에 지은 송도가(頌禱歌)로 신흥 관료들의 호기스런 기상을 노래한 〈상대별곡〉, 예조에서 지은 악장으로 중국과 조선 왕조의 번영을 기원한 모화주의(慕華主義)적 내용인 〈성덕가〉, 예조에서 지은 〈성덕가〉와 비슷한 악장이나 각 장이 2행의 파격적인 형식인 〈축성수〉 등 4편이 있고, 도덕을 노래한 작품으로는 작자는 모르나 형제간의 우애를 노래한 세종 14년(1432)의 〈연형제곡〉, 삼강오륜(三綱五倫) 즉 도덕을 노래한 작자 미상(未詳)의 〈오륜가(五倫歌)〉 등 2편의 악장문학이 있다.

이러한 경기체가 형식의 악장문학은 작품마다 음악이 전해오지 않고 최초의 경기체가인 〈한림별곡〉의 악보만 전해옴으로 보아 〈한림별곡〉의 음악에 가사만 바꾸어 불렀던 것으로 추정된다.

(2) 려가 형식의 악장 - 〈신도가〉, 〈감군은〉, 〈유림가〉

려가 음악에 가사만 바꾸지 않고 음악과 가사를 새롭게 창작한 우리말 악장으로는 〈신도가〉, 〈감군은〉, 〈유림가〉 세 작품이 있다. 이들 세 작품은 려가의 양식으로 조선에서 창작된 국가적 악장인데 비해, 정극인이 지은 〈불우헌가〉[2]는 려가형식을 차용한 마지막 작품이나 악장으로 사용되지 않았을 뿐더러 늙어서 벼슬을 하사받고 임금의 은혜에 감읍하는 개인적인 작품으로 문학성이 아주 빈약하다.

① 신도가

　　녜는 楊洲ㅣ 신올히여

　　디위예 新都形勝이샷다

　　開國聖王이 聖代를 니르어샷다

　　잣다온뎌 當今景 잣다온뎌

　　聖壽萬年하샤 萬民의 咸樂이샷다

　　아으 다롱디리

　　알픈 漢江水여 뒤흔 三角山이여

　　德重하신 江山 즈으메 萬歲를 누리쇼셔

　　(현대역)

　　옛날엔 양주 고을이여!

---

2) 浮雲似 宦海上애 事不如心 흔이
　　하고 만코 흐니이다
　　뵈고시라 不憂軒翁 뵈고시라
　　時致惠養흐신 口之於味 뵈고시라
　　뵈고 뵈고시라 三品儀章 뵈고시라
　　光被聖恩하신 馬首腰間 뵈고시라
　　嵩三呼華三呼를 何日忘之 하리잇고. 〈不憂軒歌〉

그곳에 새로운 도읍의 좋은 모습이로다.
나라를 세운 성왕(聖王)이 성스러운 시대를 이으리로다.
성(城)답구나, 지금의 모습 성(城)답구나
성스런 수도가 만년이나 이어지니 온 백성의 기쁨이도다.
앞에는 한강물이요 뒤에는 삼각산이여.
덕스런 강산 사이에 만년을 누리소서.

② 감군은(전4장)

四海 바닷 기픠는 닫줄로 자히리어니와
님의 德澤 기피는 어내 줄로 자히리잇고
享福無彊ᄒ샤 萬歲를 누리쇼셔
享福無彊ᄒ샤 萬歲를 누리쇼셔
一竿明月이 亦君恩이샷다

泰山이 놉다컨마ᄅᆞᆫ 하늘해 몬 밋거니와
님의 놉프샨 恩과 德과ᄂᆞᆫ 하늘ᄀᆞ티 노프샷다
(후렴생략)

四海 넙다ᄒᆞᆫ 바다 한 舟楫이면 건너리어니와
님의 너브샨 恩澤을 此生애 갑소오릿가
(후렴생략)

一片丹心쑨을 하늘하 아ᄅᆞ쇼셔
白骨麇粉인달 丹心이똔 가시리잇가
(후렴생략)

(현대역)
네 바다 깊이는 닷줄로 잴 수 있지만

님의 덕 깊이는 어느 줄로 재겠습니까?
(끝없는 복을 누리시어 만세를 누리소서
 낚싯대에 내린 달빛조차도 님의 은덕이도다.)

태산이 높다고 해도 하늘에는 못 미치지만
임의 높은 은덕은 하늘같이 높도다.

사해(四海) 넓은 바다는 배와 노만 있으면 건너겠지만
님의 넓은 은혜는 이생에 어찌 다 갚겠습니까.

한 조각 충성심뿐임을 하늘이여 아십시오.
백골이(흰 뼈) 가루가 된들 굳은 마음이야 변하겠습니까?

③ 유림가(전6장)

五百年이 도라 黃河ㅅ므리 몰가
聖主ㅣ 重興ᄒ시니 萬民의 咸樂이로다
五百年이 도라 沂水ㅅ므리 몰가
聖主ㅣ 重興ᄒ시니 百穀이 豐登ᄒ샷다
(葉) 我窮且樂아 窮且窮且樂아 浴乎沂 風乎舞雩 詠而歸호리라
     我窮且樂아 窮且窮且樂아

五百年이 도라 泗水ㅅ므리 몰가
聖主ㅣ 重興ᄒ시니 天下ㅣ 大平ᄒ샷다
五百年이 도라 漢水ㅅ므리 몰가
聖主ㅣ 重興ᄒ시니 干戈ㅣ 息靜ᄒ샷다
(葉) 이하 생략

五百年이 도라 四海ㅅ므리 몰가

聖主ㅣ 重興ㅎ시니 民之父母ㅣ샷다
桂林마딋 鶴이 刻誂枝예 안재라
天上降來ㅎ시니 人間蓬萊샷다
(葉) 이하 생략

(4, 5, 6장 생략)

(현대역)
오백년이 돌아 황하물이 맑아
성주 중흥하시니 만민의 기쁨이로다
오백년이 돌아 기수물이 맑아
성주 중흥하시니 백곡이 풍성하도다.

오백년이 돌아 사수물이 맑아
성주 중흥하시니 천하가 태평하도다
오백년이 돌아 한수물이 맑아
성주 중흥하시니 전쟁이 끝나도다.

오백년이 돌아 사해물이 맑아
성주 중흥하시니 백성의 부모이시도다
계림마다 학이 각선지에 앉았구나
하늘에서 내려오시니 인간봉래로다.

(4, 5, 6장 생략)

이 세 작품은 모두 조선의 국가적 악장인데, 정도전이 지은 〈신도
가〉는 조선의 수도인 한양(지금의 서울)의 성스러움을 찬양한 단연체 악
장이고, 〈감군은〉은 조선에 대한 충성심과 임금에 대한 은혜를 노래

한 4장의 악장, 〈유림가〉는 고려 오백년이 흘러 조선이 건국되었음을 송축하는 6장의 악장문학이다.

(3) 조선의 독창적 악장 – 〈용비어천가〉, 〈월인천강지곡〉

조선시대의 독창적인 악장으로 새롭게 창작된 것이 최초의 한글 '이야기시'라고 할 수 있는 〈용비어천가〉와 〈월인천강지곡〉이다. 이 두 작품은 장편 서사시(敍事詩, 이야기시)로 형식과 내용면에서 가장 독창적인 조선의 악장인데 음악에 붙여졌으니 서사가곡(敍事歌曲, 이야기 가곡)이라고 해도 좋다. 전 125장의 〈용비어천가〉와 550여 장의 〈월인천강지곡〉은 제1장과 제2장을 보면 그 형식이 흡사한데, 지금까지 우리 시가에서는 볼 수 없었던 1행이 여러 마디(6음보 이상)로 구성되고 2장부터 앞뒤행이 대구(對句)를 이루는 특이한 형식이다.

① 용비어천가/ 1, 2장

海東 六龍이 ᄂᆞᄅᆞ샤/ 일마다 天福이시니/ 古聖이 同符하시니
海東六龍飛 莫非天所扶 古聖同符 (1장)

불휘 기픈 남ᄀᆞᆫ/ ᄇᆞᄅᆞ매 아니 뮐ᄊᆡ/ 곶 됴코 여름 하ᄂᆞ니
시미 기픈 므른/ ᄀᆞᄆᆞ래 아니 그츨ᄊᆡ/ 내히 이러 바ᄅᆞ래 가ᄂᆞ니
根深之木 風亦不杌 有灼其華 有蕡其實
源遠之水 旱亦不渴 流斯爲川 于海必達 (2장)

(현대어 해석)
여섯 임금이 등용하샤/ 하시는 일마다 하늘의 복이시니/
옛 성인과 같습니다.

뿌리가 깊은 나무는/ 바람에 움직이지 아니 하기에/
꽃이 좋고 열매를 많이 맺습니다.
샘이 깊은 물은/ 가뭄에도 그치지 아니 하기에/
냇물을 이루어 바다로 갑니다.

〈용비어천가〉는 세종 27년(1445) 권제, 정인지, 안지 등이 왕명으로 편찬한 것으로 국문가사(龍飛歌)와 사언체(四言體)의 한문가사(龍飛詩)를 함께 표기하였다. 125장 전체를 연주하기에는 너무 길었기에 〈봉래의(蓬萊儀)〉란 정재악(呈才樂)을 만들어 음악에 올렸는데, 이 속에 여민락(與民樂, 1장에서 4장까지와 종장의 한문가사), 치화평(致和平, 1장에서 16장까지와 종장의 우리말가사), 취풍형(醉豊亨, 1장에서 8장까지와 종장의 우리말가사) 등 개별 악장이 있다.[3]

② 월인천강지곡/ 1, 2장

巍巍 釋迦佛/ 無量無邊 功德을/
劫劫에 어느 다 술ᄫᅳ리 (1장)

世尊ㅅ일 술보이니/ 萬里外ㅅ 일이시나/
눈에 보논가 너기ᅀᆞᄫᅵ쇼셔
世尊ㅅ말 술보이니/ 千載上ㅅ 말이시나/
귀예 듣논가 너기ᅀᆞᄫᅵ쇼셔 (2장)

(현대어 해석)
높고 높은 석가모니부처님/ 한량없고 끝없는 공덕을/

---

3) 김승우, 『용비어천가의 성립과 수용』, 보고사, 2012. 162~185쪽.

오랜 세월에도 어찌 다 사뢰겠습니까?

석가세존의 일 사뢰려니/ 만 리 밖의 일이나/
눈에 보는 듯 여기옵소서.
석가세존의 말씀을 사뢰려니/ 천 년 전 말이나/
귀에 듣는 듯 여기옵소서.

〈용비어천가〉는 조선 왕조의 정당성을 확보하기 위해 여섯 왕(목조, 익조, 도조, 환조, 태조, 태종)의 신성(神聖)함을 중국의 왕조와 대비하여 노래한 것이고, 〈월인천강지곡〉은 수양대군(세조)이 어머니 심왕후의 명복을 빌기 위해 지은 〈석보상절〉을 보고 세종이 직접 읊은 우리말 서사시(세종 28, 1448년)로 석가모니의 자비가 천 개의 강에 비친 달빛처럼 가득함을 노래하였다. 〈용비어천가〉로 지은 악장들은 『조선왕조실록』에 정간악보와 더불어 가사가 실려 있고 자주 연주되었으나 〈월인천강지곡〉은 악장으로 연주된 기록만 있다.[4] 그러나 조선의 독창적인 이러한 형식의 악장은 더 이상 창작되지 않아 독립된 장르로까지 발달하지는 못했다.

3) 어부가계(漁父歌系) 노래

한국 시가사에 있어 장르화되지는 못하였으나 한 계보를 이루고 있는 작품들이 있으니 이가 곧 어부가계(漁父歌系) 노래들이다.[5] 고려

---

4) 『조선왕조실록』 세종 29년 6월 4일, 세종 30년 12월 5일, 세종 31년 12월 10일, 세조 14년 5월 12일 기록 참조.
5) 이우성, 「고려말 이조초의 어부가」, 『성대논문집』 9집, 성균관대학교, 1964.
   여기현, 「어부가계 시가의 표상성」, 『고전시가의 표상성』, 월인, 1999, 55~268쪽.

시대 공부(孔府: 孔伯共)가 지은 고려 어부가(原漁父歌)는 한시 집구(集句)
인 6행 려가로 생각된다. 곧 려가의 하나인 개별악곡이 조선 초 악장
으로 『악장가사』에 정착되고, 이를 바탕으로 이현보가 〈어부가〉를
짓고, 윤선도에 의해 시조형식과 혼합하여 〈어부사시사〉 40장(수)이
완성되었다.

『악장가사』에 조선악장으로 개편된 장가 12장(단가 10장은 실려 있지
않음)을 농암 이현보가 장가 9장 단가 5장(결)으로 재창작하고, 이를 고
산 윤선도가 춘히추동 각 10징씩 40장의 〈어부사시사〉로 완성하였다.

- • 『악장가사』의 어부가/ 장가(長歌) 12장

  雪鬢漁翁이 住浦間ᄒ야셔
  自言居水ㅣ 勝居山이라 ᄒᄂ다
  빅떠라 빅떠라
  早潮ㅣ 纔落거를 晚潮ㅣ 來ᄒᄂ다
  지곡총 지곡총 어ᄉ와 어ᄉ와
  一竿明月이 亦君恩이샷다 (제1장)

- • 이현보의 〈어부가〉/ 장가(長歌) 10장

  雪鬢漁翁이 住浦間
  自言居水이 勝居山이라 ᄒ놋다
  빅떠라 빅떠라
  早潮纔落 晚潮來ᄒᄂ다
  지곡총 지곡총 어사와
  依船漁父이 一肩이 高로다 (제1장)

박규홍, 『어부가의 변별적 자질과 전승 양상』, 보고사, 2011.

- 윤선도 어부사시사(漁父四時詞)/ 40장

   압개예 안개 것고 뒷뫼희 힉비췬다
   빅떠라 빅떠라
   밤믈은 거의디고 낟믈이 미러온다
   지국총 지국총 어ᄉ와
   강촌 온갓 고지 먼 빗치 더옥 됴타 (춘사 제1장)

   어와 져므러 간다 宴息이 맏당토다
   빅 븟텨라 빅 븟텨라
   ᄀᆞᄂᆞ 눈 쁜린 길 블근곳 흣터딘 딕 훙치며 거러가서
   지국총 지국총 어ᄉ와
   雪月이 西峰에 넘도록 松窓을 빗겨 잇쟈 (동사 제10장)

『악장가사』의 〈어부가〉 1장의 끝행 '一竿明月이 亦君恩이샷다'가 농암의 〈어부가〉에는 '依船漁父ㅣ 一肩이 高로다'로 수정되고, 고산의 〈어부사시사〉에서는 시조 3행에 여음이 첨가된 가곡 5장의 형식으로 변화하였다. 고려 어부가(原漁父歌)는 전하지 않지만 려가의 하나인 개별음악을 가졌을 것이나, 조선 조정에서 악장(樂章)화 할 때 〈감군은〉이나 맹사성의 시조작품에서처럼 '亦君恩이샷다'가 첨가된 것으로 생각된다. 〈어부사시사〉는 춘하추동(春夏秋冬) 각 10장씩 전 40장인데, 마지막 노래인 40장의 끝행만이 시조 종장과 같은 리듬(3,6,3,4)임을 보면, 작가가 〈어부사시사〉 전체를 하나의 작품으로 인식하였음을 알 수 있다. 고산의 〈어부사시사〉에 이르러 비로소 우리말의 아름다움을 살린 어부가의 완숙미를 맛보게 된다.

2. 시조문학의 발달

1) 조선 초 사회적 배경과 시조문학 – 거부→적응→위축

고려 말 우탁, 이조년 등의 작품들로부터 정착된 시조문학은 고려
가 망하고 조선이 건국하자 시대의 고민이 작품을 통하여 표출되기
시작한다. 그 대표적인 작품이 이방원의 〈하여가(何如歌)〉와 정몽주의
〈단심가(丹心歌)〉이다. 조선 3대 태종이 된 이방원은 역성혁명(易姓革
命)을 주도한 참여파의 대표적 인물이며, 그에게 죽음을 당한 정몽주
는 고려를 지키려는 절의파의 대표적 인물이라 할 수 있다.

> 이런들 엇더하며 져런들 엇더ᄒ료
> 萬壽山 드렁츩이 얼거진들 엇더ᄒ리
> 우리도 이ᄀᆞᆺ치 얼거져 百年ᄭ지 누리리라　(이방원, 하여가)

> 이몸이 주거주거 一白番 고쳐주거
> 白骨이 塵土ㅣ 되어 넉시라도 잇고 업고
> 님 向ᄒᆞᆫ 一片丹心이야 가싈줄이 이시랴　(정몽주, 단심가)

시조문학이 신흥사대부들과 밀접한 관계로 발달했듯이, 시대를 보
는 개인의 도덕성에 따라 시조문학 또한 시대와 무관할 수 없었다.
조선 건국을 지지한 참여파(參與派)와 고려의 왕조를 지키려는 절의파
(節義派)의 정치적 신념이 날카롭게 대립되자 신흥사대부들에 의해 주
도된 시조문학은 자연히 도덕적인 정통성에 따라 조선의 건국을 부
정적으로 보고 고려의 멸망에 대한 울분과 회고의 정을 표현하거나,
때로는 자신의 도덕적 순수성에 자위하고자 할 수밖에 없었다. 이러

한 시대상은 조선 건국에서부터 태종이 살아 있을 동안 시조문학을 지배하던 눈에 보이지 않는 흐름이었던 것으로 추정된다.

白雪이 ᄌᆞᄌᆞ진 골에 구루미 머흐레라
반가온 梅花ᄂᆞᆫ 어늬 곳에 픠엿ᄂᆞᆫ고
夕陽에 홀로 셔이셔 갈곳 몰라 ᄒᆞ노라 (이색)

興亡이 有數ᄒᆞ니 滿月臺도 秋草ㅣ로다
五百年 王業이 牧笛에 부쳐시니
夕陽에 지나ᄂᆞᆫ 客이 눈물겨워 ᄒᆞ노라 (원천석)

五百年 都邑地를 匹馬로 도라드니
山川은 依舊ᄒᆞ되 人傑은 간ᄃᆡ업다
어즈버 太平烟月이 꿈이런가 ᄒᆞ노라 (길재)

仙人橋 나린 물이 紫霞洞 흐르ᄂᆞ니
半千年 王業이 물소ᄅᆡ ᄲᅵ이로다
兒孩야 古國興亡을 무러 무엇ᄒᆞ리요 (정도전)

고려에 절개를 지킨 이색, 원천석, 길재 등의 회고가 3수와 정도전의 회고가 1수이다. 조선의 개국에 참여한 정도전도 일말의 양심에 따라 회고의 심정을 읊었는지, 아니면 지나간 고려의 흥망을 구태여 물을 게 있느냐고 자신의 처지를 합리화한 작품일 수도 있다. 절의파들에 의해 자신들의 지조(志操)를 노래하며 도덕성에 자족(自足)한 작품들도 있다.

일심어 느즛픠니 君子의 德이로다
風霜에 아니 디니 烈士의 節이로다
至今에 陶淵明 업스니 알니 뎍어 ᄒᆞ노라 (성여완)

눈 마자 휘어진 대를 뉘라셔 굽다튼고
구블 節이면 눈 속에 프를소냐
아마도 歲寒高節은 너뿐인가 ᄒᆞ노라 (원천석)

巖畔 雪中孤竹 반갑도 반가왜라
뭇ᄂᆞ니 孤竹아 孤竹君의 네 엇더닌
首陽山 萬古淸風에 夷齊를 본듯하여라 (서견)

　　성여완은 국화를, 원천석과 서견은 대나무를 빌려 자신들의 절개
를 노래하고 도덕적 순수성에 위로받고자 하였음을 알 수 있다. 이밖
에 드물지만 여진(女眞)의 무인(武人)으로 귀화한 이지란의 작품처럼
승자(勝者)의 호기를 노래한 시조6)도 없지는 않다.
　　고려 말엽까지 개인적 서정을 노래하던 시조장르가 역성혁명(易姓
革命)으로 조선이 건국되자 태종 말년까지는 조선을 부정하거나 비판
적인 문학장르로 인식되어 금기의 문학이었을 가능성이 많다. 이러
한 부정적 인식은 세종대에 와서야 새로운 시각을 보여준다. 세종대
에는 고려조의 수절충신(守節忠臣)들도 대부분 죽고 조선의 건국을 숙
명적으로 받아들여 태종과 세종연간에 이룩된 정치적 기반 위에 고
려적인 부정적 시각이 조선적인 긍정적 시각으로 변모를 시도하던

---

6) 楚山에 우는 범과 沛澤에 ᄌᆞ긴 龍이
　　吐雲生風ᄒᆞ여 氣勢도 壯헐시고
　　秦나라 외로운 ᄉᆞ슴은 갈곳 몰라 ᄒᆞ돗다 (이지란)

시기이다.

> 江湖에 봄이 드니 미친 興이 절로 난다
> 濁醪 溪邊에 錦鱗魚 안주로다
> 이몸이 閑暇히옴도 亦君恩이샷다. (맹사성, 강호사시가 봄)

> 江湖에 겨월이 드니 눈기피 자히 남다
> 삿갓 빗기 쓰고 누역으로 오슬삼아
> 이몸이 칩지아니히옴도 亦君恩이샷다. (맹사성, 강호사시가 겨울)

고려노래(속악가사)의 형태만 수용하고 내용을 변화시켰듯 시조문학도 조선적인 것으로 변화를 모색하였다. 〈납씨가〉와 〈신도가〉, 〈화산별곡〉과 〈상대별곡〉 등이 려가와 경기체가의 음악이나 형태만 수용하고 내용은 조선건국을 송축하는 악장으로 바꾼 것처럼 시조문학도 조선건국을 부정하던 비판적 태도에서 유교적 충(忠)이나 효(孝)로 내용을 변화함으로써 긍정적인 장르로 수용되었다.

위에 인용한 작품은 맹사성의 〈강호사시가(江湖四時歌)〉 4수 중 봄, 겨울을 노래한 2수이다. 조선조에 청렴하기로 이름난 맹사성은 벼슬이 좌의정에 올랐던 인물인데도 자연에서 느낀 개인의 서정을 노래함에 있어서 '이몸이 ―히옴도 亦君恩이샷다'란 임금을 칭송하는 시구(詩句)를 보태어 시조문학의 부정적 인식을 완화하려고 노력하였음을 알 수 있다. 이러한 개인적 서정을 유학적인 충(忠)으로 돌리고자 하는 시조문학의 도덕성은 이후 〈감군은〉 악장이나 이현보, 신흠의 시조에 직접적인 영향을 주어 관습적인 시구(詩句)가 되었다.

〈감군은〉의 여음　：一竿明月이 **亦君恩이샷다**
이현보 시조 종장：年年에 오놋나리 **亦君恩이샷다**
신흠 시조 종장　：百年을 이리 지냄도 **亦君恩이샷다**

　맹사성과 비슷한 시기에 지어진 작품으로 성석린과 변계량의 시조는 도덕을 노래하였고 이직의 시조는 풍자적인 서정을 노래하였으며 황희는 풍류를 노래하였다. 성석린과 변계량의 시조는 교훈적인 경구(警句)를 인용하거나 나열하여 직접 도덕을 교술하고 있으며, 이직의 작품은 자신의 결백을 주장하는 도덕성이 강한 풍자적인 서정시조로 볼 수 있고, 황희의 시조는 소박한 향토색은 있으나 한걸음 더 나아가지 못하고 즉흥적인 풍류에 머물고 말았다.

言忠信 行篤敬ㅎ고 그른일 아니ㅎ면
내몸에 害업고 눔 아니 무이ᄂ니
行ㅎ고 餘力이 잇거든 學文조차 ᄒ리라　(성석린)

내히 죠타하고 눔 슬흔일 ᄒ지 말며
눔이 흔다ᄒ고 義 아니면 좃지말니
우리ᄂ 天性을 직희여 삼긴대로 ᄒ리라　(변계량)

가마귀 검다ᄒ고 白鷺야 웃지마라
것치 거믄들 속조차 거믈소냐
아마도 것희고 속검을손 너쑨인가 ᄒ노라　(이직)

대초볼 불근골에 밤은 어이 뜻드르며
벼뷘 그르헤 게ᄂ 어이 ᄂ리ᄂ고
술닉쟈 체장수 도라가니 아니먹고 어이리　(황희)

　세종부터 문종, 단종 연간의 시조장르는 부정적인 인식에서 변화
하여 장르 자체를 수용하려고 노력하였다. 조선 개국에서 태종 때까
지 유행한 회고류와 현실비판적인 절개를 읊은 시조가 수용될 수 없
자 인간 서정 자체보다 유학적 도덕이나 가벼운 즉흥적 풍류를 시조
형식 안에 담을 수밖에 없었다. 작가의 입장에서는 서정보다 가벼운
풍류나 유학적 도덕을 노래하는 것이 시대의 조류에 순응할 수 있는
창작태도인 셈이다. 인간의 감정을 노래하다보면 지난날에 대한 그
리움, 정의감, 현실에 대한 비애, 환멸 등으로 시대와 마찰을 일으키
기 쉬운 것은 당연한 이치다.

　이러한 시조장르의 해빙무드는 정치적인 사건인 세조의 왕위찬탈
로 인하여 새로운 위기를 맞이한다. 이 시기 시조문학이 다시금 금기
의 문학으로 인식되었음에 틀림없다. 세조가 된 수양대군이 조카인
단종으로부터 왕위를 찬탈하자 사육신(死六臣) 생육신(生六臣)들을 필
두로 시대의 고뇌와 선비의 지조를 온몸으로 노래하였다. 성삼문, 박
팽년, 이개, 하위지, 유성원, 유응부, 원호, 왕방연 등의 작품은 이
시대 시조문학의 절창(絕唱)이다.

　　　　이몸이 죽어가서 무엇시 될고 ㅎ니
　　　　蓬萊山 第一峰에 落落長松 되얏다가
　　　　白雪이 滿乾坤홀제 獨也靑靑ㅎ리라　(성삼문)

　　　　가마괴 눈비 마자 희는듯 검노믜라
　　　　夜光 明月이 밤인들 어두오랴
　　　　님향한 一片丹心이야 고칠 줄이 이시랴　(박팽년)

房 안에 혓눈 燭불 눌과 離別ᄒ엿관딕
것츠로 눈물디고 속 타는 줄 모르는고
뎌 燭불 날과 갓ᄒ야 속 타는 쥴 모르도다 (이개)

간 밤에 부던 ᄇ람에 눈서리 치단말가
落落長松이 다 기우러 가노믜라
ᄒ믈며 못다핀 곳이야 닐러 므슴ᄒ리요 (유응부)

간밤의 우던 여흘 슬피 우러 지내여다
이제야 싱각ᄒ니 님이 우러 보내여다
뎌 믈이 거스리 흐로고져 나도 우러 녜리라 (원호)

千萬里 머나먼 길에 고온님 여희옵고
ᄂᆡ 마음 둘듸 업셔 ᄂᆡ가에 안즈시니
뎌 믈도 ᄂᆡ 은 갓ᄒ여 우러 밤길 녜놋다 (왕방연)

　절의(節義)나 단심(丹心)을 노래한 정몽주(이 몸이 죽어죽어…), 서견(巖畔
雪中孤竹…) 등의 시조를 이어받은 작품들로, 작가의 진실한 체험과 사
실성이 바탕이 되어 초기 시조 중 질적 수준이 가장 앞선다. 시대에
항거하는 작가정신이 문학적으로 승화하여 만인(萬人)을 울렸기에 오
래 인구(人口)에 회자(膾炙)되어 문헌에 정착될 때까지 대부분 전해질
수 있었을 것이다. 조선 초에 고려를 지키려던 충신들이 시조문학을
주로 창작하였듯이 유학적 정통성에 따라 세조의 등극을 반대하며
절개를 지킨 충신들에 의해 시조작품들이 창작됨으로써 시조는 다시
금 금기의 문학장르가 되었다.

2) 시조문학의 유형(類型)과 정신 – 비판정신과 순응정신

고려 말에서 조선 초의 초기시조 작품들에 나타난 시조문학의 양상들은 곧 시조문학 전반에 걸친 흐름(思潮)의 중심을 이루고 있다. 초기시조의 비판정신과 순응정신에서 파생된 구체적 유형을 크게 나누면 서정시조, 도덕시조, 풍류시조인데 이들 세 작품군의 유형별 배경을 살펴보자.

문학의 보편성은 인간의 내부로 들어갈수록, 곧 감각(感覺)보다는 지성(知性), 지성보다는 정서(情緖), 정서보다는 본능(本能)이 더욱 변하지 않는 보편적 체험을 가진다.[7] 시조문학을 이에 적용해 보면 유형별 문학적 특성이 좀 더 선명해진다. 곧 서정시조는 정서에, 도덕시조는 지성(이성)에, 풍류시조는 감각에 그 바탕을 두고 있는 셈이다.

서정시조는 순수한 정서를 바로 노래하거나 현실에 대한 고통을 풍자적으로 표현하거나 간에 인간의 서정, 곧 감성에 바탕을 두고 있다. 고려 말 개인적 서정을 노래한 작품들과 조선 초 시대의 비애를 노래한 회고, 절개를 지킨 선비의 지조를 노래한 작품들, 단종 폐위 후 시대의 아픔과 개인적 서정이 융합된 유학자들의 시조는 서정시조의 빛나는 꽃이라고 할 수 있다.

도덕시조는 감성보다는 이성에 바탕을 두고 있다. 도덕이나 관습은 이성의 인지에 따라 판단하기 때문에 감성이나 정서보다 시대의 변화에 맞춰 가변적(可變的)이다. 시조문학에는 도덕 자체를 효용으로 한 시조작품이 많은데, 이는 시조의 중심 작가들이 대부분 유학자[8]

---

7) 최재서, 『문학원론』, 신원도서, 1976(증보), 63~64쪽.

8) 전재강은 5천 여수 시조작품 중 불교 관련 시조는 140여 수인데, 이 중 대부분이 불교를 제재로만 사용하여 풍류나 애정, 사회비판 등을 표현한 것이고, 순수 불교시조는 18수밖에

라는 이유와 개인의 서정을 노래한 시조들이 시대와 마찰을 일으키기에 모색된 출구(出口)이기도 하다. 16세기 중종 이후부터 조선 말엽에 이르기까지 도덕을 노래한 시조작품은 대단히 많다. 이와 같은 도덕시조는 문학이 도덕(ideology)과 결부하여 지나치게 교술화될 때 성공하기 어렵다는 문학사의 한 증거로 찾아질 수 있다.

풍류시조는 유흥이나 오락 등 즉흥적인 속성을 가지고 감각에 의존하는 경우가 대부분이다. 그러므로 풍류시조의 경우 문학적으로 가치 있는 체험이 되지 못하고 혼인잔치나 회갑연 같은 현장성에 따라 즉흥적인 기분이나 재미를 노래하는 데 그치고 있다. 이러한 풍류시조가 발달한 것은 시조문학이 가창(歌唱) 문학이라는 까닭도 있겠지만, 시대와의 마찰을 피하기 위해 풍류적인 쪽으로 변화하였으리라 짐작된다.

작품에 있어서도 풍류시조는 많은 양을 차지하는데 이러한 작품들이 가곡이나 시조창으로 불릴 때, 문학적으로는 깊이 있는 체험의 바탕 없이 흥미 위주로 흘러 실패한 작품이 되기 쉬우나 생활 속에서 노래(가창)로 분위기를 돕는 '멋으로의 효용'은 시조문학의 또 다른 기능이라 할 수 있다.

3) 시조문학의 두 기능

(1) 문학으로서의 시조

문학으로서의 시조에는 서정시조와 도덕시조가 주를 이룬다. 서정

없다고 하였다. (전재강, 『시조문학의 이념과 풍류』, 2007, 보고사, 287~336쪽)

시조로는 고려 말과 세조 때의 지조나 절개를 노래한 시조들과 후대 윤선도와 황진이의 시조가 대표적인 작품이다.

고산 윤선도의 〈오우가(五友歌)〉를 포함한 18수의 〈산중신곡(山中新曲)〉은 우리말 구사의 원숙성을 보여주는 작품이며, 〈어부사시사〉 40수도 어부가계의 완성미를 보여주는 절창이다.

> 잔 들고 혼자 앉아 먼 뫼흘 브라보니
> 그리던 님이 오다 반가움이 이리ᄒᆞ랴
> 말슴도 우움도 아녀도 몯내 됴하 ᄒᆞ노라. (윤선도, 만흥/漫興 3째수)

또한 여성의 작품으로 황진이 시조 6수는 시조형식의 자유로움과 함께 서정시조의 대표적인 작품이고, 송순의 시조와 홍랑의 노래도 손꼽을 만하다.

> 어져 내일이야 그릴 줄을 모로던가
> 이시랴 ᄒᆞ더면 가랴마는 제구틔야
> 보내고 그리ᄂᆞᆫ 정은 나도 몰라 ᄒᆞ노라. (황진이)

> 묏버들 갈히 것거 보내노라 님의 손ᄃᆡ
> 자시는 창밧긔 심거 두고 보쇼셔
> 밤비예 새닙 곳 나거든 날인가도 너기쇼셔. (홍랑)

> 風霜이 섯거친 날에 갓 피은 黃菊花를
> 金盆에 ᄀᆞ득 담아 玉堂의 보닉오니
> 桃李야 곳인 체 마라 님의 뜻을 알괘라. (송순)

송순의 〈황국옥당가〉가 옥당에 보내온 국화꽃에 대한 임금(명종)의
뜻을 헤아린 절창(絶唱)이라면, 홍랑의 시조는 묏버들을 가려서 꺾어
보낸 하찮은 여인의 사랑하는 마음을 노래한 절조(絶調)로 대적할 만
하다. 남자와 여자, 양반과 서민이 다 같이 노래한 시조문학의 대표
적인 걸작들이다.

문학이 도덕적인 교훈이나 교술을 주목적으로 삼을 때 작품의 문
학성이 뒤떨어지는 것은 어쩔 수 없는데, 자연을 소재로 성리학적 도
덕을 노래한 퇴계와 율곡의 시조들은 심성수양을 위한 강호가도(江湖
歌道)의 성공한 작품으로 평가된다. 또한 송강의 〈훈민가〉 중에서도
좋은 작품을 찾을 수 있다.

> 古人도 날 몯보고 나도 古人 몯뵈
> 古人을 몯봐도 녀던 길 알픠 잇늬
> 녀던 길 알픠 잇거든 아니 녀고 엇덜고. (이황, 도산십이곡 후육곡 세째수)

> 九曲은 어듸메오 文山에 歲暮커다
> 奇巖 怪石이 눈속에 무쳐셰라
> 遊人은 오지아니코 볼것업다 ㅎ더라. (이이, 고산구곡가 열째수)

> 어버이 사라신제 셤길 일란 다ㅎ여라
> 디나간 휘면 애둛다 엇디ㅎ리
> 평싱애 고텨 못홀 일이 잇쑨인가 ㅎ노라. (정철, 훈민가 네째수)

(2) 멋으로서의 시조

가곡이나 시조창의 음악에 얹어 노래된 시조문학의 또 다른 기능

은 풍류를 통한 놀이나 멋으로서의 효용이다. 풍류를 노래한 시조로
앞선 세대의 것으로는 황희와 김구의 작품, 이현보의 〈선반가(宣飯
歌)〉 등을 들 수 있다. 후대 장형시조(사설시조, 농시조, 낙시조 등)의 등장
과 더불어 놀이나 유흥을 주목적으로 많은 작품들이 창작되었다.

대초볼 불근 골에 밤은 어이 뜨드리며
베 뷘 그르헤 게는 어이 느리는고
술 익쟈 쳬 쟝스 도라가니 아니 먹고 어이리 (황희)

먹디도 됴흘샤 승정원(承政院) 선반(宣飯)야
노디도 됴흘샤 대명뎐(大明殿) 기슬갸
가디도 됴흘샤 부모다힛 길히야

(농암선생문집 권3, 시조문학사전 754, 정병욱 편)[9]

듕과 僧과 萬疊山中에 맛나 어드러로 가오 어드러로 오시는게
山쪽코 물좃흔듸 갈씨를 부쳐보오 두 곳갈이 흔듸 다하 너픈 흐는
  樣은 白牧丹 두 퍼기가 春風에 휘듯는 듯
암아도 空山에 이 씰음은 듕과 僧과 둘쑌이라 (박문욱)

이러한 멋으로의 기능은 후대 전문 가객이 등장하고, 장형시조(사설
시조) 및 잡가의 발달과 더불어 잔치현장에서의 실용성과 즉흥적인 효
용성을 장점으로 서민에게까지 널리 유행하였다. 자연을 소재로 한
경우에는 자연을 심성(心性)수양의 방법으로 승화한 강호가도(江湖歌

---

9) 〈선반가〉는 농암 이현보(1467~1555)의 모친인 안동권씨가 지은 규방가사라 하기도 하
  나 근거가 없고, 이현보(1467~1555)가 왕이 내린 음식을 부모께 드리러 간 기쁨을 노래한
  작품으로 보인다.

道) 문학으로서의 시조와 자연을 단순 풍류의 대상으로 노래한 멋으로서의 시조 두 종류가 모두 존재한다.

3. 가사문학의 정착

〈상춘곡〉이 가사문학의 효시작품이 아니라면 고려 말에 지어진 〈역대전리가〉, 〈승원가〉, 〈서왕가〉 등이 효시 작품일 가능성이 높아지고, 이들 모두 신빙성이 없다면 조선 초 1475년(성종 6) 이인형의 〈매창월가〉와 무오사화(戊午士禍)로 순천 유배 시(1503년)에 조위가 지은 〈만분가〉 등이 훈민정음으로 기록된 가장 확실한 초기 작품이 된다. 이들에 대해서 좀 더 자세히 알기 위하여 여말 선초의 신흥사대부들인 사림파 학자들의 현황과 가사문학과의 관계를 살펴볼 필요가 있다.

1) 영남사림파

이수건은 '영남사림파의 형성'이란 저서에서 다음과 같이 말하였다.

> "士大夫는 麗末에 새로운 지배세력으로 성장하여 마침내 고려의 權門勢族을 타도하고 조선왕조를 창건하였다. 王朝交替期와 世祖執權을 전후하여 士大夫階層은 執權勢力과 在野勢力으로 分化되었다. 재야세력으로 밀려났던 鄭夢周 → 吉再 → 金宗直의 학통을 계승한 新進士類가 15세기 후반에 중앙정계에 크게 진출하면서 士林이란 용어가 공식적으로 쓰이게 되었다.

(중략)

土林은 바로 우리가 일반적으로 지칭하는 金宗直一派로서 집권층인 勳舊派와의 대칭이며 圃隱→冶隱의 학통을 잇고 朱子學的 실천윤리를 강조하던 新進士類로서 처음에는 영남지방 출신이 주류를 이루고 있어 영남사림파라 부르기도 하였다"[10].

고려 말 충신인 정몽주는 고려를 지키려다 선죽교에서 조선 건국 세력에 의해 살해되고, 조선이 개국하자 길재는 선산으로 내려가 후학을 가르친다. 그의 제자인 김숙자도 세조가 단종의 왕위를 찬탈하여 등극하자 고향으로 돌아와 후진을 가르치다 곧 서거했다. 그의 아들이 김종직인데 그로부터 영남사림파의 인물들이 등장한다.

고려 중기 성리학이 들어온 이후 성리학자들의 학문적 사제관계를 대충 5기로 나누어 따져보면 이상한 점이 발견된다.

1기　　안향(安珦, 晦軒, 1243~1306)
　　　　백이정(白頤正, 1247~1323)

2기　　우탁(禹倬, 易東, 1263~1343)
　　　　이조년(李兆年, 1269~1343)
　　　　권부(權溥, 1262~1346)

3기　　이제현(李齊賢, 1287~1367)
　　　　최해(崔瀣, 1287~1340)

---

10) 이수건, 『영남사림파의 형성』, 영남대학교 민족문화연구소(민족문화 총서2), 1980(2판), 20쪽.

안축(安軸, 1287~1348)

박충좌(朴忠佐, 1287~1349)

4기   이곡(李穀, 1298~1351: 이색의 아버지, 권부의 제자)

        *신현(申賢, 1298~1377)

        이인복(李仁復, 1308~1374)

        백문보(白文寶, 1303~1374)

5기 이후   이색(牧隱, 1328~1396)

        정몽주(圃隱, 1337~1392), *신득청(1332~1392)

        김구용(金九容, 1338~1384)

        이존오(李存吾, 1341~1371)

        정도전(鄭道傳, 1342~1398)

        이숭인(李崇仁, 1347~1392)

        윤소종(尹紹宗 1345~1393)

        하륜(河崙, 1347~1416)

        권근(權近, 1352~1409)

        길재(冶隱, 1353~1419)

        이방원(태종, 1367~1422)

        변계량(卞季良, 1369~1430)

    안향, 백이정 → 우탁, 이조년, 권부 → 이제현, 최해, 안축, 박충좌 → 이곡, 이인복, 백문보 등으로 학맥이 이어지는 것은 이해할 수 있 다. 물론 바로 전대로부터 배울 수도 있고 그 앞 세대의 나이 많은 학자들에 의해 배울 수도 있다. 그러나 이색과 정몽주의 세대에 와서 는 그들이 20대나 30대에 학문을 배울 스승 연령인 1350년대 1360년대의 생존학자가 별로 보이지 않는다.

　이색과 정몽주가 스승으로 이인복이나 백문보의 학맥을 이었다는 기록은 보이지 않고, 이색의 아버지인 이곡은 1351년에 작고했으니 유일한 생존자는 이제현(1287~1367)인데 이미 60을 넘은 노학자였다. 이를 보면 고려사 등의 정사에는 기록이 없는 신현의 존재 가능성을 생각해볼 수 있다. 『화해사전』이나 『화동인물총기』의 기록에 따르면, 신현(1298~1377)은 이제현보다 12년 늦게 태어나 10년 더 살았으니 이색과 정몽주의 스승으로서 적합한 나이라 할 수 있다.

　〈역대전리가〉를 지었다는 신득청(1332~1392)에 대한 기록과 더불어 고려 말 충신들의 기록들이 누락되고 태종에 의하여 절의파로 추앙된 정몽주와 길재만을 주축으로 성리학의 계보가 기록된 것일 수 있다. '우탁 → 신현 → 정몽주, 신득청'으로 이어진 척불(斥佛)학자들과 고려를 지키려던 여말 절의파인 원천석, 범세동 등에 대한 기록들이 누락되었을 가능성이 없지 않다.

　이후 '길재(1353~1419) → 김숙자(1389~1456) → 김종직(1431~1492)'으로 이어진 사림파의 경우에도 김종직의 아버지인 김숙자 대(세조가 왕위찬탈한 세조 재위시대)의 사육신들의 학맥과 관련 기록 또한 누락되어 찾기가 어려움도 마찬가지 원인으로 생각된다. 역사는 승자의 기록이니 아무도 위험한 고려충신이나 역적으로 처형당한 사육신(死六臣)[11]을 스승이나 제자로 기록하려고 하지 않았을 것이다.

---

11) 성삼문(成三問 : 1418~56), 하위지(河緯地 : 1387~1456), 이개(李塏 : 1417~1456), 유성원(柳誠源 : ?~1456), 박팽년(朴彭年 : 1417~1456), 유응부(俞應孚 : ?~1456)

2) 영남사림파의 가사작품

우리의 시조, 가사, 경기체가 작품들을 창작한 작가들 대부분이 유학자로 성리학을 공부한 사림파 학자들이다. 앞에서 인용한 사람들만을 보더라도 고려시대 학자들로는 우탁과 이조년의 시조작품이 있고, 안축의 경기체가 2편이 있으며, 여말 절의파인 이색, 원천석, 정몽주 등과 세조의 등극을 반대한 사육신들의 시조작품들이 많이 남아 전한다. 대부분의 시조나 가사, 경기체가 작품들이 조선시대 사림파 학자들의 창작물이다. 더불어 호남 가사문학의 출발을 선도한 학자들 또한 바로 영남사림파의 시작이라고 하는 김종직의 사돈인 이인형과 처남인 조위이다.

  이인형, 〈매창월가(梅窓月歌)〉, 1475년(성종 6)
  조위, 〈만분가(萬憤歌)〉, 1503년(순천 유배 시에 창작)

〈매창월가〉를 소개한 이상보는 "구조가 매우 정제된 형식으로 단가인 시조와 장가인 가사의 중간형"으로 보고 다음과 같이 한 행을 2음보로 기록하였으며, 가사 후반부의 '달도 이 달리시면 一杯酒요'를 '달도 이 달이니/ 이시면 一杯酒요'로 교정해 놓았다.[12] 필자도 형성기의 작품인 〈승원가〉, 〈역대전리가〉, 〈서왕가〉 등은 1행 4음보의 행의식이 완성되지 못하여 1행 2음보(내지 3음보)로 정리함이 옳다고 생각한다.

  작가인 이인형(李仁亨, 1436~1504)은 사림파의 거두로 손꼽히는 김종

---

12) 이상보, 『한국가사문학의 연구』, 앞의 책, 66~74쪽.

직의 사돈(점필재의 딸이 이인형의 맏며느리)이다. 〈매창월가〉의 창작시기
를 진주(晋州)의 집으로 돌아와 용두정(龍頭亭)을 지은 성종 6년 1475년
으로 본다면, 이때는 훈민정음을 창제한 지 30년만의 일이다. 〈상춘
곡〉의 작가나 창작시기에 의문을 가질 때, 이두형태로 기록된 고려
말 형성기의 가사작품을 제외하면 〈매창월가〉는 훈민정음 창제 이후
가장 먼저 우리말(한글)로 기록되어 전하는 가사작품이 된다.

　조위는 『두시언해』를 편찬하고 서문을 썼으니 한글표기에 능했을
것이나 〈상춘곡〉을 지었다는 정극인(1401~1481)의 경우 훈민정음이 창
제될 때 40대 중반의 나이였으니 한글 구사력에 의문이 있다. 또한
그의 문집에 실린 작품 〈불우헌가〉와 〈불우헌곡〉을 통해서도 한글
구사능력이 수준에 이르지 못함을 알 수 있다. 그런데도 〈상춘곡〉
작품을 보면 조위의 〈만분가〉보다 훨씬 뛰어난 한글 어휘를 아름답
게 구사하고 있어 작가에 대한 수긍이 어렵다. 작품의 구성에서도
〈매창월가〉가 오히려 형성기의 불완전한 가사형태로 보인다.

- 〈梅窓月歌〉

梅窓에 들이 쓰니
梅窓의 景이로다.

梅는 엇더흔 梅고
林處士 西湖에
氷肌 玉魂과
脈脈 淸宵에
吟詠ᄒ던 梅花로다.

窓은 엇더흔 窓고
陶靖節先生
灑酒 葛巾ᄒ고
無弦琴 집푸며
瑟瑟 淸風에
비기엿던 窓이로다.

달은 엇더흔 달고
李謫僊 豪傑이
采石 江頭에
一釣船 씌워 두고
夜被錦袍
倒著 接䍦ᄒ고
玉盞에 수를 부어
靑天을 向ᄒ야
問하든 달리로다.

梅도 이 梅요
窓도 이 窓이요
달도 이 달이시면(달이니)
(이시면) 一杯酒요
업시면 淸談이니
平生이 흔 詩를
을푸기 죠와 ᄒ노라.13)

---

13) 이해를 돕기 위해, 의미단락으로 나누어 한 행씩을 띄워 기록하였다.

〈매창월가〉는 훈민정음 창제 이후 처음 문자로 정착되어 1행 4음보의 형식이 완성되지는 못한 것으로 판단된다. 송(宋)나라 임포(林逋)가 좋아하던 매화(梅), 진(晉)나라 도잠(陶潛)이 즐겨보던 창(窓), 당(唐)나라 이백(李白)이 좋아하던 달과 더불어 술을 마시며 시를 읊는 풍류를 노래한 내용으로 1행 2음보 29행의 짧은 노래다.

호남의 가사문학에 첫 문학적 씨앗을 뿌린 사람은 무오사화(戊午士禍)로 순천에 유배 간 조위이다. 그는 금릉(현 경상북도 김천시) 사람으로 그의 누이가 선산김씨 김종직과 혼인한 영남사림파 학자인데, 유배지인 순천에서 1503년 〈만분가〉를 창작함으로써 호남에 가사문학의 토양을 마련하였다. 20년 후(1523)에 양녕대군의 증손자로 왕족인 이서(李緖)가 오양현(창평.담양)에 유배갔다가 한양으로 돌아가지 않고 그곳에서 살며 〈낙지가(樂志歌)〉를 지었다. 이어서 담양 기촌에서 1533년 송순의 〈면앙정가(俛仰亭歌)〉가 지어지고, 가사가 전하지 않아 불확실하지만 고흥에서 지었다는 1536년 홍섬의 〈원분가(冤憤歌)〉, 1555년 영암에서 양사준의 〈남정가(南征歌)〉, 1588년 송강 정철의 〈사미인곡(思美人曲)〉, 〈속미인곡(續美人曲)〉 등이 창작된다.

면앙정가단(俛仰亭歌檀)의 창설자이며 강호가도(江湖歌道)의 선구자인 송순(宋純)도 호남 출신이지만 영남사림의 학통을 이어받은 박상(朴祥, 담양부사로 와 있던 그에게 수학하여 과거에 등용됨)·박우 형제의 영향을 받았으며, 선산부사로 재직할 때 그곳의 사람들과 교유하는 등 학문적인 면은 사림파에 가까웠다고 한다.[14]

조선 초 가사문학 작품이라 전하는 정극인의 〈상춘곡〉은 진위에

---

14) 이상보, 『한국가사문학의 연구』, 앞의 책, 103~106쪽.

의문이 많은 반면, 성종 6년(1475)에 지어진 〈매창월가〉는 김종직의
사돈인 이인형의 창작이고, 무오사화로 순천에 유배 가서 지은 〈만분
가〉는 김종직의 처남인 조위의 작품이다. 또한 규방가사의 경우 호남
지방에서 성행하지 않고 영남지방인 경북의 선산, 안동, 경주, 성주
등을 중심으로 많이 창작되었음15)을 보아도 가사문학은 영남에서 발
생하여 호남으로 그 문학적 전파가 이루어진 것으로 짐작된다. 이러
한 관점에 대하여 앞으로 고려 말 충신들의 누락된 기록이나 여말
문헌에 대한 확고한 고증을 거쳐 더욱 완벽한 연구가 필요하다.

4. 시조, 가사문학의 전승기

1) 시조문학의 부흥과 향유층의 확대

(1) 시조문학의 부흥

세조의 재위시절부터 예종 때까지 30~40년간 금기시 되었던 시조
문학은 성종이 등극하자 성종의 문민정치(文民政治)로 부정적 장르에
서 해금될 수 있었다. 신하인 유호인이 사직하자 그를 보내기 아쉬워
하는 시조를 성종이 직접 창작함으로써 시조문학이 부흥할 수 있는
발판은 마련되었을 것이다.

    이시렴 부듸 갈다 아니가든 못홀소냐

---

15) 권영철은 「규방가사개설」(민족문화논총 11집, 영남대 민족문화연구소, 1990)에서 규방
    가사의 분포지역을 신라문화를 배경으로 한 경주문화권, 가야문화를 배경으로 한 성주문
    화권, 퇴계학파를 중심으로 한 안동문화권으로 나누었다.

무단이 네 슬터냐 남의 말을 드럿는다
그려도 하 익달고야 가는 뜻을 닐러라. (성종, 1469~1494)

　그러나 불행히도 이후 다른 작가의 시조가 보이지 않음을 보면, 다음 왕인 연산군(1494~1506)의 폭정으로 다시 20~30년간 선비들이 시조를 창작할 만한 여건이 되지 않았을 것이다. 자신을 비방하는 글 때문에 언문(훈민정음)을 금하였기 때문이었을 수도 있고[16], 유학자들이 비판적인 작품을 내놓을 수 없었기 때문일 수도 있다. 다음 왕인 중종시대에 와서 중종이 옥당(玉堂)에서 당직을 하던 김구(金絿)에게 술을 내리고 함께 대작(對酌)하면서 노래 부르게 한 다음 두 작품이 시조의 전성시대를 맞게 한 직접적인 계기로 생각된다. 작가가 기묘사화(己卯士禍)로 유배 간 1519년(중종 14) 이전의 작품이다.

나온댜 今日이야 즐거온댜 오늘이야
古往今來예 類 업슨 今日이여
每日의 오늘 ᄀᆺᄐᆞ면 므슴 셩이 가시리

올히 댤은 다리 학긔 다리 되도록애
거믄 가마괴 해오라비 되도록애
享福無疆ᄒᆞ샤 億萬歲를 누리소셔 (김구, 1488~1534)

---

16) 연산군 10년 4월 16일 폐비 윤씨의 일을 언문 번역한 자를 벌주었고, 7월 19일 언문투서 사건에 대한 기록이 있고, 7월 20일에는 언문을 배우지도 가르치지도 못하게 하였으며 이미 배운 자도 쓰지 못하게 하였다. 7월 22일에는 언문으로 구결 단 책을 모두 불사르고, 7월 25일엔 언문과 한자를 아는 자들의 필적을 조사하여 모으게 했다. (조선왕조실록 연산군일기)

이어서 이현보(1467~1555)의 〈효빈가〉, 〈농암가〉, 〈생일가〉 등이
창작되고, 인종 대(1544)에 정쟁에서 희생된 선비들을 풍자한 송순의
시조 한 수와 다음 왕인 명종(1545~1567)에게 그가 지어 올린 〈황국옥
당가〉가 남아 전한다.

> 聾巖에 올아보니 老眼이 猶明이로다
> 人事이 變혼들 山川이쯘 가실가
> 巖前에 某水某丘이 어제 본듯 ᄒ여라 (이현보, 농암가)
>
> 곳이 진다 ᄒ고 새들아 슬허마라
> ᄇ람에 훗늘리니 곳의 탓 아니로다
> 가노라 희짓ᄂ 봄을 싀와 므슴 ᄒ리오. (송순, 甲辰冬, 1544)

박을수의『한국시가문학사』[17]에 언급된 시조작가를 중심으로 하
고,『고시조문헌해제』[18]의 자료를 참고로 중요하다고 생각되는 작가
들을 추가하여 세기별로 시조작가를 정리해보면 다음과 같다.

---

17) 박을수,『한국시가문학사』, 아세아문화사, 1997, 158~263쪽.
18) 신경숙 외 5인,『고시조문헌해제』, 고려대 민족문화연구원, 2012.

〈표 7〉 시조문학의 작가와 작품

세기	작가(연대)	작품	비고
14세기	우탁(1263~1342)		고려조 작가
	이조년(1269~1343)		
	이존오(1341~1371)		
	최영(1316~1388)		
	이색(1328~1396)		14세기 창작
	정몽주(1337~1392)		
	원천석(1330~)		
	길재(1353~1419)		
	이방원(1367~1422)		
	* (이후 30~40년간 공백)		
15세기	맹사성(1360~1438)	강호사시가(江湖四時歌)	
	황희(1363~1452)	사시가(四時歌)	
	김종서(1390~1453)	호기가(豪氣歌)	
	남이(1441~1468)		
	성삼문(1418~1456) 이개(1417~1456), 유응부(?~1456), 원호(1397~1463) 등		사육신/생육신
	* (이후 20~30년 공백)		
16세기	이현보(1467~1555)	효빈가, 농암가, 생일가(85세) 등 10수	어부가 (長歌 9章 短歌 5闋)
	김구(1488~1534)	5수	화전별곡(경기체가)
	송순(1493~1583)	황국옥당가(黃麴玉堂歌) 등 4수	면앙정가(가사)
	주세붕(1495~1544)	16수	경기체가 4편
	이황(1501~1570)	도산십이곡(陶山十二曲) 12수	
	서경덕(1489~1546)		
	황진이(1506?~1567)	6수	

16세기	송인(1517~1584)		중종의 사위
	권호문(1532~1587)	한거십팔곡(閑居十八曲) 19수	
	고응척(1531~1606)	28수(장형시조 6수)	
	이이(1536~1584)	고산구곡가(高山九曲歌) 10수	
	정철(1536~1593)	시조 90수[19]	가사 4편
	임재(1549~1587)	시조 4수	元生夢遊錄, 愁城誌, 花史
	장경세(1547~1615)	강호연군가(江湖戀君歌) 12수	
	이진의(1551~1627)	사우가(四友歌:松菊梅竹) 4수	
	이순신(1545~1598) 고경명(1533~1592) 이양원(1533~1592) 김덕령(?~1596) 백수회(1574~1642)		임진왜란
	황진이, 홍장, 소춘풍, 진옥, 한우, 계량, 금춘		기녀시조
17세기	조존성(1553~1628)	호아곡(呼兒曲) 4수	
	김득연(1555~1637)	74수, 산정음영곡 6수 등	
	이덕일(1561~1622)	칠실우국가(漆室憂國歌) 28수	
	박인로(1561~1642)	시조 67수	가사 11편
	강복중(1563~1639)	시조 65수	가사 2편
	심흠(1566~1628)	30수	
	정훈(1563~1640)	20수	가사 6편
	김계(1575~1657)	31수	
	윤선도(1587~1671)	75수, 어부사시사, 산중신곡 등	
	이중경(1599~1678)	20수, 梧臺漁父歌	
	이정환(1613~1673)	悲歌 10수	
	인조대왕, 봉림(효종), 인평대군, 김상헌, 임경업		병자호란

---

19) 정재호·장정수, 『송강가사』, 신구문화사, 2006.

	안서우(1664~1735)	19수, 유원십이곡 등	
	권섭(1671~1759)	75수, 黃江九曲歌, 梅花四章 등	가사 2편
	안창후(1687~1771)	24수, 名分說歌 가사 1편	閑設二十五泣詩歌
	김천택(1687~1758)	72수, 敬亭山歌壇	청구영언 편찬
18세기	김수장(1690~?)	124수, 老歌齋歌壇	해동가요 편찬
	이정보(1693~1766)	80여 수(100여수?)	
	황윤석(1729~1791)	28수 연시조, 木洲雜歌	
	김이익(1743~1830)	50수, 金剛永言錄	金剛中庸圖歌 가사
	신헌조(1752~1807)	25수, 봉래악부	
	松桂煙月翁(?)	14수	고금가곡 편찬
	박효관(1782~?)	15수	안민영과 함께 가곡원류 편찬
19세기	안민영(1816~?)	186수, 금옥총부	다작 2위
	조황(1803~?)	111수, 훈민가 10수 등	
	이세보(1832~1895)	458수	최다작가

　이들을 보면 15세기 중기까지의 작가로는 맹사성과 황희를 제외하면 사육신 및 생육신, 정쟁(政爭)에서 희생된 김종서, 남이 등이 전부다. 15세기 후반부터 김구의 시조가 창작된 16세기 전반(1519년 이전)까지 작품이 남아전하는 작가가 없고, 15세기에 태어나 16세기에 작품을 남긴 작가로도 성종, 김구, 이현보, 송순, 주세붕 등으로 많지 않다. 이 시기에 주세붕(1495~1554)에 의하여 처음으로 훈민가(訓民歌) 계통의 오륜가(五倫歌)가 창작되기 시작한다.

　　사룸 사룸마다 이 말슴 드러스라
　　이 말슴 아니면 사룸이오 사룸 아니

이 말슴 잇디말오 빈호고야 마로링이다.

兄님 자신 져즐 내조처 머궁이다
어와 뎌 아ᅀᅡ야 어마님 너 ᄉ랑이야
兄弟옷 不和ᄒ면 기도치라 ᄒ리라. (주세붕 오륜가 6수 중 1, 5)

　중종시대부터 부흥한 시조문학은 명종 이후부터 시조문학의 전성기가 이어져 이황, 황진이, 유득공, 송인, 권호문, 고응척, 이이, 정철, 임재 등의 뛰어난 작가들이 등장하여 시조문학을 화려하게 꽃 피운다. 중종의 사위인 송인(1517~1584)은 한강 가에 수월정(水月亭)이란 정자를 짓고 기녀들과 더불어 시조를 노래했음을 보면[20] 당대에 풍류문학(멋으로서의 문학)이 널리 흥행했음을 알 수 있다.

이셩 져셩ᄒ니 이론 일이 무스 일고
흐롱 하롱ᄒ니 歲月이 거의로다
두어라 已矣已矣여니 아니 놀고 어이리.

드른 말 卽時 닛고 본 일도 못 본드시
내 人事ㅣ 이러홈애 ᄂᆞᆷ의 是非 모를로다
다만지 손이 셩ᄒ니 盞 잡기만 ᄒ노라. (송인)

　이때는 이미 황진이를 비롯하여 홍장, 소춘풍, 진옥, 한우, 계랑 등 기녀들의 시조 창작이 보편화되고, 16세기 말에는 임진왜란으로 이순신, 백수회, 고경명 등에 의해 전쟁을 소재로 한 체험적 작품들

---

20) 이상원, 『조선시대 시가사의 구도와 시각』, 보고사, 2004, 44~45쪽.

도 창작되었다.

　　　閑山셤 둘 불근 밤에 戌樓에 혼자 안자
　　　큰 칼 녑희 추고 기픈 시름흐는 적에
　　　어듸셔 一聲胡笳는 나의 애를 긋아니. (이순신)

　　　海雲臺 여흰 날의 對馬島 도라드러
　　　눈물 베셔고 左右를 도라보니 滄波萬里를 이 어듸라 흘 게이고
　　　두어라 天心助順ᄒ면 使返故國 ᄒ리라. (백수회)

17세기에는 박인로, 강복중, 신흠, 정훈 등을 거쳐 고산 윤선도 (1587~1671)에 의해 시조문학이 정점에 이른다. 윤선도의 문집 『고산유고(孤山遺稿)』에는 〈산듕신곡〉, 〈산듕속신곡〉 2장, 〈고금영〉, 〈증반금〉, 〈초연곡〉 2장, 〈어부사시사〉, 〈어부ᄉ여음〉, 〈몽텬요〉 3장, 〈견회요〉 5편, 〈우후요〉 등 76수의 작품이 실려 있다.[21]

또한 병자호란을 거치며 인조, 봉림(효종), 인평대군 등 왕족과 김상헌, 임경업, 홍익한 등의 체험적인 작품들도 창작되었다.

　　　내라 그리거니 네라 아니 그릴넌가
　　　千里 蠻鄕에 얼매나 그리ᄂᆞᆫ고
　　　紗窓의 슬피 우ᄂᆞᆫ 뎌 뎝동새야 不如歸라 말고라 내 안 둘 듸 업새
　　　　라. (인조대왕)

　　　靑石嶺 지나거냐 草河口ㅣ 어듸미오

─────────────

21) 이형도·이상원·이성호·박종우 역, 『국역 고산유고』, 소명출판, 2004.

胡風도 춥도 출샤 구즌비는 므스 일고
아므나 늬 行色 그려내여 님 겨신듸 드리고쟈. (봉림대군, 효종)

가노라 三角山아 다시 보쟈 漢江水야
故國 山川을 쩌나고쟈 흐랴마는
時節이 하 殊常흐니 올동 말동 흐여라. (김상헌)

18세기에는 작가와 향유층이 중인계급으로 확대되고, 전문가객들이 출현하며 가집편찬이 활발해진다. 19세기엔 왕족인 이세보(1832~1895)에 의해 458수라는 최다량의 작품이 창작되고 이후 시조문학은 점차 저물어간다.

(2) 향유층의 확대와 장형시조의 발달

엇시조와 사설시조를 합하여 장형시조 또는 장시조라 부르기도 하는데, 엇시조와 사설시조, 지름시조 등이 음악적인 명칭임을 고려할 때 장형시조라 함도 좋다. 장형시조의 출발을 고려시대 〈사룡(蛇龍)〉, 변안렬의 〈불굴가(不屈歌)〉 정극인의 〈불우헌가(不憂軒歌)〉 등으로부터 보고자 하는 의견[22]이 있으나 원문의 기록이 없고 정극인의 〈불우헌가〉는 려가(고려속악) 형태를 모방한 것으로 장형시조라 보긴 어렵다. 그러므로 장형시조의 출현은 16세기로 봄이 더 확실해 보인다.

16세기에 김구(1488~1534)의 시조를 차용한 변형으로 보이는 노진(1518~1578)의 모친 권씨의 작품과 김우굉, 고응척, 정철, 김득기, 17세기에 김득연, 강복중, 김충선, 백수회, 김계, 윤선도, 인조, 채유후,

---

22) 김제현, 『사설시조문학론』, 새문사, 1997.

효종 등의 장형시조 작품이 전하고 있다.[23) 18세기에는 전문가객의
등장으로 장형시조와 잡가가 발달하고, 더불어 시의 산문화와 대중
화를 통해 중인계급과 서민에게까지 시조 창작층이 넓어지고 시조의
향유층도 확산되었다.

　　　國家 太平ᄒ고 萱堂에 날이 긴 제 머리 흰 判書 아기 萬壽盃 드리
　　　　ᄂ고
　　　每日이 오늘 ᄀ트면 셩이 무슴 가싀리
　　　아마도 一髮 秋毫도 聖恩인가 ᄒ노라. (노진 모 권씨, 옥계선생속집)

　　　흔 盞 먹새그려 ᄯᅩ 흔 盞 먹새그려 곳 것거 算 노코 無盡無盡 먹새
　　　　그려
　　　이 몸 주근 後면 지게 우희 거적 더퍼 주리혀 ᄆᆡ여 가나 流蘇寶帳의
　　　　萬人이 우러녜나 어욱새 속새 덥가나무 白楊 수페 가기곳 가면
　　　　누른 히 흰 ᄃᆞᆯ ᄀᆞᄂᆞ비 굴근 눈 쇼쇼리ᄇᆞ람 불 제 뉘 흔 盞 먹쟈
　　　　ᄒᆞᆯ고
　　　ᄒᆞ믈며 무덤 우희 진나비 ᄑᆞ람 불 제 뉘우츤ᄃᆞᆯ 엇디리 (정철)

　앞의 시조는 김구의 시조를 변형한 것으로 보이나 옥계 노진(1518~
1578)의 모친 권씨가 지었다고 전하는 16세기 후반의 첫 장형시조(사설
시조)이고, 뒤의 〈장진주사〉는 송강 정철의 작으로 서정성이 뛰어난
작품이다.

---

23) 황충기, 『장시조 연구』, 국학자료원, 2000, 장시조 작품 일람.

2) 가사문학의 발달과 규방가사의 발흥

(1) 가사문학의 발달

가사문학 작품은 그 분량이 대단히 많아 전체를 파악하는 일도 간단하지가 않다. 임기중은 『한국가사문학연구사』[24]에서 1990년대까지 연구현황을 정리하였고, 『역대가사문학전집』 50권에 지금까지 발굴된 자료 2,469편의 가사작품을 수록하고 있다. 작품의 이본(異本)까지 포함하면 6,600편이 넘는다고 한다. 물론 여기에는 20세기에 창작된 가사작품까지 포함된 자료다.[25]

고려 말 이두체 표기인 나옹의 〈승원가〉와 신득청의 〈역대전리가〉, 후대에 정착된 나옹의 〈서왕가〉 등이 가사문학으로 한국문학사에 처음 등장한다. 불교적인 정서나 왕에게 선정을 요구하는 유학자들의 도덕관이 새로운 조선 사회에 용납되기 어려워 새로운 작품으로 이어지지는 않았다. 그러다 세종 대에 이르러 조선 왕조가 안정되고 훈민정음이 창제되자 새로운 사림(士林)들인 이인형과 조위에 의해 성종 대에 비로소 우리말 그대로, 우리글(훈민정음)로 기록한 〈매창월가〉와 〈만분가〉가 창작된다.

16세기에는 이서의 〈낙지가〉, 송순의 〈면앙정가〉, 양사준의 〈남정가〉, 백광홍의 〈관서별곡〉, 양사언의 〈미인별곡〉, 허강의 〈서호별곡〉, 정철의 〈성산별곡〉, 〈관동별곡〉, 〈사미인곡〉, 〈속미인곡〉이 창작되고, 17세기에는 박인로(11편)와 조우인(5편), 정훈(6편), 18세기에 이운영(6편), 위백규(3편), 안조환(6편), 19세기에 조성신(4편), 남석하(5

24) 임기중, 『한국가사문학연구사』, 이회문화사, 1998.

25) 임기중 편저, 『한국가사문학원전연구(21)』, 아세아문화사, 2005, 1쪽.

편), 유영무(3편) 등 한 사람이 여러 편의 가사작품들을 창작하기도 하여 양적으로 가장 흥성하였던 시기다. 18세기에는 작가층의 확대로 규방가사, 장편 기행가사, 서민가사 등이 발달하고, 가객의 등장으로 십이가사(十二歌詞)와 잡가가 발달하였다.

　가사문학의 주요 작가와 작품들을 류연석『가사문학의 연구』의 기록을 중심으로 세기별로 정리해보면 다음과 같다.[26]

〈표 8〉 가사문학의 작가와 작품

세기	작가(생존연대)	작품 및 기타
14세기	나옹(1320~1376)	僧元歌, 西往歌
	신득청(1332~1392)	歷代轉理歌(1371)
15세기	이인형(1436~1498)	梅窓月歌(1475)
16세기	조위(1454~1503)	萬憤歌(1503), *유배가사*
	이서(1484~ ？)	樂志歌
	송순(1493~1583)	俛仰亭歌(1533), 1553년(60대?)
	양사준(？)	南征歌(1555), *을묘왜변(乙卯倭變), 전쟁가사*
	이황(1501~1570)	退溪歌, 琴譜歌, 道德歌, 相杵歌 등
	백광홍(1522~1556)	關西別曲(1555)
	양사언(1517~1584)	美人別曲
	허강(1520~1592)	西湖別曲(1570~72)
	조식(1501~1572)	勸善指路歌
	정철(1536~1593)	星山別曲(1560), 關東別曲(1580), 思美人曲, 續美人曲
	이이(1536~1586)	自警別曲(1576), 樂貧歌, 樂志歌 등
	이현(1540~1618)	百祥樓別曲(1597)

---

26) 류연석, 『가사문학의 연구』, 국학자료원, 2003.
　시기별로 정리한 작품 목록 중 중요작가의 작품과 3편 이상 가사를 남긴 작가를 중심으로 하고, 규방가사나 작가가 불분명한 경우 *표로 표시하였다.

17세기	허전(선조대)	雇工歌
	이원익(1547~1634)	雇工答主人歌
	박인로(1561~1642)	太平詞(1598), 船上嘆(1605), 沙堤曲, 陋巷詞(1611)
		所有亭歌(1617), 獨樂堂(1619) 立巖別曲(1629)
		相思曲, 勸酒歌(1632)27) 嶺南歌(1635)
		蘆溪歌(1636) 〈11편〉
	차천로(1556~1615)	江村別曲
	최현(1563~1640)	龍蛇吟, 月明吟
	조우인(1561~1625)	出塞曲, 속관동별곡, 自悼詞, 梅湖別曲, 出關詞 〈5편〉
	정훈(1563~1640)	聖主中興歌, 憂喜國事歌, 嘆窮歌, 迂闊歌,
		龍湫遊詠歌, 水南放翁歌 〈6편〉
	임유후(1601~1673)	牧童問答歌
	채득기(1605~1646)	鳳山曲(1638)
	김충선(1571~1642)	慕夏堂述懷(1640)
	송주석(1650~1692)	北關曲(1675), 商山別曲 〈2편〉
	강복중(1563~1639)	先山恢復歌, 爲君爲親痛哭歌 〈2편〉
	윤이후(1636~1699)	逸民歌(1698)
	침굉(1616~1684)	歸山曲, 太平曲, 靑鶴洞歌 〈3편〉
	김기홍(1635~1701)	採薇歌, 農夫詞 〈2편〉
		*賞春曲, 전(傳) 정극인(1401~1481) 작
		*閨怨歌, 鳳仙花歌, 허초희(1563~1589), 무옥(?)
18세기	김춘택(1670~1717)	別思美人曲(1706~1710)
	남도진(1674~1735)	樂隱別曲(1722)
	*전의이씨(全義李氏)	〈絕命詞〉(1748) 곽내용의 부인
	권섭(1671~1759)	寧三別曲, 道統歌
	박순우(1686~1759)	金剛別曲(1739)
	김인겸(1707~1772)	日東壯遊歌(1763), 3500여 행
	이운영(1722~1794)	鑿井歌, 淳昌歌, 水路朝天行船曲, 招魂詞,
		說場歌, 林川別曲 〈6편〉

27) 김석배 편, 『경오본 노계가사(永陽歷贈, 구미문화원, 2006)』에 〈상사곡(相思曲)〉, 〈권
주가(勸酒歌)〉 두 편의 작품이 실려 있어 박인로의 가사는 모두 11편인 셈이다.

18세기	박이화(1739~1783)	郎湖新詞, 萬古歌 〈2편〉
	위백규(1727~1798)	自悔歌, 勸學歌, 合江停船遊歌 〈3편〉
	이벽(1754~1786)	天主恭敬歌(1779)
	이기경	尋眞曲, 浪遊詞(1791~1794)(2편), 벽위가사
	강응환(1735~1795)	武豪歌
	안조환(1765~?)	萬言詞, 萬言詞答, 思父母, 思伯父, 思子, 思妻 〈6편〉
	지영(영조대)	參禪曲, 奠說因果曲, 勸禪曲, 修善曲 〈4편〉
	*안동권씨 (1718~1789)	〈反嘲花煎歌〉, 이중실의 부인 〈嘲花煎歌〉 반박으로 지음, 육촌 남성
	*연안이씨 (1737~1815)	〈雙璧歌〉(1794), 〈扶餘路程記〉(1800), 안동 하회, 유사춘의 부인
	*남원윤씨 (1768~1801)	〈命道自歎辭〉, (詞, 1801), 한진구의 부인
	*金大妃, 안동김씨 (1789~1857)	〈훈민가〉 순조의 비
19세기	조성신(1765~1835)	皆岩亭歌, 陶山別曲, 連庵曲, 四時風景歌 〈4편〉
	남석하(1773~1853)	草堂春睡曲, 事親曲, 願遊歌, 白髮歌, 愛慶堂忠孝歌 〈5편〉
	조우각(1765~1839)	大明復讎歌, 天君復位歌(1824)
	정학유(1786~1855)	農家月令歌(19세기 초)
	유영무(1788~1871)	어우공녕당셩조가, 行世難歌, 五倫歌 〈3편〉
	최양업(1821~1861)	천주교가사 〈22편〉
	최제우(1824~1864)	동학가사 〈9편〉
	한산거사	漢陽歌(1844)
	김진형(1801~1865)	北遷歌(1853)
	김경흠(1815~1880)	不孝歎, 三才道歌, 警心歌 〈3편〉
	홍순학(1842~1892)	燕行歌(1866)

(2) -歌, -別曲, -曲, -詞 등 가사명칭의 문제

위 작품들을 -歌, -別曲, -曲, -詞 등 작품의 명칭별로 정리해보면 특이한 시대별 흐름을 짐작할 수 있다. 14~15세기엔 '-歌'란 명칭만이 사용되었고, 16세기 중반엔 '-別曲'이란 이름으로, 17세기 이후엔 '-曲'과 '-詞'란 명칭이 혼용되었음을 알 수 있다. 이 시대에도 '-歌'와 '-別曲'이란 제목이 함께 사용되었음은 물론이다.

-가: 14세기 나옹 〈승원가〉, 〈서왕가〉, 신득청 〈역대전리가〉
         15세기 이인형 〈매창월가〉, 조위 〈만분가〉
         16세기 이서 〈낙지가〉, 송순 〈면앙정가〉, 양사언 〈남정가〉

-별곡: 16세기 백광홍 〈관서별곡〉, 양사언 〈미인별곡〉,
         허강 〈서호별곡〉, 정철 〈성산별곡〉, 〈관동별곡〉 (+음악)

-곡: 16세기 정철 〈사미인곡〉, 〈속미인곡〉(별곡의 줄인말),
         17세기 박인로 〈沙堤曲〉, 조우인 〈出塞曲〉, 채득기 〈鳳山曲〉, 침굉 〈歸山曲〉, 〈太平曲〉, 송주석 〈北關曲〉, 김성달 〈蓬萊曲〉, 〈賞春曲〉(17세기 작?)
         18세기 이긍익 〈竹牕曲〉, 지영 〈參禪曲〉, 〈勸禪曲〉, 〈修善曲〉, 이기경 〈尋眞曲〉

-사: 16세기 정철 〈將進酒辭〉
         17세기 박인로 〈太平詞〉, 〈陋巷詞〉, 조우인 〈出關詞〉, 〈自悼詞〉, 김현중 〈花柳詞〉, 김기홍 〈農夫詞〉
         18세기 남원윤씨 〈命道自嘆辭〉, 전의이씨 〈絕命詞〉, 민우룡 〈金縷辭〉, 박이화 〈郎湖新詞〉, 이운영 〈招魂詞〉, 이기경 〈浪遊詞〉, 안조환 〈萬言詞〉

백광홍 이전에는 '-歌'란 제목만 사용되었고, 백광홍의 〈관서별

곡〉에서부터 시작한 '-별곡'이란 제목이 양사언의 〈미인별곡〉, 허강
의 〈서호별곡〉 등으로 사용되고 정철의 〈성산별곡〉, 〈관동별곡〉으
로 이어진다. 이들은 아마 새로운 음악에 붙여졌으므로 '-별곡'이란
이름을 얻은 듯하다.

정철의 〈사미인곡〉과 〈속미인곡〉은 '사미인별곡'이나 '속미인별곡'
의 준말인지 알 수는 없으나 이후 노계의 가사에서부터 '-곡'이란 명
칭이 사용되었다. 17세기에 〈사제곡〉, 〈출새곡〉, 〈봉산곡〉, 〈귀산
곡〉, 〈태평곡〉, 〈북관곡〉, 〈봉래곡〉, 18세기에 〈죽창곡〉, 〈참선곡〉,
〈수선곡〉, 〈심진곡〉 등이다. 이를 보면 정극인의 작이라 전해오는
〈상춘곡〉도 이 시기인 17세기 이후의 작품일 가능성이 짙다.

'-사(詞)'의 기원은 분명하지 않으나 정철의 〈장진주사〉에서 '辭'로
표기되었으나 박인로의 작품에서부터 〈태평사〉, 〈누항사〉 등으로 사
용되기 시작하여 〈출관사〉, 〈자도사〉, 〈화류사〉, 〈농부사〉, 〈절명
사〉, 〈초혼사〉, 〈낭유사〉, 〈만언사〉 등 17~18세기에 많은 작품의 제
목으로 쓰였다. '辭'란 제목으로도 남원윤씨의 〈명도자탄사〉, 민우룡
의 〈금루사〉 등이 있고, 박이화의 작품에서는 〈낭호신사〉와 같이 '新
詞'로 사용되기도 했다. 그밖에 17세기 박인로의 〈선상탄〉, 최현의
〈용사음〉, 〈월명음〉, 김충선의 〈모하당술회〉 가사에서는 '嘆, 吟, 述
懷' 등이 사용되기도 했다.

(3) 규방가사의 발흥과 후기가사

가사문학의 하위장르로 '양반가사와 평민가사', '사대부가사와 서
민가사', '남성가사와 여성가사' 등의 분류가 가능하다. 양반과 평민,

사대부(士大夫)와 서민(庶民), 남성과 여성의 대별이 가능하기 때문이다. 그러나 학계에서는 '규방가사(내방가사)'라는 특별한 범주를 설정하여 사용하고 있다. 양반이나 평민, 사대부나 서민 속에 여성도 당연히 포함되기에 남성가사의 대개념으로서가 아닌 부녀가사, 여성가사 등은 설정할 수 없다. 따라서 '규방가사'란 명칭을 사용하고자 한다.

규방가사는 여성들만의 공간인 규방(閨房, 內房)에서 향유된 독특한 가사문학을 일컫는다. 충청도와 전라도에서 규방가사가 발견되기도 하였으나 대량으로 유통되고 창작된 곳은 주로 영남지역이다. 혼인으로 인해 집안끼리 서로 주고받으며 부녀자들을 위한 교육적 효용으로서 교훈가사를 주축으로 발달하였지만, 나아가 화전가(花煎歌), 애정가, 자탄가(自歎歌) 등 여성들의 희로애락(喜怒哀樂)을 노래한 다양한 모습의 작품들이 창작되었다.

규방가사의 효시작품으로 이현보의 모친 권씨의 〈선반가〉를 들기도 하나 이는 시조형식으로 농암 이현보가 왕이 내린 음식을 부모께 드리려 간 기쁨을 노래한 작품이라 생각되며, 허초희(난설헌, 1563~1589)나 허균의 첩 무옥의 작이라고도 하는 〈규원가〉나 〈봉선화가〉도 작가에 대한 확실성이 없다.[28]

〈규원가〉는 일명 〈원부사(怨婦辭)〉라고도 하는데, 송계연월옹의 『고금가곡』엔 난설헌의 작으로, 홍만종의 『순오지』에는 허균의 첩 무옥의 작(怨婦辭筠妾巫玉所製)이라 하였다. 〈봉선화가〉는 『정일당잡식(貞一

---

[28] 16세기 중엽에 황진이, 노진의 모친 권씨 등의 여성들에 의한 시조 작품은 전해오나 이때 여성들에 의해 〈규원가〉나 〈봉선화가〉 같이 우리말을 완벽하게 구사한 가사작품이 창작될 수 있었는지는 학계의 연구결과를 좀 더 지켜보아야 하겠다.

堂雜識)』에 작가가 없이 기록되어 전하는데 이병기가 난설헌의 한시와 비슷하다는 까닭으로 그의 작품으로 추정하였다.[29]

　허초희(난설헌, 1563~1589)는 16세기 후반 명문가인 허엽의 딸로 한학을 공부한 양반이다. 남편 김성립과 사이가 좋지 않았다고 하더라도 남편을 '장안 경박자'라 표현하였을지 의문이고, 28살에 요절하였는데도 '엊그제 졈엇더니 ᄒ마 어이 다 늙거니', '늙거야 셜운말슴 하쟈 ᄒ니 목이멘다' 등의 표현이 나오고, 난설헌의 한시와도 시상이 그리 일치하지 않는다. 그러기에 홍만종은 허균의 첩 무옥의 작이라 기록하였다.

　홍만종(1643~1725)이 1678년(숙종 4)에 『순오지』를 지었다고 하니 난설헌보다는 적어도 90년은 늦은 때다. 그렇다면 작가의 문제는 보류하더라도 적어도 17세기 말에는 〈원부사〉든 〈규원가〉든 〈봉선화가〉든 여성들에 의한 이러한 가사작품이 창작되었다고 보아야 하겠다. 다음 시대 여성들의 가사작품은 18세기에 이르러서야 나타나는데 현재까지 규방가사 작품으로 알려진 초기 작품들은 다음과 같다.

- 〈절명사(絶命詞)〉(1748, 영조 24), 전의이씨(全義李氏), 남편 곽내용
- 〈반조화전가(反嘲花煎歌)〉, 안동권씨(1718~1789), 남편 이중실
  　육촌 남자 〈조화전가(嘲花煎歌)〉에 대한 반박으로 지음.
- 〈쌍벽가(雙璧歌)〉(1794, 정조 18), 〈부여노정기(扶餘路程記)〉(1800),
  　연안이씨(1737~1815), 안동 하회, 남편 유사춘
- 〈명도자탄사(命道自歎辭)〉(詞, 1801, 순조 1), 남원윤씨(1768~1801),
  　남편 한진구

---

29) 류연석, 『가사문학의 연구』, 앞의 책 120쪽.

• 〈훈민가〉, 김대비(金大妃, 1789~1857), 안동김씨, 순조의 왕비

> 하늘이 날을 내고 名節을 붉히시미로다
> 국가 흥망도 龍虎 千臣이
> 宮闕을 호위ᄒ나 天數를 못 免ᄒ니
> 少女의 됴고마흔 몸을 恨흘배 아니로듸
> 이십년 痕迹이 전흘 거시 업시디니
> 祖上은 뉘게 傳고 無托ᄒ신 尊舅ᄂ 무어슬 의디홀고
> 슬프다 이 빅여 어듸로조차 스스로 근다
> 瀟湘斑竹 내 어이 ᄎ자갈다[30] (전의이씨, 절명사 앞부분)

곽내용의 부인인 전의이씨(1723~1748)가 결혼한 이듬해 남편이 병사하자 일주기를 마친 뒤 스스로 자진(自盡)하기 직전에 지은 슬픈 작품으로 연대가 확실한 최초의 여성가사이다. 남편이 죽고 난 뒤 자신의 슬픈 운명을 어디로 갈 줄 모르는 배에 비유한 작품으로 마지막 비장한 심정을 절규하고 있다. 초기 규방가사 작품으로 음수율에 대한 정형의식은 미흡해 보인다.

조선후기인 18세기, 19세기엔 장편 기행가사가 나타나고, 서민들의 생활상을 노래한 서민가사와 천주교, 동학, 불교 등을 포교하기 위한 종교가사가 대량으로 창작된다. 곧 후기가사는 실용화하여 특정 종교를 포교하거나 설득하고, 여행의 내용이나 느낌을 자세히 기술하고, 대중화를 통해 서민들의 삶을 노래한다. 수천 행에 이르는 장편 기행가사가 창작되고 전문 가객들에 의해 잔치의 유흥에 사용

---

30) 심재완, 「전의이씨 절명사」, 『국어국문학연구』 9집, 청구대, 1966.
　　홍재휴, 「전의이씨유문고」, 『국어교육논지』 1호, 대구교대, 1973.

되기도 하였다.

> 장흘손 왜놈들은 천간이나 지어시며
> 그 듕의 호부흔 놈 구리기와 니어노코
> 황금으로 집을 꾸며 샤치키 이샹ᄒ고
> 남의셔 북의 오기 빅니나 거의 ᄒ듸
> 녀염이 빈틈업서 듐복이 드러시며
> 흔가온대 낭화강이 남북으로 흘러가니
> 텬하의 이러흔 경 쏘 어듸 잇단 말고
> 북경을 본 역관이 힝듕의 와 이시듸
> 듕원의 장녀ᄒ기 이에셔 낫쟌타닉. (일동장유가 일부)

인용부분은 일본 통신사행의 종사관 서기로 따라간 김인겸의 〈일동장유가〉 중 몇 행인데, 상업으로 발달한 일본의 번화한 도시를 사실적으로 묘사하고 있다. 사행가사(使行歌辭)[31]로는 17세기 말 유명천(또는 침방)[32]의 〈연행별곡〉(1694)과 박권의 〈서정별곡〉이 청나라를 사행한 최초 국문가사이지만, 장편 기행가사로는 일본을 사행한 김인겸(1707~1772)의 〈일동장유가〉(1763)가 3500여 행으로 대표적이다. 이밖에 장편 기행가사로는 김지수의 〈서행록〉(1828, 2710구), 한산거사의 〈한양가〉(1844, 1800여구), 유인목의 〈북행가〉(1866, 1068구), 홍순학의 〈연행가〉(1866, 3924구) 등이 있다.

---

31) 유정선, 『18·19세기 기행가사 연구』, 역락, 2007.

32) 〈연행별곡〉의 작가로 임기중(「연행가사의 연구」, 『한국문학연구』 10집, 동국대 한국문학연구소, 1987, 485~492쪽)은 유명천(柳命天)으로, 심재완(한국고전문학전집 10, 민중서관, 1971, 49~51쪽)은 심방(沈枋)으로 보았다.

어와세상 벗님늬야 이내말슘 드러보소
집븐에는 어론잇고 느라에는 임금잇네
네몸에는 령혼잇고 ᄒᄂᆞᆯ에만 텬주잇네
부모에게 효도ᄒᆞ고 임금에는 충성ᄒᆞ네
슘강오륜 지켜가즈 텬주공경 읏씀일세
이늬몸은 죽어져도 령혼늄어 무궁ᄒᆞ리
인륜도덕 텬주공경 령혼불멸 모ᄅᆞ며는
사ᄅᆞ셔는 목석이요 주거서는 듸옥이ᄅᆞ (천주공경가 앞부분)

시호시호 이내시호 부재래지 시호로다
만세일지 장보로서 오만년지 시호로다
용천검 드는 칼을 아니 쓰고 무엇하리
무수장삼 떨쳐 입고 이칼 저칼 넌즛 들어
호호망망 넓은 천지 일신으로 비껴 서서
(칼노래) 한 곡조를 시호시호 불러내니
용천검 날랜 칼은 일월을 희롱하고
게으른 무수장삼 우주에 덮혀 있네
만고명장 어데 있나 장부 당전 무장사라
좋을시구 이내 신명 이내 신명 좋을시구. (검결 전문)

이벽의 〈천주공경가〉 앞부분과 동학가사 〈검결〉의 전문이다. 종교가사로는 17세기 침굉(1616~1684)의 〈귀산곡〉, 〈태평곡〉, 〈청학동가〉 등의 불교가사, 18세기 이벽(1754~1786)의 〈천주공경가〉, 정약전(1758~1816)의 〈십계명가〉 등 천주교가사와 이가환(1742~1801)의 〈경세가〉, 이기경의 〈심진곡〉, 〈낭유사〉와 같이 천주교를 비판하는 벽위가사(闢衛歌辭)도 함께 창작되었다. 영조 대(1724~1776)에 지영의 〈참선

곡〉, 〈전설인과곡〉, 〈권선곡〉, 〈수선곡〉 등의 불교가사와 19세기에
최양업(1821~1861)의 천주가사 22편, 최제우(1824~1864)의 동학가사 9
편 등이 지어졌다.

또한 서민에 의하여 지어진 가사나 서민의식을 바탕으로 많은 서
민가사(庶民歌辭)[33]들이 창작되었는데, 다음은 〈노처녀가 1〉의 앞부
분이다.

> 인간셰상 스룸들아 이닉 말솜 드러보소
> 인간만물 삼긴 후예 초목금슈 짝이 잇다
> 인간에 숨긴남녀 부부ᄌ손 갓건마ᄂ
> 이닉팔ᄌ 험구질ᄉ 날갓흔니 쏘잇ᄂ가
> 빅년을 다살ᄋᆞ야 삼만육쳔 일이로다
> 혼ᄌ사니 쳔년살며 정녀되야 만년살ᄼ
> 답답흔 우리부모 가난흔 좀냥반이
> 양반인체 된체ᄒ고 쳐ᄉ가 불민ᄒᆞ야
> 괴망을 일솜으니 다만 흔 쌀 늙어간다. (노처녀가 1, 앞부분)

3) 가객의 번성과 음악의 변화

(1) 가곡, 시조, 가사의 음악적 성격[34]

[1] 가곡(歌曲)

우리나라 전통 성악(聲樂) 중 사람의 감정을 드러내지 않고 아정(雅

---

33) 김문기, 『서민가사연구』, 형설출판사, 1983, 220쪽.
34) 문현·김혜리, 『가사』, 국립문화재연구소, 민속원, 2008.
　　제1장 '정가의 개념과 종류'(12~28쪽)를 참고로 하였음.

正)하게 노래하는 가곡, 가사, 시조를 정가(正歌, 正樂)라고 하는데 이는 속가(俗歌, 民俗樂)의 반대되는 노래로 주로 사대부와 선비들의 인격수양을 위해 불렀던 노래다. 가창방식이 매우 까다로워 5음 이외의 음은 사용하지 않고 음의 떨림이나 꺾임 등 감정표현을 엄격히 금하였다고 한다.

가곡은 관현악 반주에 시조시(時調詩)를 얹어서 노래하는 음악인데 자진한잎(삭대엽) 또는 만년장환지곡(萬年長歡之曲)이라고도 부른다. 가곡의 원형은 『양금신보』의 기록에 의하면 만대엽, 중대엽, 삭대엽이 모두 고려의 〈정과정곡〉 삼기(三機), 즉 만기(慢機), 중기(中機), 급기(急機)에서 파생했다고 한다. 가곡은 초·중·종장 3장형식의 시조시를 5장으로 나누어 전주에 해당하는 대여음(大餘音)과 간주격인 중여음(中餘音)을 더하는 구조로 남창가곡과 여창가곡이 있다.

[2] 시조(時調)

가곡이 5장인데 비해 시조는 초장, 중장, 종장의 3장형식으로 된 시조시(時調詩)다. 가곡으로부터 18세기경 시조창(時調唱)으로 발달하였으며, 지역에 따라 호남지방의 완제(完制), 영남지방의 영제(嶺制), 충청도지방의 내포제(內浦制), 서울지방의 경제(京制)로 나누기도 한다.

부르는 방법에 따라 평시조, 중허리시조, 지름시조, 사설지름시조, 사설시조 등으로 분류하는데, 시조의 기본형식인 평시조는 중간 음역대인 평평한 음으로 부르는 방법이고, 중허리시조는 초장 중간쯤에 높은 음이 출현하기 때문이고, 지름시조는 첫 음을 높이 질러 부르기에 붙여진 이름이다. 사설시조는 노랫말의 글자 수가 평시조에 비해 사설조로 길어진 시조이다. 시조창에서는 종장 끝음절인 '하노라', '하여라' 등은 생략하고 부르지 않는다.

[3] 가사(歌辭, 歌詞)

16세기 허강의 〈서호별곡(西湖別曲)〉과 정철의 〈관동별곡(關東別曲)〉 등은 음악에 붙여져 노래했다는 기록이 있으나, 나머지 대부분의 가사(歌辭) 작품들은 단순한 가락으로 음영(吟詠)되거나 낭송(朗誦)으로 전하여 왔다. 18세기에 이르러 가객들에 의해 노래로 불린 십이가사(十二歌詞)가 완성되었다. 12편의 음악이 붙은 가사(歌詞)는 긴 사설을 일정한 선율과 장단의 틀에 넣어서 노래하는 성악곡으로 작품마다 개별악곡을 가지고 있다.

(2) 가객과 십이가사 및 잡가의 발달

가객은 아악서(雅樂署), 전악서(典樂署), 봉상시(奉常寺), 장악원(掌樂院) 등 관(官)에 소속된 가인(歌人)들이 아닌, 민간에서 노래에 대한 수요를 충족시키는 것을 업(業)으로 한 일군(一群)의 사람들35)이라 할 수 있는데, 이들 가객의 등장은 17세기말경이나 18세기에는 김유기, 김천택, 김수장, 19세기엔 박효관, 안민영 등이 등장하여 가집편찬을 주도하였다.

한시를 창작하던 여항시인(閭巷詩人)들이 시사(詩社)를 결성한데 비해 가객(가창자)들은 가단(歌壇)을 형성하였는데, 18세기 중반에 편찬된 『해동가요』에 김수장을 중심으로 한 56명의 가객 명단이 실려 있

---

35) 박규홍, 『시조문학연구』, 형설출판사, 1996, 가객의 출현과 가단 215, 221~227쪽.

다.36) 이들은 시조문학의 저변확대와 더불어 잡가의 발달을 주도하였다.

음악적으로 시조는 16세기 초『양금신보』의 기록을 근거로 고려〈정과정곡(삼진작, 三眞勺)〉음악의 엽(葉)으로부터 오나리 시조가 발달하였다고 보기도 한다.37) 명칭을 통해서는 고조(古調)에 대한 신조(新調), 신성(新聲), 신번(新飜) 등의 새로운 곡조로 볼 수도 있고, 가곡(歌曲)과 시조창(時調唱), 고조(古調)와 시조(時調)의 대비로 볼 수도 있다. 빠르기에 따라서 만대엽-중대엽-삭대엽으로 발달하였는데 세부적인 곡조의 성격에 따라 여러 가지 가지풍도(歌之風度)로 나눌 수도 있으며, 부르는 방법과 기능에 따라 평시조, 엇시조, 사설시조, 만횡청류, 지름시조, 농시조, 낙시조 등 여러 종류로 나눌 수도 있다.

조선후기인 18세기에는 장형시조가 유행하였다. 형식적으로는 16세기 노진(1518~1578)의 모친 권씨, 김우굉(1524~1590), 고응척(1531~1606), 정철(1536~1593), 강복중(1563~1639) 등에 의해 장형시조가 창작되었지만 18세기에 이르러서야 시조문학의 장형화, 서민화, 유흥화에 힘입어 전문가객들에 의해 크게 흥행하게 된다.

가사문학의 경우도 양반과 사대부들의 전유물에서 창작층과 향유층이 확대되어 서민가사가 발생하고, 단순히 입으로 낭송이나 음영되던 가사에서 음악적인 노래에 얹어져 가창된 십이가사가 발달하였으며, 민요, 잡가, 판소리 등과 함께 전문 가객들에 의해 대중화, 상

---

36) 김용찬, 『18세기의 시조문학과 예술사적 위상』, 월인, 178쪽.
37) 권두환, 「시조의 발생과 기원」, 김학성·권두환 편, 『신편 고전시가론』, 2002, 새문사, 308~325쪽.
　　"時調大葉 慢中數 皆出於鄭瓜亭三機曲中" 양덕수, 『양금신보』.

업화로 조선후기를 풍미하게 된다.

[1] 십이가사(十二歌詞)

이현보(李賢輔)가 개작한 〈어부사〉를 빼고는 작자와 연대를 알 수 없지만, 하규일과 임기준에 의해 전해오는 십이가사는 〈백구사(白鷗詞)〉, 〈황계사(黃鷄詞)〉, 〈죽지사(竹枝詞)〉, 〈춘면곡(春眠曲)〉, 〈어부사(漁父詞)〉, 〈상사별곡(相思別曲)〉, 〈길군악(行軍樂)〉, 〈권주가(勸酒歌)〉, 〈수양산가(首陽山歌)〉, 〈양양가(襄陽歌)〉, 〈처사가(處士歌)〉, 〈매화타령(梅花打令)〉 등 12편이다.

내용을 보면 〈백구사〉, 〈죽지사〉, 〈어부사〉, 〈양양가〉, 〈처사가〉 등은 자연 속에서의 한가하고 조용한 정취를 노래했으며, 〈상사별곡〉, 〈황계사〉, 〈춘면곡〉, 〈권주가〉 등은 님과의 이별이나 인생의 무상을 노래했다. 〈어부사〉는 『악장가사』와 『가곡원류』에 실려 있고, 『청구영언』에는 〈백구사〉 등 9곡, 『고금가곡』에는 〈죽지사〉 등 4곡, 『남훈태평가』에는 〈백구사〉 등 5곡이 실려 전한다.

[2] 잡가

가곡, 시조, 가사는 음악적으로 궁중악의 일종인 정악(正樂, 正歌)인 반면 민요, 잡가, 판소리 등은 민간이나 대중들에 의해 형성된 민속음악(俗歌)이다. 조선 후기에는 특히 잡가가 유행하였는데, 잡가는 이름처럼 장르의 혼합으로 그 특성을 규명하기가 쉽지 않다.

잡가는 '창곡왕성(唱曲旺盛)시대'를 통해 여러 연행문화권을 숙주로 삼아 새롭게 생성된 파생장르[38]라 하기도 하고, 17~8세기 이래로 여항 혹은 시정을 중심으로 상업도시로의 발달과 함께 새로이 부상

하기 시작한 대중음악으로 상층, 하층 어느 쪽에도 속하지 않는 제3
의 문화로서의 독자성을 갖는 대중문화의 산물로 보기도 한다. 그러
므로 잡가의 뿌리는 도시대중으로 특정신분에 국한되지 않아 대원군
등 왕실로부터 광대(廣大), 창우(唱優), 기생(妓生), 천인(賤人) 등 모두에
게 흥행하였다.39)

이러한 잡가는 유희, 쾌락, 풍자 등의 기능으로 통속화, 상업화,
전문화, 자본화, 기계화(음반, 레코드)를 통해 널리 대중으로 확대되어
도시문화인 유행가(대중가요)로 발달하였다. 소리꾼으로 불리던 가객
들은 유행가를 부르면서 가수나 연예인으로 그 명칭도 바뀌게 된다.

4) 시조문학과 가사문학에 대한 평가

지금까지 살펴본 시조와 가사 문학은 조선시대 대표적인 문학장르
다. 시조문학의 발생을 조선조인 15~16세기로부터 보고자 하는 학자
들도 있다.40) 그러나 그 이전의 많은 작품들을 모두 후대의 위작으로
간주할 수는 없다. 한역되거나 후대에 훈민정음으로 정착된 고려 말
과 조선 초의 많은 작품들이 이야기와 더불어 전해왔음은 그만한 근
거가 있기 때문이다. 실증적인 자료만으로 문학사를 구성하려면 구
비문학의 경우에는 아예 제외해야 마땅할 테니까 말이다. 구비문학
이라고 하여 아무런 근거 없이 후대에 조작된 것이라고 판단할 수는

---

38) 성무경, 「잡가 〈유산가〉의 형성 원리」, 김학성·권두환 편, 『신편 고전시가론』, 앞의
    책, 496쪽.
39) 김학성, 「잡가의 생성기반과 사설 엮음의 원리」, 위의 책, 481~482쪽.
40) 권두환, 「시조의 발생과 기원」, 『관악어문연구』 18집, 서울대 국문과, 1983.
    이상원, 『조선시대시가사의 구도와 시각』, 앞의 책, 11~23쪽.

없다.

그러므로 시조문학은 고려 말부터 일정한 음악을 가진 동일형식의 가곡(고조,古調)에 얹힌 가사로 신흥사대부인 유학자들 사이에 널리 유행한 노래시(詩)다. 고려 말 절의파들의 노래로 조선 초에 금기시 되고, 세조 대와 연산군 대에 다시 위축되었다가 중종 대에 와서야 크게 부흥하였다.

가사문학의 경우도 여전히 고려 말 나옹과 신득청의 작품에 대해 회의의 시각이 없지 않다. 고려 말에 가사가 존재하였다면 나옹의 〈승원가〉와 신득청의 〈역대전리가〉와 같이 한문을 차용한 이두체의 기록으로 존재하였을 것이다. 고려 말 가사가 후대의 위작(僞作)이고, 정극인의 작이라 전해오는 〈상춘곡〉 또한 17세기 이후의 작품이라면, 조선 성종 때 이인형의 〈매창월가〉와 조위의 〈만분가〉를 가장 확실한 초기가사로 보아야 할 것이다.

시조와 가사문학은 4음보를 주조로 한 유학자들의 서정문학으로 출발하여 조선의 대표적인 문학장르가 되었다. 시조 3행의 서정적 단형을 극복하고 장형화함으로써, 행수를 무제한으로 연장할 수 있는 산문성과 교술성을 가진 가사문학으로 발전하였다. 그러므로 초기 많은 정격가사(正格歌辭)의 경우 가사의 결사(結詞)형식이 시조종장 형태를 그대로 유지하고 있다.

시조문학에서 가장 우수한 작품을 창작한 작가로는 남성으로 윤선도(17세기), 여성으로 황진이(16세기)를 꼽을 수 있고, 양적으로 가장 많은 시조를 지은 사람은 458수의 작품을 남긴 19세기의 왕족 이세보이고, 다음 다작자(多作者)로는 안민영(186수), 김수장(124수), 조황(111수) 등이다.

가사문학의 경우 질적으로는 정철의 송강가사가 단연 돋보이는데, 그 중에서 김만중의 의견[41]처럼 〈속미인곡〉을 가장 높게 평가할 만하다. 그리고 17세기에 창작된 것으로 보이는 (정극인의 작이라 전해오는) 〈상춘곡〉 또한 아름다운 서정시로 송강의 작품에 버금간다. 또한 양적으로는 11편의 작품(노계가사)을 창작한 17세기의 작가 박인로가 우뚝하다.

> 데 가는 뎌 각시 본 듯도 흔뎌이고
> 天上 白玉京을 엇디ᄒ야 離別ᄒ고
> 히 다 져믄 날의 눌을 보라 가시ᄂᆞᆫ고
> 어와 녜여이고 이내 ᄉᆞ셜 드러보오
> 내 얼골 이 거동이 님 괴야즉 흔가마ᄂᆞᆫ
> 엇딘디 날 보시고 네로다 녀기실ᄉᆡ
> 나도 님을 미더 군ᄠᅳ디 젼혀 업서
> 이리야 교틱야 어즈러이 ᄒᆞ돗썬디
> 반기시ᄂᆞᆫ 낫비치 녜와 엇디 다ᄅᆞ신고
> 누어 싱각하고 니러 안자 혜여ᄒᆞ니
> 내 몸의 지은 죄 뫼ᄀᆞ티 싸혀시니
> 하ᄂᆞᆯ히라 원망ᄒᆞ며 사ᄅᆞᆷ이라 허믈ᄒᆞ랴 (속미인곡 앞부분)

> 紅塵에 뭇친 분네 이 내 生涯 엇더ᄒᆞᆫ고
> 녯 사ᄅᆞᆷ 風流를 미출가 못 미출가
> 天地間 男子몸이 날만흔이 하건마ᄂᆞᆫ

---

41) 김만중, 『서포만필(하)』, 일지사, 2004, 389쪽.
    況此三別曲者 有天機之自發 而無夷俗之鄙俚 自古左海眞文章 只此三篇
    然又就三篇而論之 則後美人尤高 關東前美人 猶借文字語 以飾其色耳.

山林에 뭇쳐 이셔 至樂을 ᄆᆞᄅᆞᆯ 것가
數間 茅屋을 碧溪水 앏픠 두고
松竹 鬱鬱裏예 風月主人 되어셔라.
엇그제 겨을 지나 새봄이 도라오니
桃花 杏花ᄂᆞᆫ 夕陽裏예 뛰여 잇고
綠楊 芳草ᄂᆞᆫ 細雨中에 프르도다. (상춘곡 앞부분)

〈사미인곡〉과 함께 가장 뛰어난 가사작품인데, 우리말 구사력에 있어 〈속미인곡〉이 조금 앞선 듯이 보인다. 〈상춘곡〉은 『불우헌집』에 정극인의 작품으로 전해오나 여러 가지 의문점이 있고 가사작품의 제목에 '–曲'이라 한 것으로 보아 17세기 이후의 창작일 가능성이 높다. 작가와 창작시기의 문제는 있지만 작품성으로는 송강의 작품에 비해 손색이 없으며, 아름다운 봄을 맞이하는 뛰어난 서정시로 조선 선비의 풍류를 엿볼 수 있다.

5. 가집편찬

훈민정음 창제 이전의 모든 문헌이 한자로 기록되었음은 말할 나위가 없다. 남아 전하는 최초의 역사서인 『삼국사기』와 『삼국유사』뿐 아니라 훈민정음이 창제된 이후 간행된 『고려사』 또한 완전히 한자로만 기록된 문헌이다. 고려시대 편찬된 『균여전』과 『삼국유사』에 향가문학이 향찰문자로 기록되어 전한다. 향찰로 기록된 향가문학 이외의 모든 우리 시가작품은 훈민정음이 창제된 15세기 이후에야 기록으로 정착되었다. 훈민정음 창제 이전에는 고려노래와 초기시조 등을 익재와 급암의 소악부나 시조 한역으로 기록하였을 뿐이다.

조선이 건국된 후 훈민정음이 창제되고 나서야 고려의 속악(향악)에 쓰인 노랫말 가사들이 문헌에 정착한다. 려가를 기록한 속악가사집, 시조나 가곡의 노랫말을 기록한 악보집, 가곡집, 시조집, 그리고 민요나 잡가 및 판소리를 기록한 민요집, 잡가집, 판소리집 등이 있다. 그밖에 개인문집이나 족보에도 많은 기록들이 남아 있고, 기록형태로는 목판본, 활자본, 필사본 등으로 다양하다.

1) 속악가사집의 편찬

조선 문종 원년에 완성된 『고려사(악지)』도 그 시대 속악가사에 대한 기록이나 『고려사』에는 한글이 한 자도 포함되어 있지 않기에 고려의 문헌으로 언급한 바 있다. 훈민정음이 창제되고 국악을 정비하면서 성종 대에 『악학궤범(樂學軌範)』이 편찬되고, 임진란 이전의 간행으로 보이는 『시용향악보(時用鄕樂譜)』가 정간악보로 간행되었으며, 그 후 연대가 불확실한 『악장가사(樂章歌詞)』, 그리고 영조 대에 『악학편고(樂學便考)』, 『대악후보(大樂後譜)』 등이 간행되었다.

(1) 『악학궤범(樂學軌範)』

1493년(성종 24) 왕명에 따라 성현, 유자광, 신말평, 박곤, 김복근 등이 편찬하였는데, 율을 만드는 원리, 율을 쓰는 법, 악기와 의물(儀物)의 형체, 제작, 무도(舞蹈)와 철조(綴兆)의 진퇴절차 등을 기록한 최초의 국가적 악서이다.

『악학궤범』의 권5, 성종조 향악정재도의(鄕樂呈才圖儀) 중 아박(牙拍)

에 〈동동〉의 가사, 무고(舞鼓)에 〈정읍사〉의 가사, 학연화대처용무합설(鶴蓮花臺處容舞合設)에 〈처용가〉와 〈삼진작(三眞勺)〉 가사가 실려 있고, 그밖에 조선시가로 〈여민락〉, 〈봉황음〉, 〈북전〉, 〈문덕곡〉, 〈납씨가〉, 〈정동방곡〉 등과 불찬가(佛讚歌)인 〈미타찬〉, 〈본사찬〉, 〈관음찬〉이 실려 있다.

(2) 『시용향악보(時用鄕樂譜)』

『시용향악보』는 세종시에 쓰이기 시작한 정간악보[42]로 각 노래의 1장만을 기록한 음악중심의 악보이다. 여기에는 26편의 노래가 실려 있는데 『악학궤범』에 실린 곡은 없고 『악장가사』에 실린 곡으로는 9편이 있다. 그 가운데 〈납씨가〉와 〈유림가〉는 조선초기 시가이고, 고려시가로는 〈사모곡〉, 〈서경별곡〉, 〈정석가〉, 〈청산별곡〉, 〈귀호곡(가시리)〉, 〈풍입송〉, 〈야심사〉 7곡이 있다.

『악학궤범』이나 『악장가사』에 없는 17곡이 전하는데, 민요로 보이는 〈유구곡(維鳩曲)〉, 〈상저가(相杵歌)〉, 조선초 한문악장인 〈생가요량(笙歌寥亮)〉, 두보의 한시에 현토한 〈횡살문(橫殺門)〉, 성종 때 개찬가사인 〈쌍화곡〉과 무가 12편 등이다. 무가 12편은 〈나례가(儺禮歌)〉, 〈성황반(城皇)〉, 〈내당(內堂)〉, 〈대왕반(大王飯)〉, 〈잡처용(雜處容)〉, 〈삼성대왕(三城大王)〉, 〈군마대왕(軍馬大王)〉, 〈대국일(大國一)〉, 〈대국이(大國二)〉, 〈대국삼(大國三)〉, 〈구천(九天)〉, 〈별대왕(別大王)〉 등이다.

---

42) 정간악보(井間樂譜)는 조선 세종 때에 창안된 악보로 음악사에서 자랑할 만한, 음의 길이를 표시할 수 있는 동양 최초의 유량악보(有量樂譜)이다. 처음 32정간악보에서 16정간악보로 발달하였는데, 음의 높이(宮上下譜)와 음의 길이를 표시할 수 있는 발달된 악보이다.

(3) 『악장가사(樂章歌詞)』

편찬자와 연대는 미상이나, 조선 중종·명종 연간에 밀양 사람 박준(朴浚)이 엮었다는 주장(김태준, 양주동, 조윤제, 김지용)과 인조·효종 연간(김광순) 또는 효종·숙종 연간(박준규)에 편찬되었다는 견해가 있다. 『악장가사』는 조선왕실 규장각본과 일본 경도대학 소장본(일명 속악가사)43), 해남 윤씨본(일명 아속가사)44) 등의 이본들이 있다.

『악장가사』에는 궁중에서 연주되던 아악과 속악이 실려 있는데 속악 속에 24편의 가사가 있다. 이 중 고려시가로는 〈정석가〉, 〈청산별곡〉, 〈서경별곡〉, 〈사모곡〉, 〈쌍화점〉, 〈이상곡〉, 〈가시리〉, 〈처용가〉, 〈만전춘(별사)〉, 한문가사인 〈풍입송〉, 〈야심사〉, 경기체가인 〈한림별곡〉, 당악(唐樂)인 〈보허자〉 등 13곡이 기록되어 있다.

(4) 『악학편고(樂學便考)』

조선 영조 때 병와(瓶窩) 이형상(李衡祥)이 엮은 『악학편고』는 4권 3책으로 되어 있는데 2권은 훼손되어 전하지 않는다. 1권은 음악이론을, 3권은 역대 중국과 우리나라의 아악장 및 속악장 상(上)을, 4권은 속악장 하(下)로 중국 속악과 우리나라 신라, 고구려, 조선의 속악이 실려 있다.45)

여기에 실린 고려시가로 지금까지 알려진 노래는 〈풍입송〉, 〈야심사〉, 〈한림별곡〉, 〈정석가〉, 〈청산별곡〉, 〈서경별곡〉, 〈쌍화점〉, 〈이

---

43) 김지용, 「속악가사 해제」, 『국어국문학』 36, 37·38호, 1967.
44) 박준규, 「아속가사 연구」, 『호남문화연구』 7호, 전남대, 1975.
45) 권영철, 『악학편고』 해제 및 영인본, 형설출판사, 1976.

상곡〉, 〈가시리〉, 〈처용가〉, 〈사모곡〉 등 11편이며 〈만전춘〉은 조선 시가로 실려 있다. 『악학편고』의 특색은 왕조별로 시대를 구분하여 기록되어 있으므로 고려시가를 연구하는 데 있어 대상작품의 한정에 하나의 증거를 제공해주고 있다. 이밖에도 ○표로 각 작품의 장과 곡 을 구분해 놓은 것이 특색이다.

(5) 『대악후보(大樂後譜)』

1759년 조선 영조 35년 서명응(徐命膺)이 『대악전보(大樂前譜)』와 함 께 편찬하였다. 그러나 『대악전보』는 전하지 않고 『대악후보』만 7권 7책의 필사본이 현재 국립국악원에 전한다. 권1, 2에 세조 때 악보를 싣고, 고려의 시가로는 권5에 〈정과정곡〉, 〈이상곡〉, 〈서경별곡〉 1 장이 있고, 권6에 〈한림별곡〉 1장, 〈쌍화점〉 1, 2, 3장, 악보가 다른 〈서경별곡〉 1장이 실렸으며, 권7에는 가사가 없는 악보들이 실려 있 어 고려시가 연구자료로서 가치가 크다.

2) 시조, 가사, 잡가, 판소리 등 가집편찬

시조문학을 기록한 대표적 가집으로는 『청구영언』, 『해동가요』, 『가곡원류』 등이 있고, 가사문학의 경우 『송강가사』, 『노계집』을 비 롯하여 '-遺稿, -歌帖, -歌集, -錄, -歌曲, -歌詞' 등 다양한 이름 의 목판본이나 필사본들이 전하고 있다. 또한 민요, 잡가, 판소리 등 이 여러 가집에 실려 있고, 『농암집』, 『불우헌집』 등의 문집과 『장절 공유사』와 같은 집안의 족보 속에도 많은 작품들이 기록되어 전한다.

박을수는 『한국시가문학사』[46)에 시조집 88종, 문집, 판본, 필사본

118종에서 400여 명 시조작가와 5600수(여말부터 개화기까지 시조)의 시조작품을 정리하였고, 고려대민족문화연구원에서 간행한 『고시조대전』에는 인용된 문헌이 316종인데, 그중 가집 127종, 문집 및 기타 93종만을 해제하여 『고시조문헌해제』[47)]에 수록하였다. 5500여수의 시조가 실린 모든 문헌은 한글이 창제된 15세기 중엽 이후에 편찬된 문헌들이다.

시조집의 경우 초기 악보인 『금합자보』(琴合字譜, 1572)나 양덕수의 『양금신보』(梁琴新譜, 1610)에는 '오ᄂ리 오ᄂ리쇼셔'와 '이 몸이 주거주거' 두 시조의 가사만 기록되어 있고, 이덕윤의 『현금동문류기』(玄琴東文類記, 1620)와 김성기의 『어은보』(漁隱譜, 1719)에는 가사 없이 악보만 수록되어 있음을 보면, 이때까지 시조는 동일음악에 가사만 바꾸어 부르다가 이후 다양한 음악으로 분화하였음을 알 수 있다.

이후 농암의 『농암야록』(聾巖野錄), 박준의 서(書), 이승형이 은개에게 노래를 가르치며 사용했다는 『고금가사』(古今歌詞), 이름만 전하는 『기술잡록』(記述雜錄), 『동국악보』(東國樂譜), 김유기가 교재로 사용했다는 『영언선』(永言選) 등 여러 초기 소책자 형태의 가집들을 거쳐 『청구영언』, 『해동가요』, 『가곡원류』 등 다음과 같은 가집들이 편찬되었다.[48)]

김천택 편, 청구영언 진본(1728)
김수장 편, 해동가요 박씨본(1755)

---

46) 박을수, 『한국시가문학사』, 아세아문화사, 1997.
47) 『고시조문헌해제』, 고려대민족문화연구원, 2012, '일러두기'.
48) 김용찬, 『18세기 시조문학과 예술사적 위상』, 앞의 책, 21~22, 29~30쪽.

해동가요 일석본(1763)

해동가요 주씨본(1767 이후)

해동가요 UC본(1767 이후)

편자 미상, 병와가곡집(1790년대)

이한진 편, 청구영언 연민본(1814)

박효관, 안민영 편, 가곡원류(1876)

신재효(1812~1884) 판소리집

기타 잡가집, 민요집, 문집, 족보 등

제7장

한글시대

(제5기 : 20세기~현재까지)

훈민정음(訓民正音)이란 이름은 '백성을 가르치는 바른 소리(글)'란 뜻으로 백성이 주체가 되지 못하고 교육의 대상으로 생각하던 시대의 한자말이다. 그러나 '한글'이란 이름은 민주주의 시대, 백성(국민, 시민)이 주인인 세상의 우리 문자로 '좋은 글, 크게 빛나는 글'이란 뜻을 지니고 있다.

한글이란 이름은 20세기에 들어와 주시경에 의해 붙여졌다고도 하나 그 명칭의 유래는 확실하지 않다. 1897년 대한제국(大韓帝國)이란 이름과 1919년 대한민국(大韓民國) 임시정부의 설립 등으로 한국(韓國), 한복(韓服), 한옥(韓屋) 등과 같이 한글, 한겨레 등의 우리말이 등장한 것으로 생각된다. 원래 '한'이란 우리나라를 대표하는 명칭으로 한자를 차용하여 소리만 빌려 사용해왔을 뿐이다. 한글이 국가의 공용문자로 지정된 것도 1894년 갑오개혁 이후나 대한제국 때부터로 생각된다.[1]

---

1) 조동일도 『한국문학통사(권4, 138쪽)』에서 갑오개혁으로 언급하고 있는데, 더 구체적으로 이상규는 갑오개혁 이후 1894년 11월 21일 고종 31년 칙령 제1호에서 '法律勅令 總以國

일제강점기 35년을 지나 1948년 대한민국이 건국하고 국한문 혼용시대를 거쳐 이제 한글전용시대에 이르렀다. 자연히 한국한문학이 쇠퇴하고 한글 위주의 언문일치(言文一致) 문장이 정착되어 한글문학이 중심에 서게 되었다. 더불어 중국 중심의 동양문화권에서 유럽, 미국 위주의 세계문화권에 편입하게 된다. 문학 또한 서양문학의 이론을 수입하고, 자본주의의 발달과 더불어 자유, 시민정신, 인간존중사상 등이 고취되었다. 따라서 국민이나 시민이 문학의 주체가 되어 실용성, 대중성, 문학성, 예술성 등을 중시함으로써 음악가, 시인, 서예가, 화가 등 전문 예술인들이 등장하였다.

그러므로 한글시대는 한문학이 문학의 전면에서 쇠퇴하고 한글이 국자(國字)로 사용된 현대문학의 기점이라고 하여도 좋다. 이 시기 시문학으로는 시조, 개화가사, 민요, 창가(唱歌), 신체시, 자유시 등 다양한 문학 장르가 창작되었다.

1. 세계로의 확대 – 동양문화권에서 서양문화권으로

20세기엔 과학과 자본으로 무장한 서양문화권이 자연을 바탕으로 한 동양의 도덕적 문화권을 앞서기 시작한다. 이 시기에 동양은 많은 침략을 당하였는데, 우리나라 또한 일찍 서양의 과학문명을 받아들여 무장한 일본제국주의에게 국권을 빼앗기게 된다.

文爲本 漢文附譯 惑混用國漢文(법령과 칙령은 국문을 기본으로 하고 한문 번역을 붙이거나 국한문을 혼용하거나 한다)'이라 하여 한글을 공용어로 처음 인정하였다고 보았다.(디지털시대에 한글의 미래, 한국문학언어학회, 2009. 8. 20, 하계 전국학술발표대회, 요지서 12쪽)

지금까지 음악과 공존해오던 시가(詩歌)문학이 음악과 문학이란 별도의 현대예술로 분화하기 시작한다. 가사문학이 음악에서 어느 정도 탈피하여 낭송문학으로 발전하긴 했지만 20세기에 와서야 완전히 문학과 음악이 전문 예술장르로 분화하였다고 할 수 있다. 우리 시문학의 경우, 음악과 문학이 공존하던 개화(開化)가사나 창가(唱歌)의 형태에서 벗어나 비로소 서양의 영향을 받은 신체시, 자유시 등의 문학장르로 발달하게 된다. 노래의 가사나 음영하던 청각적 시가로부터 눈으로 읽는 시각적 시문학으로 변화하였다.

1) 전환기의 시가

1894년 갑오개혁에서부터 1919년 삼일운동까지를 개화기, 계몽기 또는 근대전환기라 한다. 이 시기의 시가들을 정리한 대표적 자료집은 김근수의 '한국개화기시가집'2)과 북한에서 간행된 김학길의 '계몽기시가집'3)이다. 여기에는 구전민요, 시조, 가사, 창가, 신체시 등이 혼재되어 있다.

지금까지 논의한 한국시가사의 대상작품들은 대부분 음악적으로 정악(正樂)에 속한다. 현재 국악계의 정악은 옛날의 아악(雅樂)과 속악(俗樂)에 속하는 고급의 음악이다. 지금까지의 논의에서 빠진 시가문학은 구전으로 민간에 전승된 민요부분이다. 민요는 시대마다 채집되어 백성의 민심을 살피고 더러 궁중악(속악)으로 편입되기도 했으나 대부분 기록되지 않은 민속악이었기에 독자적인 장르로 논의되지는

---

2) 김근수, 『한국개화기시가집』, 태학사, 1985.
3) 김학길, 『계몽기시가집』, 1990(문예출판사 영인본, 1995).

않았다. 지금까지 향가나 속악가사로 편입된 민요계 작품들은 다음과 같다.

- 향가
  〈풍요〉(노동요), 〈서동요〉(동요, 참요)

- 속악가사
  〈방아노래〉 → 〈상저가〉(대악)
  〈비두로기노래〉 → 〈유구곡〉(벌곡조)
  〈아롱곡〉 → 〈정읍사〉
  〈엇노리〉 → 〈사모곡〉

20세기에 들어와서야 봉건적인 계급사회가 타파되고 예술의 주체가 민중으로 대중화됨으로써 독자적인 민요연구가 시작되고 민요도 예술(문학과 음악)의 영역에 편입하게 된다. 그러나 서양음악의 유입으로 현대 창작곡인 가곡이나 오페라는 고급음악으로 인식된 반면 민중이 부르는 민요나 유행가는 대중가요라는 폄하된 인식을 심어주었다.

시조는 가곡이나 시조창으로 불리다 이 시기에 와서 눈으로 보는 시조시(時調詩)로 나타나고, 가사는 '사회등가사'를 필두로 개화와 신문명을 노래한 작품들이 신문지면을 통해 다수 발표된다. 일본의 영향으로 창가(唱歌)가 발달하고 기독교 찬송가의 보급으로 애국가 등의 노래가 창작되었다.

- 〈애국가〉
  셩ᄌᆞ신숀 오빅년은 우리황실이요

산슈고려 동반도는 우리본국일세
(후렴) 무궁화 슴천리 화려강산
　　　죠션사람 죠션으로 기리보죤ᄒ세　(1896, 윤치호)

• 〈경부텰도노래(京釜鐵道歌)〉
　우렁탸개토하난　　긔뎐소리에
　남대문을 등디고　　쎠나나가서
　쌜리부난 바람의　　형세갓흐니
　날개가딘새라도　　못싸르겟네

　늘근이와덟은이　　셕겨안졋고
　우리네와외국인　　갓티탓스나
　내외친소다갓티　　익히디니니
　됴고마한쏜세상　　텰로이뤗네　(창가, 1908, 최남선)

• 〈원쑤로다〉
　원쑤로다 원쑤로다 원쑤로다
　왜놈의 종자가 원쑤로다
　사람이 살자니 자유가 없고
　오간데 뛰는 것은 칼치뿐이니
　한많은 동포야 일어나라
　굴러온 돌이 배긴 돌 뺀다
　을지장수 양장군 본을 받아
　싸워서 조선땅 찾고 죽자.　(구전가요, 계몽기시가집 45~46쪽)

• 〈애국심〉
　이 몸이 국민되야

국민의무 웨 모르리
부탕도화 할지라도
애국심을 잃지 마소
아마도
독립기초
애국 두 자   (시조, 대한매일신보 1908.12.1, 계몽기시가집 70쪽)

위에 인용한 〈애국가〉는 1896년 윤치호가 스코틀랜드 민요에 붙인 노래이고, 다음은 1908년 최남선이 지은 창가 〈경부철도가〉, 세 번째는 일제강점기에 항일(抗日)의 의지를 담은 민중의 구전가요, 마지막은 대한매일신보에 실린 시조형식의 노래를 세로로 풀어선 〈애국심〉이란 작품이다.

2) 현대의 시가문학

신문화의 수입으로 창가, 유행가(대중가요), 현대 가곡 등이 번성하다가 음악과 문학이 완전히 분리함으로써 신체시, 자유시 등이 창작되어 시가문학에서 시문학으로 독립하게 된다. 그러나 21세기 현재의 시문학사에서도 음악과 문학이 완전히 독립하여 존재하는 것만은 아니다. 가사문학의 경우 사라져가는 장르이긴 하나 여성들을 중심으로 꾸준히 규방가사가 창작되어 출판되기도 하고, 현대의 가곡이나 유행가의 경우에도 여전히 음악과 문학이 공존하고 있다.

시조(時調)문학은 3장인 시조창(時調唱)으로 부르기 이전에 5장의 가곡(歌曲)이란 음악에 얹어 노래했는데, 현대 서양음악에 시적인 가사를 붙여 창작한 형태의 노래와 가사를 현대음악에서 또한 '가곡'이라 부른다. 오늘날의 대중음악인 유행가는 작곡가나 작사가가 있고, 레코드나 기계의 힘을 빌려 대중의 음악적 문학적 미의식을 일깨우고 있다. 현대 가곡이나 유행가의 노래가사로 현대시인의 시작품을 사용하기도 하고, 별도로 노랫말을 창작하여 붙이기도 한다. 가곡이나 유행가의 음악에 노랫말을 붙인 경우에도 더러는 시적인 가사로 미적 가치를 가졌을 수 있기에 이러한 노래가사도 시가문학에 포함할 수 있을 것이다.

(1) 현대시(노래가사)에 음악을 붙인 경우: 시〉음악

현대 가곡에 시인들의 시를 가사로 사용한 경우는 대단히 많다. 이 경우 아름다운 시(가사)에 음악이 작곡된 셈이다. 일찍이 황진이의 한시를 김억이 번역하여 〈꿈〉이란 제목으로 김성태에 의해 작곡되었고, 김소월의 〈진달래꽃〉, 〈엄마야 누나야〉 등이 가곡이나 동요로 음악에 붙여졌고, 이은상의 시조 〈가고파〉와 조병화의 〈추억〉 등 많은 시작품에 곡이 붙여져 가곡으로 널리 애창되었다.

- •〈엄마야 누나야〉
  엄마야 누나야 강변 살자
  뜰에는 반짝이는 금모래 빛
  뒷문 밖에는 갈잎의 노래
  엄마야 누나야 강변 살자. (동요, 소월 시, 김광수 작곡)

- •〈가고파〉
  내 고향 남쪽바다 그 파란 물 눈에 보이네

꿈엔들 잊으리오 그 잔잔한 고향바다
지금도 그 물새들 날으리 가고파라 가고파

어릴 제 같이 놀던 그 동무들 그리워라
어디 간들 잊으리오 그 뛰놀던 고향동무
오늘은 다 무얼 하는고 보고파라 보고파

그 물새 그 동무들 고향에 다 있는데
나는 왜 어이타가 떠나 살게 되었는고
온갖 것 다 뿌리치고 돌아갈까 돌아가

가서 한데 얼려 옛날같이 살고지고
내 마음 색동옷 입혀 웃고 웃고 지내고져
그날 그 눈물 없던 때를 찾아가자 찾아가, (이은상 시조, 김동진 작곡)

대중의 유행가에 붙여진 시도 대단히 많은데, 소월의 시 〈개여울〉
이 이희목 작곡으로 가수 정미조(1972)에 의해 불렸고, 고은의 시 〈편
지〉가 김민기 작곡으로 가수 최양숙에 의해 노래되고, 정지용의 시
〈향수〉가 김희갑 작곡으로 가수 이동원과 성악가 박인수에 의해 노
래되어 크게 유행하였다.

• 〈편지〉
가을엔 편지를 하겠어요
누구라도 그대가 되어 받아 주세요
낙엽이 쌓이는 날
외로운 여자가 아름다워요 (1연, 고은 시, 김민기 작곡)

• 〈향수〉
넓은 벌 동쪽 끝으로 옛이야기 지절대는
실개천이 휘돌아나가고
얼룩백이 황소가 해설피 금빛
게으른 울음을 우는 곳
그곳이 차마 꿈엔들 잊힐리야. 음— (1연, 정지용 시, 김희갑 작곡)

(2) 현대 가곡이나 유행가의 노랫말(가사) : 음악〉시

현대의 창작 가곡이나 유행가(대중가요)의 음악에 붙여진 노랫말의
경우에도 시적인 표현으로 시가문학 연구의 대상으로 포함될 수 있
을 것이다. 노래와 더불어 우리의 감성을 자극하여 정서적 효과를 증
대하고 있기 때문이다. 이러한 경우는 가사(시)보다 음악이 중심이라
고 볼 수 있다.

• 〈한계령〉
저 산은 내게
'오지 마라 오지 마라' 하고
발아래 젖은 계곡 첩첩산중

저 산은 내게
'잊으라 잊으버려라' 하고
내 가슴을 쓸어내리네.

아 그러나 한줄기 바람처럼 살다가고파
이산 저산 눈물구름 몰고다니는
떠도는 바람처럼

저 산은 내게
'내려가라 내려가라' 하네
지친 어깨를 떠미네. (하덕규 작사 작곡/ 양희은 노래)

2. 전문예술인 시대 – 예술의 대중화

20세기는 신문학의 태동으로 자유시가 주축을 이룬다. 일제강점기에는 항일문학이 발달하고, 광복과 6.25전란 이후 교육과 문학이 대중화되고 1980년대 이후 민주화와 더불어 작가의 개성이 강조되어 작품들이 다양화하였다. 각 분야마다 시인, 음악가, 연극인, 무용가, 배우, 교수 등으로 전문화되어, 20세기 중기까지 소수이던 문학 전문 작가들도 6.25 이후 20세기 말엽부터 대중화되어 21세기엔 시인, 소설가, 수필가 등 문인들의 숫자가 수천 명에 이르게 된다. 이러한 대중화 시대의 시문학은 어떻게 평가될까?

100년의 시간은 아직 문학사에서 평가할 만한 충분한 기간이 아니다. 음악은 더 빨라지고 문학은 더 감각적이며 복잡해졌다. 원고지와 펜이 사라지고 컴퓨터가 보편화된 시대, 미래에는 글자로 읽는 문학에서 영상미디어로 듣고 보는 문학이 주가 될지도 모른다. 모든 민족이 세계화 되어 언어의 소실과 통합이 거듭될 때 인류사회의 변화도 예측할 수 없다. 그러기에 문학과 예술, 역사도 늘 진행형인 셈이다.

〈표 9〉 한국시가의 장르와 음악적 성격

시가 장르	음악적 성격
고대한역가	신요(神謠), 민요(民謠) – 의식요(儀式謠)
향가	음악 소실, 일정한 공통음악에 가사만 바꿈(단형, 장형) 6세기 〈풍랑가〉부터 12세기 〈도이장가〉까지
려가	개별음악 12세기 〈정과정곡〉부터 15세기 〈신도가〉, 〈감군은〉, 〈유림가〉까지, 〈어부가?〉
경기체가	공통음악(한림별곡 음악만 존재) 13세기 〈한림별곡〉부터 15세기 악장(연형제곡)까지 이후 음악 소실
시조	계열별 악곡 (가곡) 가지풍도, 초삭대엽 – 만횡청 (시조창) 평시조, 엇시조, 사설시조, 지름시조.
가사	초기 개별음악(서호별곡, 관동별곡 등 음악) 후기 낭송 음영(朗誦, 吟詠) 가사, 십이가사 – 전문 가객에 의한 개별음악
잡가	개별음악
창가	단순 음악 + 가사
현대가곡	음악〉노래가사(노랫말)
유행가, 대중가요	음악〉노래가사, 유성기, 축음기 발달
신체시, 현대시(자유시)	음악과 문학의 분리(내재율 중심)

〈표 10〉 연대별 중요 시가작품과 작가

시대		장르	작품	작가	비고
고조선 고구려 가락국		한역가	공무도하가 황조가 구지가	유리왕	
고구려		가사부전가요	내원성, 연양		(명주)
백제		〃	숙세가, 선운산, 무등산, 지리산		(방등산, 정읍)
신라		〃	총 48곡		**(歌, 樂, 曲, 詞, 舞, 引 등)**
신라	6세기 7세기 8세기 9세기	향가	풍랑가 서동요 혜성가 풍요 원왕생가 모죽지랑가 헌화가 원가 도솔가 제망매가 안민가 찬기파랑가 도천수대비가 우적가 처용가	미실 서동 융천사 광덕 득오 노인 신충 월명사 〃 충담사 〃 희명(5세 아이) 영재 처용	화랑세기* 노동요
고려시대 917~973 1105~1122 1150~1170 13세기		향가	보현십원가 도이장가 정과정곡 동동 정읍사	균여 고려 예종 정서	

13세기	려가		처용가		개별음악
			정석가		
		(악장)	청산별곡		
			서경별곡		
			쌍화점	(충렬왕대)	
			가시리		
			사모곡		
			만전춘		
			유구곡		(민요계)
14세기			상저가		(민요계)
1214~1259			한림별곡	한림제유	
1330	경기체가		관동별곡	안축	공통음악
1330 이후			죽계별곡	안축	
1320년경	시조			우탁, 이조년	
1370년경	가사		승원가, 서왕가	나옹	
			역대전리가	신득청	
조선시대					
1400년 전후		(악장)	상대별곡	권근	
1423			구월산별곡	유영	
1425		(악장)	화산별곡	변계량	
1429		(악장)	성덕가	예조	
1432		(악장)	축성수	예조	
세종조		(악장)	연형제곡	미상	
		(악장)	오륜가	미상	공통음악
			미타경찬 외2	(석)기화	(한림별곡
			서방가	의상화상	음악만 존재)
			기우목동가	(석)지은	후대 음악소실
1472	경기체가		불우헌곡	정극인	
1480			금성별곡	박성건	
1492		(악장)	배천곡	예조	
1519~31			화전별곡	김구	
1541			도동곡 외 3	주세붕	
1561~87			독락팔곡	권호문	
1860			충효가	민규	

세종 1447~	서사시 (악장) (악장)	용비어천가 월인천강지곡	정인지 등 세종	
15세기	려가 (악장) (악장) (악장)	신도가 감군은 유림가 불우헌가	정도전 정극인	(악장 아님)
성종 1475 1503 1523 1533 1555 1588 17세기	가사	매창월가 만분가 낙지가 면앙정가 남정가 사미인곡 속미인곡 상춘곡	이인형 조위 이서 송순 양사준 정철 ″	진주 김천-순천유배 오양현, 청평담양 담양, 기촌 영암 담양 ″ (정극인?)
16세기 17세기	어부가계 노래	어부가 어부사시사	이현보 윤선도	려가(?) 연시조(?)
16세기	시조	장형시조 (사설시조)	노진 모 권씨 김우굉 고응척 정철 김득기	
(17세기) 1748 1718~89 1794 1801 1789~1857	규방가사	규원가(원부사) 봉선화가 절명사 반조화전가 쌍벽가 명도자탄사 훈민가	전의이씨 안동권씨 유사춘 부인 남원윤씨 김대비, 안동권씨	(허난설헌?) (무옥?) 안동 하회
18세기	잡가			
19세기 말	창가			
20세기	유행가(대중가요), 현대가곡			

찾아보기